猎凶者 2

范亮◎著

天津出版传媒集团

天津人民出版社

图书在版编目（ＣＩＰ）数据

猎凶者 . 2 / 范亮著 . -- 天津 : 天津人民出版社，
2019.7（2020.1 重印）
ISBN 978-7-201-15007-9

Ⅰ . ①猎… Ⅱ . ①范… Ⅲ . ①侦探小说 – 中国 – 当代
Ⅳ . ① I247.5

中国版本图书馆 CIP 数据核字 (2019) 第 143881 号

猎凶者 2
LIE XIONG ZHE 2

出　　版　天津人民出版社
出 版 人　刘　庆
地　　址　天津市和平区西康路 35 号康岳大厦
邮政编码　300051
邮购电话　（022）23332469
网　　址　http://www.tjrmcbs.com
电子邮箱　reader@tjrmcbs.com

责任编辑　赵　艺
策划编辑　小　瘦
装帧设计　新艺书文化

印　　刷　三河市华润印刷有限公司
经　　销　新华书店
开　　本　710 毫米 ×1000 毫米　1/16
印　　张　17
字　　数　250 千字
版次印次　2019 年 7 月第 1 版　2020 年 1 月第 2 次印刷
定　　价　45.00 元

目录

contents

第一案　河底沉骨

第一节 门后的眼睛

就在包厢的门外，此时此刻居然有一双眼睛正在盯着我们所有人看。

那一双眼似乎眼白很多，和正常人的眼白比例完全不相同，似乎他也发现我无意间看到了他，他嘴角上扬，勾勒出一个让人脊背生寒的弧度，之后消失得无影无踪。

我下意识晃了晃脑袋，揉了揉眼睛。

今晚我们都喝了点儿酒，虽然这点儿酒对我们的酒量来说，并不是很多，但是醉醺醺的感觉还是有的。我使劲儿地甩了甩头，以为自己是不是看错了。

可是就在这时候，包厢外面走廊灯光的投影证明了我并没有看错，外面真的有一个人一直在偷窥我们，一直等到我发现了之后，那个人才迅速灰溜溜地离开。

"快，抓人！抓人！他出现了……他再次出现了！"

冥冥之中我有预感，这个偷窥的人，就是给我寄送红色包裹的人。也就是那个一直躲在幕后帮助凶手完美逃脱凶案现场的人。

王剑飞喝得有点多，听到我的话，还以为我在说胡话，抬手在我面前晃了晃说："喂？没喝多吧？"

我也顾不上那么多了，站起来直接冲向了门口。

夏兮兮比较了解我，唐钰和吴教授又是心理学的专家，见到我这个反应，明显觉得这不是在开玩笑，于是也第一时间冲了出去。

我是第一个冲出来的。

果不其然，我再次看到了那个黑色的背影，他穿着一件黑色的过膝毛呢风衣，脑袋上戴着一顶黑色的帽子，单凭他的背影，我并不能判断出太多的信息，只是大概推断出这个人的身高是在一米八左右，微胖身材，甚至我还隐隐约约地感觉到了一丝熟悉……

"哇……"

就在这时候，因为酒精的刺激再加上高度紧张，我的胃部突然一阵翻江倒海，喝下去的酒水几乎要顺着食道再逆向翻涌出来。

唐钰冲出来时候，赶紧扶住我问："小川，你感觉怎么样？没事儿吧？你看到谁了？"

"快抓人，快点！"我这会儿哪里还顾得上胸中的难受，挥了挥手，拼尽全力催促唐钰，"一定要抓住他！机会难得，千万千万要抓住他！"

王剑飞使劲儿拍了拍脑门儿。

他了解我的过去，知道我的所有痛苦。等到确定我说的是"他又来了"四个字之后，他强迫自己清醒过来。

KTV的服务员听到这边的动静立刻紧张了起来，所有人疯狂地冲向了我们这边。

"这……几位先生，你们有什么事儿吗？有什么可以帮忙的吗？"服务生觉得我们是喝多了。

但是，王剑飞毫不犹豫地拿出了警官证，道："警察办案！所有人，全部都配合警察办案，立刻封锁你们KTV的所有出入口！快！一定要快！"

"哦……这……"服务生看了一眼警官证，多多少少有些疑惑，而且这毕竟是娱乐场所，闹出大的动静影响不好。一时间，服务生支支吾吾地站在原地不敢动弹。

王剑飞推开服务生，踱步而出，直接冲到了吧台，"马上封锁入口！要不然我立刻查封了你们场子！快点儿！"

吧台坐着的是KTV看场子的经理，经理多多少少是见过世面的，知道这事儿没那么简单，扶了扶眼镜框，点了点头，拿起了对讲机命令："保安保安，马上封锁出入口，堵住停车场出口，我们要配合警察办案！"

之后，经理松了口气，呆呆地放下对讲机看着王剑飞问："这样、这样可以吗，警官同志？"

王剑飞没搭理他，迅速安排夏兮兮道："马上呼叫增援！一定要用最短的时间把现场、各个街道、路口全部都封起来。"

"是。"夏兮兮也不含糊，第一时间拿出手机接线辖区民警以及重案组的小王和小张。

这时候我们才发现，小猛不见了。

唐钰说："小猛发现不对劲儿第一时间冲出了包厢。他很能打的，放心，今晚，不管是谁，肯定跑不了。"

说到这儿，唐钰看了看我，说："不过，我倒是很想知道，这个人究竟是谁？"

我摇了摇头，说："我不知道他是谁。"

我并非要刻意隐瞒什么，而是这个人是谁我真的不知道。就如同我在我的书上以化名的方式写出这个人的时候，我是这么写的：我在连续十起凶杀案中见到过他的影子，我也连续查了他十次，可是，我甚至连他的名字都不知道。

现实情况就是如此。

然而就在这时候，KTV 外面忽然间一阵嘈杂的声音，似乎是有人吵闹和惨叫，闹出了很大的动静，不少人都出来围观。

我们几个相互看了一眼，以为是案情有什么进展，不约而同地赶紧朝着声音那边跑过去。到 KTV 门口却发现是两个醉汉在疯狂地大喊大叫，口齿不清地叫着"有鬼啊"之类的话。

"靠！大晚上的发酒疯，说的什么鬼话！"王剑飞皱了皱眉头，黑着脸，警觉地观察着四周。

这个人对我们的行踪似乎非常熟悉，而且反侦察意识非常强。王剑飞在很早之前知道了我的故事之后，就已经将此人列为重案嫌疑人了。

"没有发现形迹可疑的人……"几分钟之后，KTV 的保安在对讲机里面传来消息。

辖区民警也迅速组织警力包围了四周各个出入口，不过，就目前情况来看，收效甚微，很可能是忙乎一场。

很快，小猛也回来了。

小猛的战斗力非常强，别看平时不说话，但是实力不是吹出来的，曾经一打二十，是响当当的警界精英。

看到小猛之后，我激动极了，赶紧抓着小猛问："怎么样？见到了吗？"

然而，小猛却摇了摇头："别说见到嫌疑人了，一点行为可疑的人都没有。小叶哥，你是不是喝多了看错了？"

"不可能。"我摇了摇头，"我亲眼看到他了！黑色的风衣，眼白多于眼黑的眼珠，就是那个人！他的背影，我熟悉得很！"

但是这时候，吴教授皱着眉头走向了我，上下打量了我一番，将信将疑地问我："小川啊，你知不知道，有一种病叫被害妄想症？"

我一愣，回头看着吴教授："你什么意思？"

吴教授说："实话说，刚才你冲出去之后我检查了包厢的门，当时包厢的门是关着的。既然是关着的门，你怎么看到外面有人在偷窥我们呢？从心理学的角度分析，你这是不是属于是被害妄想症的一种？"

"别开玩笑了！"我摇了摇头，"那会儿明明小猛出去上厕所之后回来门没关，是虚掩着的，我看得清清楚楚。"

"不，不对……"这一次，没等吴教授开口，唐钰就直接摇头了，"小猛回来的时候门没关，这个我是确定的。由于我们的职业原因，我对环境有着敏锐的感知能力，对封闭的环境和未封闭的环境分得很清。我确定，小猛中途回来的时候，包厢没关门。但是，KTV 就是为了避免客人中途出去不关门而直接影响包厢的隔音效果，所以门是会自动上锁的。你不信你来看看，实在不行，你可以找个服务员问一下。"

这时候，刚好 KTV 的经理也在现场，他听了唐钰的话，点了点头说："没错，几位警官同志，我们 KTV 包厢用的是新型门，是可以自动吸合的，60 秒没关门，门自动吸入，关闭……"

"是吗？"吴教授说，"从小猛出去到你说你看到了外面有人偷窥，中途过了多久？没有半个小时也有二十分钟了。二十分钟，自动吸合门早就关闭八百回了！你怎么能从里面看到外面有人在偷窥？"

这时候，经理说："我刚才已经让秘书去查了当时走廊里的监控，我们可以断定，在这位先生冲出来之前五分钟之内，走廊里除了服务生之外根本就没有其他从这儿走过……连个路过的都没有。"

"扑通……"

我的心脏，似乎瞬间被雷击一般。

抑郁症可以分为轻微抑郁症、中度抑郁症和重度抑郁症三类，而在重度抑郁症之上，就是被害妄想症了。被害妄想症是精神疾病的一种，这个课题在警校的时候，我们曾经做过专门的研究。

我的脑袋一片空白。

然而，就在这时候，外面吵吵嚷嚷的，又是一阵喧闹声传来。

我们闻讯走了出去。

"有鬼！我真的见到鬼了，你们要相信我……"

"哎，我刚才听说里面那几个人就是警察，你去找警察说说去吧……"

"警察同志，我看到鬼了！我真的看到鬼了！那鬼眼白很多、眼黑很少，大眼珠子滴溜溜地转，警察同志，你们一定要相信我啊！"

第二节 真心话大冒险

听到这两个醉汉的"鬼话"，我下意识心头一震，看了看唐钰、王剑飞，果不其然，他们似乎也同一时间想到了什么，满脸疑惑地看了看我，又看了看那两个醉汉。

王剑飞拼了命拍了拍后脑勺，努力想要让自己变得清醒一点，不过看起来效果并不是那么乐观。

事到临头，也只能硬着头皮上。

王剑飞又拍了拍我肩膀，说："小川，思想压力别这么大，不要紧张。天大的事儿，只要我们齐心协力，一定能扛过去。再说了，红色包裹真实存在，你也收到过之前受害者的照片，这都是真实存在的。所以，我不相信什么被害妄想症，我相信你。你先休息一下，我去问问那眼珠子是什么情况。"

我大口大口地喘着粗气，没有说话，示意王剑飞我没事儿，然后又一块儿去看看那边到底是怎么回事。

五分钟之后，两名醉汉被带入 KTV 员工的休息室。

王剑飞问："你们来喝了多少酒？醉成这个样子？"

两个醉汉不约而同地脑袋摇得像是拨浪鼓一样，说话带着哭腔，道："警察同志，不是我在这儿吹牛，我今晚的确是喝酒了，但是我真没喝醉！我是真见到鬼了！不信你问他。"

说着，醉汉指了指另一个人。

那人也是点了点头说："没错，警察同志，我也真没事儿……"

王剑飞皱了皱眉头。这两个人明显已经喝糊涂了，估计也就是在说胡话。但是，就算是为了我，也算是为了这个看起来并不能称作是线索的线索，王剑飞又忍了忍，问："说说吧，你们俩说见到的'鬼'，是什么情况？"

"好，好，我先说，我先说。"其中一个醉汉点了点头，吞了一口唾沫，"警察同志，事情是这样的。今天晚上，我被媳妇儿赶出来了。巧合的是，我兄弟他也被赶出来了。于是我们就打算来这儿唱唱歌、散散心。平时我们也经常出来喝的，一点儿问题没有。今天晚上，我们心情都非常郁闷，所以又叫上了两个妹妹，我们玩真心话大冒险来着……输了的，要么真心话，要么大冒险，要么就罚酒三杯。警察同志，这游戏你们玩过吧？具体的细节和玩法就不用我跟你细说了吧？"

王剑飞挥了挥手说："说重点，没用的废话不要说了。"

喝醉酒的人废话多，这是真的。

那人点点头说："好，说重点，说重点……重点就是……"

说到这儿，那醉汉似乎又回忆起了什么恐怖的画面，表情瞬间变得有些狰狞扭曲，凭空瞪大了眼睛，就好像是看到了地狱恶魔一样，浑身都有些颤抖，上牙和下牙打战，发出"嗝嗝嗝"的声音。

这个时候，我们几个人的酒意在强悍的克制下清醒了不少。

吴教授看到他们的表情，小声道："这表情倒不像是装出来的，应该是真看到什么恐怖的东西了……"

唐钰点头表示赞同，说："应该是非常恐怖。正常情况下，一个人在喝酒之后胆量跟平时相比是会变得更大的，这和精神兴奋有关系，但是喝了酒之后还能吓成这样，这事儿恐怕真没那么简单……"

夏兮兮说："没当警察之前我也喝醉过，其实说白了，喝点酒耍酒疯的人都是装出来的，喝醉了酒肢体不受控制是真的，但是脑袋是清醒的。今天晚上这事儿，如果我的预感不出错的话，肯定有问题。"

这时候，醉汉说道："我玩真心话大冒险，我输了，他们问我今晚上为啥被媳妇给赶出来了，我不敢说真话，因为太丢人了，所以我就选择大冒险了。这群人太变态了，说最近护城河畔发现了一个女尸，让我去那刚刚死过人的地方走一趟……"

另一个醉汉打了个嗝，说："刚好我也输了，我们俩就结伴大冒险，说要去那走一趟，还要给他们全程直播，谨防作弊……但是没想到，那河边春季涨水，青苔都长出来了，河边那水泥沟渠太滑了，我一不留神，就溜进去了……"

另一人点头补充道："对对对，我也一不留神就溜进去了……"

"然后呢？"王剑飞问道。

我看了看这来人的衣服，衣服上湿漉漉的，夹杂着呕吐物和水渍，但并不能确定是不是河水。他的鞋子上有淤泥，衣角还有墨绿色的青苔，可以判断他们说的是真话，也可以判断夏兮兮的说法是对的。喝醉酒的人，哪怕是喝醉了，但是心里是清楚的。

"然后我……我就在水下看到了水鬼啊！那……那大眼珠子翻着白眼，太可怕了，吓死我了！警察同志，求求你们赶紧出警，真的有水鬼啊！你们一定要相信我，不信你可以问问他……"

另一位醉汉说："没错！我，我也看到了，就是水鬼！水鬼就在水里面飘啊飘啊，还被水草给缠住了，而且我们俩也被缠住了……"

听完了这两个人的叙述，我浑身一阵哆嗦。

吴教授说："这个事儿怕是不简单。"

王剑飞也顾不上那么多了，刚好重案组的小王和小张也都在这儿，王剑飞立刻下命令道："重案组的人打头阵，带上这两个人去护城河畔仔细辨认，在哪儿看到的那东西，给我仔细搜查。"

"是！那，头儿，你们……"小张为难地看着我们几个。

王剑飞挥手道："我们随后就到。"

"不行啊头儿，你们喝酒了，虽然是休假期间喝酒不违规，但是被别人看到了难免惹人非议。要不，你们就先回去休息吧，头儿，我保证，一有搜查结果，肯定第一时间报告给你们。"

"废什么话！"王剑飞黑着脸，大手一挥，"赶紧干活了！"

"这……是。"小张无话可说，点了点头，只好老老实实地出警。

这时候，我转过身问吴教授："吴教授，你什么看法？"

吴教授说："呵呵，什么水鬼，这世界上没什么鬼。要真有鬼，那就是心里有鬼。"

"一语双关？"我盯着吴教授的眼睛，"吴教授不会是想要暗示我什么吧？"

"没有没有。"吴教授赶紧摇头否定，"小川千万不要多想，我没那个意思的。"

唐钰问道："今晚的事情，吴教授怎么看？"

吴教授说："十有八九是凶杀案，又是杀人抛尸。而且他们看到的估计不是水鬼，是尸体。"

夏兮兮说："有没有可能是模具呢？"

吴教授说："我倒希望是模具，这样我们的假期就能继续下去了。可是我办案这么多年了，一般情况下，希望永远都是希望，很难成真的……"

"出发！"唐钰一声令下。

"是。"

二十分钟之后，重案组的小张带着两名醉汉，先进行了药物醒酒。之后，仔细辨认他们所看到的"恐怖画面"的位置。等找到的时候，已经是刚刚好午夜 0 点了。

我们也经历了药物醒酒，头脑是清醒了不少，不过头疼是严重且剧烈，看得出来，我们所有人都在强忍着，全靠死撑。

夜里的风，冷飕飕的。

醒酒之后身体没什么热量，再加上胃里没什么食物，凉风一吹，更是冷得让人直打寒战，好像那刺骨的寒风能顺着毛孔吹到骨头缝儿里一样。

单单从这个时间点的极寒温度来看，肆虐的寒是占了上风了的。

两名醉汉指认的地方的确出现了他们所描述的脚下滑坡，的确是湿漉漉的青苔以及不小心从这里落水，又从不远处爬出来的脚印，爬上岸的地方带出了不少的水芙和水草之类的痕迹。

所有人的心情都不太好。虽然破案是刑侦职业者的工作，但是就如寻常的警察一样，谁都不怕失业，谁都希望天下无贼，我们也希望这两个醉汉的言辞是酒后之言不可信的。

可是，从现场勘查的情况来看，他们所说的话都是真的，他们所看到的也不是幻象。

两个醉汉逐渐清醒，在强光手电的照射下，激动地指了指橙黄色的河水和失足落水的地方，大喊道："没错没错！我们就是不小心从这儿掉下去的，我们就是在从这儿掉下去之后看到了水里面的水鬼……绝对没有看错。你们看到了吧，我们没有骗你们啊……"

王剑飞长出了口气，此刻也是无话可说，联系了打捞队，打捞队到位之后，迅速接到指令："立刻打捞！仔细搜查！任何细节都不要放过！"

"是。"

就这样，搜救队和打捞队，冒着刺骨的寒风，下了水……

而我们所有人都在寒风凛冽中瞪大了眼睛，屏住了呼吸，不敢过多眨眼，生怕错过了什么似的，等着打捞队的消息……

五分钟之后，水下忽然一阵浪花翻滚，一个打捞队队员疯狂地冲了出来……

第三节 河下头骨

听到打捞队的声音，所有人似乎清醒了，同时瞪大了眼睛看过去，这醒酒的能量，比什么解酒药都有用得多。

一个打捞队员漂浮上来，冲着我们喊了一句："水下发现了头骨，疑似人头。"

"轰隆！"

远处响起了炸雷，天好像要下雨了。

我们这些人的心里也七上八下，所有人都盯着这片水域，无话可说。

在沙漠里，水能拯救亿万人的性命，在这座城市里，水也是所有人的生活必需品。然而，这个生命之源却成了犯罪分子妄图毁尸灭迹的地点。

王剑飞长出口气，大喊道："仔细搜索，一点痕迹都不要遗漏。"

"是。"打捞队的人一个深呼吸，憋足了一口气后再次潜入水底。

唐钰当机立断，安排周围打着矿灯寻找痕迹的民警，道："很可能马上要下雨了，大雨最容易破坏痕迹和有用的线索，所有人加速搜寻，缩小范围，在下雨之前，把这周围一公里范围内大大小小的灌木丛、青苔、野草处所有生物出现的痕迹全都找出来，仔细拍照。细节很重要，一点都不要遗漏！"

"是！"

寻找线索的时候，工作最为烦琐困难。上级领导总是相信周围肯定有线索。事实上也的确如此。有人说，不管多么高明的凶手，只要进入过凶案现场，就一定会和凶案现场产生一定的物质交换，说通俗点这叫蛛丝马迹，在学术用语上这叫线索。

但是，这些线索的搜寻工作执行起来却非常枯燥和烦琐，谁都知道细节很重要，可是细节在哪儿呢？没有捷径，划定范围，一寸一寸地找，这才是最痛苦最难受的。

这时候夏兮兮走过来，说道："果然还是最坏的结果。"

王剑飞搓了把脸，点上一根烟，狠狠地抽了起来，好半天后才像是自言自语地说："具体情况这不是还没确定吗，等打捞队的消息吧。"

时间一分一秒地过去，那两个醉汉在冷风中也逐渐清醒过来，小张和小王在做下一步的问询工作。

小王问到他们今天晚上来这里时有没有在周围见到什么形迹可疑的人或者是车辆，但是两人摇头都说没有。

从这两个人身上突破的意义应该是不大，我初步分析，他们应该就是不慎落水，碰巧看到了被人抛尸于护城河的尸体而已。

吴教授见我们情绪都不怎么好，便安慰说："这个城市就是这样，想要天下太平是不可能的，而我们能做的，就是尽量让这个社会变得越来越好些而已。"

说完，吴教授拍了拍我肩膀，说："也给我来根烟吧。"

我调侃道："你不是挺能看得开的吗？"

吴教授挥了挥手道："什么看得开看不开的，我干了一辈子法医工作了，见过各种各样的尸体，经手的案例没有一千也有八百。实话说，我就是习惯了，想不开又能怎么样？罪犯是抓不完的。但是，即使明知道抓不完，我们也要一个一个抓。眼睛里不揉沙子，这才是一个干刑侦的人应该有的职业操守。既要做到冷血无情，又要永远保持着赤子心，跟犯罪行为斗争到底。"

唐钰说："刑侦这活儿，干得时间久了，我们就成双面人了。"

"是啊。"吴教授点了根烟，刚抽了一口就剧烈咳嗽了起来，几乎要弯着腰。

我皱了皱眉头说："抽不了就别抽了，你这是明显的生理排斥反应。"

吴教授解释说："是的，我年轻的时候抽得多了，支气管炎，老毛病了，问题不大。那时候法医工作没有现在这么多先进的设备和仪器，很多东西都要靠经验去判断，靠化学或是物理方向的实验去一点点考究真相，就是那时候染上的烟瘾。"

吴教授说完，又闭上眼睛抽了一口。

打捞工作大概延续了四十分钟，打捞队员全部冲出水面。

法医组和痕检组的人已经全部就位了。

为了避免等一会儿大雨来袭，工作不能展开，辖区民警也已经搭起了临时的简易帐篷。

打捞队将水下打捞出来的东西全部放下，捞上来的东西并不多。

吴教授按理说现在已经不需要亲力亲为了，夏兮兮虽是法医学专业毕业，但并不是法医组的人。可是，他们还是立刻上前一步，戴上橡胶手套，观察结果。

我不是很懂，但也不算太外行，于是也围了过去。

这是一个人的头骨，但是并不完整了，上面夹带着毛发，打捞出来的部分还有细碎的骨渣。

王剑飞问打捞队的人："身子呢？只有这个脑袋？还是不完整的？"

打捞队的人摇了摇头说："我们已经在水下循环摸排了很多遍，在周围五百米范围内，只有这些了。"

"会不会是没有摸排清楚？"王剑飞看上去有些恼火，"继续打捞！"

吴教授摇了摇头，拦住了王剑飞。

"都这个点儿了，天这么冷，打捞队的同志们都很辛苦了，而且他们是专业的，我相信这附近水域不会再有其他发现了。既然凶手连头颅都想要打碎，说明他想做到真正的毁尸灭迹，也说明凶手存在一定的反侦查经验。那么，他是绝对不会把受害者抛尸到同一个地方的。"

王剑飞思索片刻,拍了拍打捞队队长的肩膀道:"别介意兄弟,我就是着急,没其他的意思。"

打捞队队长点头说:"没事儿王队,办案心切,大家都一样,我们也挺着急的。但是附近水域真的没有其他发现了,我们再搜寻下去意义真的不大,况且现在光线也不好,我已经安排下去了,等到天一亮,我们就扩大搜索范围。"

"好,谢谢理解。"王剑飞点头,回到帐篷下面。

夏兮兮说:"这确定是一个人头,由于面部被毁,五官并不完整,从目前的条件和状况来看,无法推断死亡时间。不过,根据头骨的大小和形状来看,这是一个男性的头骨。"

这时候,旁边一个警员忽然间惊呼一声道:"喂喂喂!你们快看!这脑壳里面怎么还会动?我、我不会是眼花了吧?"

夏兮兮无奈地说:"别大惊小怪的,那是一条小鱼。"

"啊?这是……小鱼?"王剑飞也张大了嘴。

夏兮兮说:"鱼是杂食性动物,嗅到味道后顺着头骨缝隙钻进了脑壳,这是正常现象。我们需要全部带回去,通过这条小鱼,没准能得到有用的线索。"

周围的民警听完夏兮兮的话后恍然大悟。

这时候,王剑飞问周围搜查线索的重案组队员:"周围搜寻结果怎么样?"

其中一人报告说:"在一公里一处低洼潮湿的地方发现了一组脚印,我们已经拍照取证并测量大小了。"

另一人报告说:"两公里外面有监控摄像头,我们已经联络了当地的路政部门调查监控,虽然不确定凶手会不会游泳,但是我们可以初步判断,凶手很可能有交通工具,抛尸地点距离市中心有二十分钟以上的车程,只要监控摄像有用,肯定能留下线索。"

"还有没有其他线索?"王剑飞问道。

队员们摇头道:"报告王队,暂时没有了。"

"OK。"唐钰接过了话,"很好,大家都很辛苦。留几个人保护好现场,拉起警戒线，防止白天有围观人员破坏现场。然后，都回去休息吧。"

"是。"

紧接着，所有人风风火火地带着所有有用的线索立刻回市局。

大半夜的，没有一个人要去休息。夏兮兮主动请缨，要加入法医组进行头骨鉴定工作，以便尽快确定死者身份，吴教授、我、王剑飞则是从其他线索方面开始分析杀人凶手的踪迹。

只不过，不出我之所料，联系了路政部门之后，路政部门表示摄像头是坏的，因为护城河这一阶段平时很少有人过来，因为水深，这一带连钓鱼的人都没有。所以，摄像头这方面也疏于检修，坏掉很久了。

王剑飞说："也不是白费功夫，至少我们可以确定，凶手很熟悉抛尸环境，他知道摄像头是坏的，所以极有可能是本地人。"

我点点头。

第四节 小脚穿大鞋

"这个鞋印的价值也很有限了。"吴教授笃定地说道。

小猛拿起照片看了看，又将照片投影到办公室的投影屏幕上，茫然地说："这大概是43码的鞋子，从底部的花纹看应该是男性球鞋。这种鞋子很常见，学生、工厂工人等等都会穿这种鞋，想要从这方面找出点儿蛛丝马迹，排查难度的确是非常之大。"

吴教授摇了摇头，说："我倒不是这个意思。"

不等我们开口，吴教授就拿起了红外线，在投影屏幕上晃了晃，解释说"正常人在走路的时候都是前脚掌三分之二处发力的，如果再说得精准一点的话，在痕迹学中，是有一个公式存在的。43码的鞋子，发力点就在脚跟至脚尖20

厘米左右的地方，偏差不会超过 2cm。也就是说，如果鞋子合脚，那么根据踩在湿润的泥土地上留下的脚印，我们就完全可以推测出凶手的身高和具体信息。可是，眼前这个脚印并不符合这个规律……"

听了吴教授这么说，我仔细看了一下，然后不得不佩服吴教授办案经验之丰富，不愧是法医学和痕迹学双料顶尖专家，一眼就能看出问题所在，而且全都是意料之外，又在情理之中。

小猛测量了一下这只脚印，脚掌发力处，也就是湿润土地凹陷最深处距离脚跟的位置，相比于正常推测，显然不对。

王剑飞说："似乎是靠前了。"

"没错。"吴教授点头，"靠前了，说明鞋子不合脚。"

我长出口气说："我们在周围没有搜寻到任何有用的线索，唯一的线索只有这个鞋印，而现在鞋印又出问题了。我们可以推断，背后真正的杀人凶手是本地人，有着丰富的反侦察经验。同时，他留下鞋印，很可能是故意的，他这是在误导警方的侦查方向。"

"嗯。我也是这么想的。"吴教授的眼睛看起来非常兴奋，"这个鞋印不是我们努力才发现的，而是凶手刻意留下让我们去发现的，为的就是误导警方。而真正的杀人凶手，却被排除在嫌疑人范围之内，逃之夭夭。"

王剑飞说："那，可不可以推断出他究竟穿多少码的鞋呢？"

吴教授说："37 到 38 码左右。"

我心里总觉得哪里还是隐隐有些不对，可是根据我们目前所掌握的信息也只能分析出这么多了，而根据痕迹学的规律，在推算之下，这个脚印的确应该是穿 37 至 38 码的男性留下的。

王剑飞皱眉道："一般男性骨骼发育较快，只要成年之后，脚掌大小就已经成型了，而成年男性的脚很少有低于 42 码的吧？如果低于这个数字的话，我们是不是可以理解为，凶手可能还是个未成年人？"

吴教授分析说："三种可能。留下这个脚印的凶手，要么是个未成年人，要么是个明显的矮个子，身高小于同龄人很多，要么就是第三种可能……"

小猛第一时间问："是什么？"

"第三种就是我们的分析根本就是错的，不具备参考价值。"

所有人都皱着眉头，沉默不语。

但是，搞刑侦的这群人就是这样。明明是个选择题，还是个必选题，选项却要你自己来填充，最后的最后，还需要自己排除掉自己所有原始的想法，找到最符合逻辑和真相的那个答案。

我们每天都在做很多很多的无用功，但是，真相没有大白之前，谁都不知道究竟哪个是无用功，哪个是有用功，这个矛盾，无解。

"也就是说我们这边线索全断了，只能等那边尸检的消息了。"王剑飞耸肩道。

"嗯，"吴教授点头，起身帮我们冲了一杯咖啡，"把这杯咖啡喝完，尸检那边的工作就差不多能完成了，就一颗头骨，用不了太长时间。"

"嗯，谢谢。"

我端起咖啡，喝了一口，味道不错。

十分钟之后，还没等我们亲自去尸检房看具体情况，夏兮兮已经拿着尸检报告风风火火地过来了。

但是，从她的脸上就可以看得出来，她的情绪并不怎么好，似乎是收效不大。

吴教授似乎早有心理准备，不等夏兮兮开口，就直接说道："查出什么就是什么，线索不在乎大小，只要有，总能抽丝剥茧，顺藤摸瓜。"

夏兮兮点点头，放下尸检报告，跟我们说："死者为成年男性，年龄大概在 26 到 28 岁之间，五官不全，头皮被全部剥离过，头骨已经呈现初步的白骨化。而且跟我们的检验和形骸状态分析，这颗脑袋还在抛尸之前还被人冰冻过，冰冻温度不是很高，零下五度的样子，应该是家庭自用的冰箱。"

"死亡时间呢？"吴教授讲话很有重点。

"通过被剥离的皮肉上看，被抛尸水下的时间已经超过了 72 小时，而根据头骨的状态来看，死者真正的死亡时间，或者说，是整个的脑袋从身体上被割下来的时间，已经超过了一周。"

"超过一周了啊……"王剑飞身上冒着寒气，眉毛拧成了川字，"也就是说，一周之前凶手就已经杀人，然后直接将脑袋放在了冰箱冻了至少四天之后，又抛尸护城河？"

"是的。"夏兮兮说，"根据下颌骨的伤口痕迹可以判断出凶手用的分尸工具非常锋利，且不是寻常的家用菜刀，因为菜刀砍骨头会卷刃，更何况人骨的硬度要大于其他动物。我分析，凶手用的可能是菜市场剁猪骨头用的重型杀猪刀，每一刀都很锋利，刀刀深入骨髓。"

"身份信息能不能确定？"吴教授问道。

"DNA 已经做出来了，唐领导已经亲自拿着 DNA 结果去公安数据库，在全国范围内作比对了，希望能有结果。"

我长出口气，现在只能等消息了。

DNA 还可以做，这是一条很好的线索。但是死者的 DNA 未必就在生前录入过公安系统的资料库，如果没有的话，只能说这个线索就又断了。

王剑飞问道："有没有查最近一周之内的报案记录？有没有报人口失踪的？"

夏兮兮说："全市范围内报人口失踪的一共有 7 例。但是，其中 5 例已经找到，另外 2 例都是报女性失踪，所以，这个方向……不通。"

"怎么会这样……"王剑飞狠狠地抓挠着头皮，"一个大男人，二十七八岁，算是有家有业的年龄了，理论上也有正经工作、老婆孩子，竟然失踪七天都没有人报警？这太不符合常理了吧？"

吴教授点点头说："只能等对比结果了。"

这时候，唐钰刚好带着对比结果回来了。所有人都齐刷刷地看向了她。

可是，上天似乎从来不会眷顾我们。

唐钰说"很遗憾地告诉大家，公安系统资料库里没有找到头骨的 DNA 资料。所以，我们没办法通过 DNA 来确定死者身份。"

"靠！"王剑飞忍不住爆了个粗口，"这不就说明线索全断了？"

唐钰点点头说："目前来说，是这样的。"

不过，他们这些人都好像有一种神奇的共性，不管是什么案子，每每是等到线索全都断了的时候，所有人都会看向我。

果不其然，吴教授、王剑飞、夏兮兮、唐钰，包括小猛，在沉默了十多秒后，都齐刷刷地看向我，不约而同地说："小川哥，现在是发挥你想象力的时候了。"

我瞬间无语。

但是，无语归无语，看法还是有一点的。

我清了清嗓子，放下咖啡杯，说："我们之前分析过，凶手的鞋子很大、不合脚，很有可能是一个未成年人。但是，未成年人怎么会有如此心智，能够刀刀深入骨髓，去砍杀一个成年人？先不说他的心理素质能不能承受得了，就从这件事的劳动强度来说，也应该算是个体力活吧？"

"你的意思是……"吴教授忽然间眼前一亮。

"没错。"我点点头，"凶手很有可能不止一个人。甚至，我们再大胆推测一下，这个案子很有可能是父子两个人协同作案。父亲的鞋子是43码，孩子的鞋子是37码，可能孩子的母亲已经不在了或者是很久之前就已经离了婚，孩子跟着父亲长大，性格沉闷、孤僻、宅，不经常出门，甚至满脸的青春痘，看起来有些病恹恹的，不喜欢跟人交流，也不喜欢跟陌生人说话。他的内心渴望得到重视和肯定，但是整个世界好像都把他当作陌生人，他的父亲很可能酗酒，但是有一定的反侦察经验，对这一带地形很熟悉，所以极有可能是正规工人……"

夏兮兮听完了我的画像之后说："你越来越像一个顶级的心理画像师了。"

我说："我不是凭空乱猜的，我也算是个艺术家。"

唐钰没好气地点点头："对对对，艺术家，能不能再告诉我们一下，凶手人在哪里呢？"

我摇摇头说："这我就不知道了，但是除此之外，我还可以确定一件事……"

第五节 彻夜排查

"你还确定了什么？"

听到我这么说话，所有人都眼前一亮。

我下意识皱了皱眉头，点上一根烟，狠狠抽了一口，道："杀人凶手中，至少有一人极有可能很清楚我们的工作步骤和侦破手段。我推测，很有可能此人曾经在政法单位工作过，甚至是做过警察，但是目前肯定已经不在原来的工作单位至少五年以上，所以他并不知道，即使在皮肉被冰冻之后，以目前的侦测技术和检测手段，也依然可以提取 DNA。"

吴教授点头说："有道理，不是没有这个可能。"

我没搭话，继续分析道："他故意留下一个错误的脚印，说明他知道我们会从四周侦查所有细节，这是在误导我们。他冰冻头骨、撕裂受害者皮肉，可能并不是因为他对受害者有多么恨，而是为了毁尸灭迹。这也就是我们在凶手抛弃头颅的周围几公里内都没有找到受害者躯体的原因，因为受害者的躯体很有可能被抛尸到更远的地方去了。如果不是突然间出现了两个半夜喝醉了酒的醉汉玩什么大冒险，他可能真的做到了毁尸灭迹。"

"那你觉得我们接下来该怎么办？"王剑飞也抽了一根烟，办公室里很快烟雾缭绕起来。

夏兮兮嫌弃地看了他一眼，站起身来打开了门，推开了窗子。

我说："回归到案件本身。我们要从发现头骨的抛尸地点为中心，时间向前延伸三天，然后在本市范围内发布协查通告，进行地毯式搜索，看看有没有人反映提供线索。另外，凶手一定有作案工具，可以从这方面入手。"

夏兮兮说："三天前刚刚下过雨，护城河那边下得尤其大。如果有抛尸工具的话，不管是电瓶车、汽车，都一定会留下车辙印，等天一亮，我立刻带人去周围搜索。"

"嗯。"我顿了顿，"下一步，我们的侦查范围先限定在全市范围内……"

我一边想一边说，划出了一个圈圈出来。

"至于凶手的特征，我总结了所有的信息，大概如下：第一，凶手极有可能之前在体制内工作过；第二，凶手极有可能是出自离异家庭，身边有一个读初中或者是高中的孩子，应该是男孩儿；第三，凶手有正规工作，但收入应该不是很高，属于中规中矩的家庭，很有可能酗酒。"

确定了侦查方向之后，我们所有人都忙碌起来。线索断掉的时候，就趴在办公室的桌子上休息一会儿，但是大多数时候根本就睡不着，只能靠咖啡续命。吴教授年纪大了，晚上不敢通宵，身体上肯定是吃不消，所以被我们催促着去休息室睡一会儿。夏兮兮和唐钰则是人手一个笔记本电脑，葱白玉指在键盘上十指炫舞，她们在一点一点地按照条件搜索信息。王剑飞、我、小猛三个人则人手一根烟，站在市局的大楼上，看着夜色中这个灯火辉煌的城市。

此刻已经是凌晨 3 点了，这座城市也变得安静了，不夜城不复存在，只留下闪烁的霓虹灯，冷冷清清，矗立在夜色中，孤独地闪动着。

王剑飞黑着脸叹了一口气，狠狠地抽了一口烟，道："什么时候才能真正天下太平啊，这些年，实在是见了太多丧尽天良的行为了……"

小猛说："吴教授一辈子都在跟凶杀案打交道，做了一辈子法医和犯罪心理学研究专家，可终究是研究不出来，怎么才能让天下无贼。"

"是啊。"我点点头，"我们只能努力让真相大白于天下，让凶手绳之以法。"

我拿出手机，眯起眼睛把香烟叼在嘴上，随便浏览一下网页，然后习惯性地打开作者后台看一下。结果发现我的小说又被人催更了，读者把我骂了个痛快，都说我更新太少，一天就两章，还不够看的。

我摇头苦笑。我也想多更新一点，但是，实在是没有时间。

"看什么呢？"王剑飞问我。

我把读者骂的难听话给他看，说："呐，看看，他们都在骂我不更新小说，他们可能都以为我在睡大觉吧。"

"哈哈……"王剑飞无奈地摇了摇头，"至少还有人喜欢你的作品。"

"可是我自己都不喜欢自己的作品啊。"我摆手道，"有时候我宁可别发生这么多凶杀案，到时候我就封笔不写了。"

"那你恐怕永远也没办法封笔了。"王剑飞说完，一根烟刚好抽完，拍了拍我肩膀，"走了，赶紧破案，早一天抓到凶手，你的读者就早一天看到你的文章更新了。"

"嗯。"

我们回到办公室时候，唐钰和夏兮兮已经锁定出一个范围了。但是，人数还是比较多，几乎一百多人。

"现在，本市内，符合单亲离异家庭，父亲带着孩子读书，父亲曾经有过体制内工作经验，孩子读初中和高中的情况下的一共有 127 个家庭，分布于本市东西南北各个区域，一一走访调查的话，我估计破案至少需要……三个月。"

王剑飞搓了把脸，说："没关系，这已经是重大案情突破了。现在已经快 4 点了，都休息一下吧，明天还有很多工作。只要我们进一步寻找线索，不断做排除法，最终一定能缩小范围，抓到真凶。"

唐钰脸上带着歉意地说："你们都去休息吧，我都没看时间，原来已经凌晨 4 点了。"

夏兮兮打了个哈欠道："身体是累了，但是精神上睡不着啊。"

"睡不着也要休息了，明天还得干活呢，这是命令！今天先进展到这儿，明天一大早，我去找局长汇报一下情况，明天接着展开工作。不休息好，就算是有什么蛛丝马迹，脑袋一片混乱，也不利于开展工作。"

"好吧。"夏兮兮点头，"那我先去眯一眼。"

"都去吧。"唐钰挥了挥手，直接合上了电脑，王剑飞和小猛随后也迅速去了休息室。

最后，办公室里只剩下我和唐钰两个人，我再次点了一根烟，慢悠悠地抽了起来。

唐钰起身倒了两杯咖啡，递给我一杯，问道："你不困啊？"

我看了看她给自己泡的特浓咖啡，讪笑一声道："你这不是也不困吗？"

唐钰没说话，叹了口气道："睡不着啊！这位二十六七岁的死者会是谁的丈夫，谁的父亲，谁的孩子呢？冲动真的是魔鬼，有时候在杀人之前，如果凶手能够稍微冷静那么一点点，或许悲剧就会就此结束。"

我笑了笑，没说话。一根烟抽了一半，我也不打算继续抽了，站起来在唐钰那边坐下，说："来吧，我正好也不困。我们从这127个人的实际情况出发，对比情况，应该还能再排除一部分。"

唐钰怔怔地看着我，嘴角带着若有若无的浅笑，调侃道："哎，叶小川同志，你该不会是喜欢我，想趁机讨好我吧？"

我一愣，没想到唐钰会这么说，于是也回敬道："你长得这么好看，正常男人谁不喜欢你啊，你给这个机会吗？"

"给啊。"唐钰说得一本正经，一时之间我竟看不出她的话是真是假，"小时候我的梦想也是当一个作家，写一写这个世界的善与恶，记录下自己对这个世界的理解和感悟，等到老了走不动了，回头拿出自己的作品看一看，那感觉多爽啊！不过，可惜啊，我估计是实现不了了……其实我还挺喜欢你的，你要是也喜欢我，我们也可以试试啊！"

这话听得我瞬间热血澎湃的，但是我这个人比较理性，人与人的差距我还是明白的，所以，短暂的激动之后，我立即就冷静下来，旋即摇头道："你是领导，别这么说话。再说了，你可是富家大小姐，身份金贵着呢，我就一穷小子，配不上你。"

唐钰喝了口咖啡，看着我笑了一会儿，之后站起身来，主动合上我的电脑，说："去休息会儿吧，明天还要干活呢！筛选工作细致而烦琐，不是亲力亲为的话我也不放心，万一刚好漏掉嫌疑犯呢？这是命令，快去。"

"我是真不困啊。"我苦着脸笑道。

"就算不困，那未来的工作效率也不值得信任了。"唐钰说完，挥了挥手，"算了，要不咱俩聊天吧，我也有点头昏脑涨的。"

"那……也行。"我起身泡了杯茶。

谁知道，我们这一聊，便聊到了东方既白……

第六节 脑袋那么大

聊了大半夜，我跟唐钰的关系也无形之中拉近了不少，我对这个领导的个人情况也有了更深层次的理解。虽然唐钰出身富贵家庭，但是，她从小感受到的除了钱，还是钱。唐钰的父亲是个企业家，是我们东阳市龙头企业的董事长，年收入千万，身价过亿，把毕生的精力和心思都放在了企业上，家庭，自然是无暇顾及。她的母亲是政法单位工作的，工作繁重无比，和她爸爸有一拼。

在唐钰年纪小需要人照顾的时候，她一直都被寄养在爷爷奶奶家，后来上了大学，才算正式独立。而她也一直过着让无数人羡慕的生活，想吃什么就吃什么，想买什么就买什么，有钱，有好车，有豪宅。

可是，我却能理解她心中的那份对家的渴望。在旁人面前，她是一个气质女神，有钱，有颜值，眼光超高，冰山美人，一般小毛贼她不放在眼里。但其实我明白，那是没有人能让她打开心扉。小时候没有跟着父母长大的孩子，心理上都会自动打开一种自我保护机制，而这种自我保护心理的体现，就是把自己封存起来，不对人说心里话。这在别人看来就是高冷，也符合她一贯的行事作风。

但是，真实的唐钰，其实并不是这样的人。

我之所以能理解，是因为我和唐钰比起来，除了他们是亿万富翁，我们家一穷二白之外，其他没什么区别。

我的父亲是一名警察，曾经因为追查一宗大案被人迫害，雨夜分尸。我的母亲也早早地就因为我父亲这个身份跟他离了婚，现在去欧洲了，她估计都忘记我长什么样了。自然，我也忘了她的模样。所以，我很能理解一个从小就需要关爱的孩子内心的那份渴望。

聊着聊着，唐钰眼眶微红，而后自然而然地靠在我肩上……她睡着了。

她实在是太累了，身心俱疲。

我不忍心打扰她的睡眠，就一直这么撑着她的脑袋，右手从她的后背钻过去，拦腰抱住她的后背，让她睡得更舒服点儿。她那长长的头发散发着一种淡淡的百合花香味，白皙的皮肤，长长的睫毛……

唐钰真的很漂亮，近距离观察之下更美，我承认我心动了，好像我从来都没见到过这么美丽的姑娘。不过，我却不敢动什么歪心思，毕竟，都是成年人了，书上有句话说得好，大家早就过了耳听爱情的年纪。

我跟她，这天壤之别的家境，恐怕是一辈子都无法逾越的鸿沟。就比如她随便过一个生日都能收到百万豪车做生日礼物。而我呢，花掉所有钱，都未必给她过得起一个生日。

我自嘲地笑了笑，不知道什么时候，也昏沉沉地睡了。

第二天早上，我是被吴教授的声音给吵醒的！

"喂喂喂，你们……这可是办公室啊！你们至少应该去休息室……荒唐，实在是荒唐啊！"

吴教授扶了扶眼镜框，瞪大了眼睛吃惊地看着我俩。

唐钰发现在我怀里睡着，也吓了一跳，一个激灵赶紧跳起来。

慌乱之下，我面红耳赤，赶紧给吴教授解释："不不不，吴教授，误会了误会了，昨天晚上就是聊天而已，聊得开心了，后来也累了，就睡下了……"

"开心得有点过头了吧你俩？"吴教授皱着眉头，"行了行了，赶紧去洗把脸！得亏是我看见了，要是局长来听案情报告看见了，你俩就完了！"

唐钰慌乱中撩起了鬓角的长发，看了我一眼，之后冲进了休息室。

我点了一根烟，问吴教授："哎，吴教授，没别人看见吧？"

吴教授说："我起床最晚，王剑飞他们都已经去现场勘察了，我估计是看到了，但是没有打扰你们……"

"不能吧？"我将信将疑地冲到休息室看了一下，果然没人了，被窝都是凉的！

"真被看见了？"我哭丧着脸。

吴教授说："估计是看见了。"

"这岂不是完犊子了，这下所有人都误会了……"

"那有啥了，你小子还吃亏了？唐领导可是大美女，追在她屁股后面的富家公子哥儿多了去了，别得了便宜还卖乖啊！"吴教授画风一变，搞得我云里雾里，摸不着头脑。

五分钟之后，唐钰从休息室出来了，看到我，并没有脸红，也没有什么特别的情绪，就好像昨天晚上发生的事情都没有发生过一样，说："王剑飞他们已经去现场了，我们也立即出发！"

"OK！"吴教授点头。

我心里隐隐有些别扭，最后点了点头，赶紧跟了上去。

二十分钟之后，我们到达了现场。王剑飞的车停在一边，人早就展开工作了。周围有不少早起晨练路过的中老年人，王剑飞和夏兮兮正在兵分两路地询问。

见到我之后，夏兮兮没搭理我。

我赶紧去问王剑飞："怎么样？有收获吗？"

王剑飞说："兮兮那边找到了一个三天前早上5点钟早起晨练的大爷，说是见到了可疑的人，她已经做了记录了，这会儿晨练路过的人太多了，为了尽量多问询点人，我没有详细了解，一会儿你可以去问问她。"

我点点头："好。"

王剑飞看了我一眼后又继续投入了工作，向大爷问道："你好，大爷，我们是市局特案组的，请问你是每天早上都在这里晨练吗？"

"是的，二十年了，我每天都晨练！刮风下雨都不停，你看我现在，腰也不疼腿也不酸，一口气能爬二十楼！"一个头发花白的老头儿停住脚步。

"请问，三天之前你有没有从这里经过，有没有见到可疑的人或者是异常的情况呢？"王剑飞直入正题。

"三天前？"大爷停顿片刻，"三天前我没有在这里啊。"

王剑飞脸一黑，道："你不是每天都在这里晨练吗？"

大爷点头笑道："是的呀，我每天都在这里晨练的呀……"

"三天之前你有没有从这里经过？有没有见到可疑的人？"王剑飞不愿意放过每一个机会，赶紧再次问一遍。

大爷说："三天前？三天前我没有从这里经过啊……"

"我……"王剑飞瞬间无语，"行了，大爷，你继续晨练吧……"

"好咧好咧！"大爷笑了笑，离开了。

"噗！"

"哈哈哈，你找一个老年痴呆患者找线索，你也是个人才了。"

我是实在忍不住，等到这个大爷远去之后，直接笑了出来。

王剑飞搓了一把脸，道："就这种情况，就今天早上我就已经见了七个了！老爷子的家里人也不怕他跑丢了！"

我不想继续这个话题，于是赶紧问王剑飞："早上你们几点起来的？"

王剑飞不明所以，问："问这个干什么？5点左右吧，怎么了？"

"咳咳……"我尴尬地搓了搓手，"没什么，就是你们早上起来的时候，有没有看到我和唐领导……"

"哦，看见了。"王剑飞恍然大悟，一脸无所谓的样子，"她在你怀里睡着了呗，都看见了。不得不说，你小子速度够快的啊，才来红S组几天啊，你就泡上领导了！我是真没看出来！不过，你马上也是编内人员了，虽然说咱们不排斥办公室恋情，但是你们可别影响工作哟，嘿嘿嘿……"

我皱了皱眉头，心里还有点儿乐啊，点了点头说："放心吧，会注意的。"

"嗯，赶紧干活儿！"王剑飞说完，再次进入工作状态。

远远地，我看着认真干练、清爽带着英武之气的唐钰，心里乐开了花。

不过，她冷冰冰的，似乎把昨天晚上的事儿全都忘了。

或许，是我自作多情吧。我长长叹了口气，立刻投入工作，走向了夏兮兮。

"兮兮，什么情况了？"我问道。

夏兮兮没跟我说废话，直接把问询记录扔给我，继续去问下一个路人了。

"呃……"我无奈地摆了摆手，不搭理她的小情绪，赶紧看问询记录。

果不其然，问询记录还真是大有收获。三天之前，有一个老大妈在早起晨练的时候见到过两个男人，一个中年和一个青少年骑着一辆二八大梁自行车，从这里经过。

"你确定是二八大梁自行车？这东西现在很少见了吧？"

"就是因为二八大梁自行车现在很少见了，所以我才多看了两眼。"

"麻烦您回忆一下，自行车上除了载人，还有没有其他东西？"

"有，好像有一个黑布袋子在车把上挂着。"

"黑布袋子有多大？"

"嗯……脑袋那么大。"

第七节 心理安全区

看到这个笔录，我心头一震。如果猜测没错的话，我估计，这个晨练的大妈无意间看到的这个人，就是杀人凶手！她描述的形体特征也很符合之前的心理画像，父子两个人，有抛尸工具，生活落魄，曾经是体制内工作的人，有一定的怀旧心理。

我下意识迅速往后翻看笔录，但遗憾的是，后面没有这个大妈的笔录了。

我赶紧去问夏兮兮："喂，这个大妈很有可能是目击证人，怎么不继续往后面问了？后面的信息呢？"

夏兮兮翻了个白眼道："大妈说要晨练呢，而且说她只顾着看二八大梁自行车了，没在意骑车的人的长相。小张和小王都问过了，综合分析，有用的价值不太多了。"

"联系方式记了吗？"我问道。

夏兮兮点头道："记了。"

我长出口气，再次翻看笔录，至于其他人的，也没发现什么有价值的信息了。不过起码目前我们知道，杀人凶手很可能有一辆老式自行车。

一早上的工作结束后，除了这个信息之外，其他还有两个人晨练的人说是三天前见到了两个男子，其中有一个中年男人，还有一个半大孩子，骑着一辆自行车从这里路过，不过，目击的人表示，他们没有见到车把上挂着的黑色布袋。其实这也算合理，凶手从凤鸣路骑行到红星路，中途路过护城河最人烟稀少的地方，大概停留了十分钟左右，从红星路离开。

我们回到红S组办公室。所有人都情绪紧张得很，吴教授和王剑飞都抽着烟，愁眉不展，拼了命想寻找突破口。

唐钰和夏兮兮经过一上午的排除工作，从那127人中又排除掉了17个，目前还剩下110个人。不过，剩下的这些个人她们就不太敢继续大刀阔斧地排除了，因为每个人都存在杀人的可能性，为了避免漏掉真凶，只能尽量在缩小范围的同时，也稍微扩大一点范围。

王剑飞道："现在怎么办？总不能一个个地排查这110个人吧？工作难度也太大了点儿，就算是市局不要求我们限期破案，这一百多个人，一个个排查下来，打草惊蛇不说，至少也需要一个月了。"

唐钰摇头："不限期破案是不可能的，人头是市民发现的，我们必须尽快破案，才能消除影响，尽快控制舆论。我估计，今天中午之前，限期破案的命令就该下来了。"

王剑飞急得直接把半截香烟摁进烟灰缸："忙乎了二十四个小时了，我们连受害人身份都还没有确定。"

唐钰抬头问小猛："受害人其他部位搜寻得怎么样了？"

小猛摇摇头，没说话，但是意思已经很明显——毫无进展。

其实这也可以理解，试想一下，在一个拥有一千四百万人口的巨大城市里，高楼大厦，车水马龙，想要在极短的一段时间内找到一具尸体的躯干，无异于大海捞针，难如登天。找一个活人尚且不易，更何况是找一个死人？

唐钰指示道："难度虽然大，但是寻找受害人躯干部分的工作依旧不能停下来，以河中抛尸地点为中心，向四周继续延伸摸排。两公里不行就五公里，五公里不行就十公里，一定要找到！我稍后就汇报市局，申请加派人手协助你！"

"是！"小猛点了点头。

"你不用找我汇报了，全局的人都可以归你们调配。随便用，不用再请示我！"

这时候，市局领导不知道什么时候已经出现在办公室门口了，眉头紧锁。

唐钰赶紧站起来道："谢谢领导！"

局长没继续这个话题，上来直接问责唐钰："你们接到报案之后，为什么不找个理由把那两个醉汉控制起来？"

唐钰迟疑片刻，支支吾吾道："醉汉……醉汉嘛，又不是罪汉，我们拿、拿什么理由控制起来啊？"

"你放他们出去，就是两张嘴，乱说一气！今天上午，这件事情已经见报了！原本我打算放你们半个月的假的，就算是现在假期不能休息了，也没必要限期破案，但是现在这种情况，你们说，我除了要求你们限期破案，还能怎么办？在我来找你们之前，上级领导也已经给我打过电话了，这次限期时间更短，只有 48 个小时！"

"48 小时？"王剑飞瞪大了眼睛，"我们现在接到报案已经快要 24 个小时了，什么进展都没有啊，这次凶手有很强的反侦察经验，我们一点线索都没有，局长……"

"我来不是听你们说这个案情有多复杂，侦破有多困难的。"领导挥了挥手，"如果说凶手有反侦察经验，那你们哪一个不具备极强的侦查经验？这本身就是一场正义与邪恶的较量，凶手杀人之后绞尽脑汁想毁尸灭迹逃出生天，你们接到报案就应该竭尽全力布下天罗地网，将凶手抓捕归案！这是天职！我不想再听到抱怨！"

"是！"所有人都齐刷刷地站起来！

局长叹了口气道："需要什么技术方面和人手方面的支持，你们不用找我汇报，直接把电话打到我的办公室就可以了。同志们，这次案件非同小可，杀人分尸，血腥至极。这简直是在向我们公安机关挑战！这是对我们下的战书！四十八个小时之内，我希望能看见你们出手抓捕真凶，还老百姓一个公道，给死者一个交代！"

"是！"

"动起来！"局长吼道。

"是！"

夏兮兮和唐钰继续迅速展开工作，对那110个嫌疑人进行第二次深度排除和筛选。王剑飞带着小猛扩大搜索范围，尽可能早一点确定受害人身份。同时，命令重案组的小张和小王两人轮流值班亲自去110报警中心等待电话，一旦有报人口失踪案子的，立刻直接由重案组接手处理。

原本烟雾缭绕的红S组办公室，在局长来训话之后很快安静了下来，只剩下我和吴教授两个人。

我坐下来抽烟，吴教授冲我敲了敲桌子，道："给我也来一根儿。"

我笑了笑，问吴教授："能不能给我找一份东阳市范围内的详细地图？"

吴教授眼前一亮，小心翼翼地把烟点上，看着我问："你有什么想法了？"

我想了想，说："我有一个大胆的推测，但是不确定是不是正确的，所以刚才没说出来。"

吴教授果然很满意，又很快拿出了一根东阳市地图，摊开，放在桌子上，招呼我过去，对我说："说来听听，你有什么想法？"

我拿出一支记号笔，走到地图前面，用黑色的记号笔确定了找到受害人脑袋的护城河中心点。

"这是什么意思？"吴教授问我。

我说："我在警校读书的时候，老师曾经推荐我看过一本书，叫《犯罪起源》，这本书里面，主要讲述犯罪分子的三种心理，分别是作案之前、作案过程和作案之后，我记得很清楚，其中有一章节专门讲述的是'心理安全区'。"

"心理安全区？"

"对，就是心理安全区。"

吴教授迟疑了一下，眯着眼睛把烟叼在嘴里，看了看地图，饶有兴致地说："这个命题我知道，但是，在以往的案例中，并没有人利用心理安全区公式破案过，毕竟这是一个很抽象、很理想化的概念……"

"红S要的不就是想象力吗？"我说，"先让他们按照正常侦查思维推进下去，我看看能不能找到凶手的心理安全区。"

"可以一试。"吴教授拍了拍我肩膀，"反正现在也没有别的线索了，不如试一试，或许真的能找到线索也说不定！"

"试试吧。"我没再说话，迅速标注出了几个点——以抛尸地点为中心，以凤鸣路和红星路为东西纵深方向，按照公式，划出了一个十公里范围的圈子。

一个圆圈，几条线。

在地图上标注之后，我又按照道路排列和实际情况，从中心向四周映射，最后一笔一笔地画出来，力求每一笔都横平竖直，没有丝毫偏差！

最终，映射区重叠在两个地方，一个是在护城河抛尸地点0.5公里外的一个小区，叫风华小区。另一个地图映射曲线交叉点则是在距离抛尸地点10公里之外的一个学校附近小区，名叫大同小区。

完成了工作之后，我长舒了口气，刚刚好一根烟在我指缝间自燃完了，烫得我差点儿没跳起来。

吴教授看了图，赞不绝口地点头道："太神奇了，太神奇了！这两个地方，按照心理学中凶手的心理安全区，的确很符合实际情况！凶手既有可能认为最危险的地方就是最安全的地方，故意扩大行迹范围，但事实上藏身地点就在抛尸点附近。他也有可能跑到远一点的地方抛尸，十公里是正常人的心理安全距离。也就是说，这两个地方，其中之一，一定藏着凶手！"

我摇摇头，笃定道："但是，凶手在远离市中心的大同小区，不在风华小区……"

第八节 新突破

"这怎么确定的？"吴教授抬头问我。

"很简单，首先，风华小区是富人小区，附近没有学校，不是学区房，仅有一家民办小学，距离风华小区最近的初中和高中也在五公里之外，距离有点远了；其次，远在郊区的大同小区是老小区，建筑在 2002 年时候形成，距今已经有 14 年之久了。在火车站没有改造之前，大同小区曾经是铁道部工人的家属院，很符合我们的画像；最后嘛……当年的铁道部工人，上班应该都骑二八大梁自行车吧？"

"对！"吴教授激动不已，抽完最后一口烟，直接对唐钰喊道，"唐钰，马上排查一下，那110个嫌疑人里，有没有人生活在十公里之外的大同小区！"

"好！"唐钰应了一声。

"查到了！有一个住户，叫黄世华，妻子八年前离异，曾经是铁道部工人，独自抚养一个孩子，儿子叫黄之磊，读高二，不过……"说着，唐钰问我，"你是怎么确定这个位置的？大同小区距离抛尸地点可是十公里还要多，距离这么远，你就这么确定？"

"心理安全区法则在国内并没有应用于刑侦探案方向，但是在国外，早在十几年前就用上了，而且，出错率极低。"我回答。

心理学本身就是一个神奇的学科，它能够通过一个人的简单动作窥探出一个人的心理和所思所想，说它神奇一点也不为过。但是，如果是犯罪分子将心理学用于邪门歪道的话，那简直就太可怕了。

"马上通知王剑飞回来！"唐钰见我如此笃定，直接冲我喊了一句。

"好！"

二十分钟之后。王剑飞开着车带着我和小猛，三个人直奔十公里之外的老旧大同小区。

我们先是找到了物业，物业方面的人已经残缺不全了，这种老旧小区，一般只要用电和供水不出现问题，物业基本上属于摆设。

不过我们并没有直接去敲黄世华家的门，而是先找到物业，想让物业打开黄世华家的仓库看一下，能不能找到什么线索。但物业一开始说没钥匙，又让我们直接找业主去交涉，后来我们直接亮明身份，要求物业协助调查，物业的人这才老老实实地拿出了地下一楼的钥匙，打开了黄世华家地下一楼的储物间。

"二八大梁自行车！"

打开储物间的瞬间，王剑飞第一眼就看到了这自行车。

我蹲下来一看，轮盘有摩擦的痕迹，看得出来，这辆车子虽然很多年都没有骑过了，但是最近骑过。

小猛看了一下轮盘摩擦的深度，说："从铁锈磨掉的程度来看……这辆车最近应该使用过。"

"对上了！"王剑飞站起来，"我现在就通知唐钰签署逮捕令！"

"别着急……"我赶紧拦住王剑飞，"不能这么着急，很多事情还没有弄明白，不要打草惊蛇，这个案子和以往的案情不一样。"

"哪儿不一样？"王剑飞问我。

我皱着眉头道："受害人的死亡时间距离现在已经有八天了，但是截至目前，还是没有人报失踪案。试想一下，一个二十七八岁的成年男子失踪将近十天都没有人报案，这案子难道不可疑吗？"

王剑飞脸一黑，道："或许受害人是独来独往，一人吃饱，全家不饿呢？"

我说："第一，如果受害人是独处，凶手能跟他结下什么仇什么怨，以至于闹到今天这个地步？第二，就算受害人真的过着单身生活，而且八天都没有人报案的话……或许我不得不怀疑，受害人极有可能不止一个，只是我们暂时还没有找到而已。所以，哪怕我们现在已经确定了凶手，还是不能轻举妄动。我们应该回到案件本身，确定受害人身份才是最重要的。"

王剑飞没说话，点了点头。

小猛说："我也觉得小叶哥说得很有道理，不能打草惊蛇，受害人遇害这么长时间都没人报警，会不会是没人能报警了呢？如果全家都被杀了呢？"

我下意识地打了个激灵。

哪怕这一点我提前也想到过了，但是，经过小猛这么说出来之后，我也还是忍不住脊背发凉。

什么情况能够让一个人恨到如此地步？我们不得而知。但是根据我们现在掌握的状况，一旦打草惊蛇，很有可能线索就此断裂，再也无法找到更多信息。这个案子留下的线索本来就很少，如果再断了的话，找到下一个突破口就更难了。

之后，我们跟物业要走了小区内最近半个月的监控录像，让小猛留下来悄悄地盯住黄世华，然后班师回朝。

下一步，我们的侦查方向，依旧要放在确定被害人身份上。

黄世华的社会关系很简单，家住在大同小区，现在在一家制衣厂上班。妻子离异八年了，所以几乎可以排除情杀的可能。那么，我们初步分析，受害人只可能在小区的邻居以及制衣厂的同事范围内产生。

有了这个方向之后，我们兵分两路。唐钰和夏兮兮去走访调查黄世华上班的制衣厂，询问最近这段时间有没有旷工、辞工或者是没有请假也不见消息、联系不上的员工。我、王剑飞、吴教授三个人则是一方面随时和小猛保持联系，监控黄世华的动向，然后一帧一帧地察看大同小区最近半个月以来出入口的所有监控录像。工作难度之大，可想而知。

但是，我们必须这么做。

据小猛那边反馈，黄世华的作息很正常，没有任何异常的地方。通过之前几个小时的观察，黄世华出来接过一次外卖，然后就出去上班了。而黄世华的儿子黄之磊没有踪迹，几乎没出过门。

大同小区是旧小区，五证齐全，产权明确，在房市又黑又乱的当下，五证齐全的房子换手率很低，入住率更是几乎达到了百分之百。但这个小区门口只有一个监控，虽然照得比较全面，但是人来人往的，无非就是上班下班，买菜做饭，没有什么异常情况发生，平静得就像是无风的湖面一般，泛不起丝毫涟漪。

这个小区入住的人群范围也很广，有老年人在年轻的时候就在这里买了房子，住了大半辈子了，对小区内的一草一木都清楚得很，早起晨练，晚上夜跑，上午喝茶，下午下棋。也有来这边租房子的年轻人，朝九晚五，骑着电瓶车，早上出去，上了一天的班，晚上才疲惫地回来，吃饭基本靠外卖。

红S组的几个人，外加上重案组的张队长、王队长还有重案组的一线干警，分别同时在接下来24小时之内，不眠不休地全部投入观察监控工作，着重观察受害人遇害之前和之后两天的监控。

然而，一番检查下来，并没有发现什么异常，甚至我们根本就没看到黄世华在抛尸那天早上曾经骑着大梁自行车离开小区过。

王剑飞已经抽了整整两包烟了，指尖都熏黄了，皱着眉头问我："小川，咱们的调查方向是不是错了？这小区里面有很多原铁道部工人，二八大梁自行车也不少。我们这么查下去，就像是沙漠里的海市蜃楼啊，很有可能最终是竹篮打水一场空！"

我摇了摇头说："监控里面一定有线索，只是还没有发现而已。"

"可是我们都已经看了一遍了……"小张也嘟囔着嘴，抱怨了一句。

我摇了摇头道："走马观花地看，自然看不出什么线索。"

王剑飞眼前一亮，赶紧给我扔了一根烟过来，道："喂，小川，你是不是看出什么门道来了？快说来听听，别在那里故作深沉啊！"

我没工夫点烟，直接走到键盘处，十指飞速，迅速调出了十几个监控画面，分别是这十五天内的小区监控。

"你们看，在受害人遇害之前的七天里，这一对男女作息都非常规律，每天上午 8 点 40 分出门，傍晚 5 点 20 分到家。"

说着，我切换每一天的这两个时间段，有一男一女每天都出现，很准时，虽然他们每天都换衣服，但是根据轮廓，还是能看得出是同一个人的。

我继续道："但是，从出现了受害人之后，这一男一女两个人就此消失了……后面的七天监控录像里，这两个人再没有出现过。"

"什么？"

听到我这么说，所有人都吓了一跳。

"难道……凶手，还杀了不止一个人？"

第九节 凶案现场

"我也不希望是这个结果。"我摇了摇头，"但是就目前的线索来看，我们倒是可以这么理解。"

说着，我敲了敲电脑屏幕："马上联系大同小区的物业管理处，确定这两个人的身份和住户信息。"

"没问题！"王剑飞点了点头，迅速下楼开车，我旋即也跟着离开。

现在案件侦破的第一方向就是确定被害人身份。一旦确定被害人身份，下一步就可以直接从黄世华身上找到杀人动机了。而且我有预感，被害人就是我手上监控照片里的这名男子。

不过，让人费解的是，那个女人去哪儿了？就算是这个女人也同样遇害了，那她的尸体在哪儿？小猛基本上已经排查了所有适合抛尸、有可能抛尸的地方，但全都是一无所获。

现在整个红S组和重案组都很着急，一个个犹如热锅上的蚂蚁一样，急得团团转。

一路上，王剑飞的车速都不由自主地快了很多，拉响警报之后，连闯好几个红灯。

二十分钟之后，大同小区物业管理处。接待我们的还是那个中年男子，是物业经理。

这次，王剑飞也不跟他废话了，直接拿出了监控照片，指着上面的一男一女问："这两个人，认识吗？"

物业经理皱了皱眉头，道："认识倒是认识……"

"认识就把他们的信息拿出来，别说废话！"王剑飞直接就没给他好脸色看。现在懒惰不作为的人太多了，就连配合警方调查都懒得配合了。某种程度上说，拒绝配合警察调查也是要追究责任的。现在案情紧急，我们实在没时间再跟他兜圈子。

"好，好，你等一下，我找找啊……"

说了半天，物业经理扶着眼睛，从一堆业主资料里面找到了一个档案袋，说："业主名叫李良才，三年前已经去世了，李良才的妻子名叫王雪梅，现在搬出去跟儿子儿媳妇一块去住了……"

王剑飞说："那一男一女是租的房子？"

我点点头。

不等我说话，王剑飞直接问："有没有租客的个人信息？"

物业经理摇了摇头说："这就没有了，这是老校区，管理上没有那么完善的。不过，交水电费的账单上应该有他们的名字。"

"那还不快去找？"小猛黑着脸吼了一句。小猛话不多，但是很有威慑力，说话声音不大，但穿透力极强，很能震慑人心。

"好好好，我这就去找……"

大概又等了五分钟，时间已经是下午5点。

物业经理满头大汗地过来了，跟我们说："找到了，这里的租客的确是一男一女，根据保安的回忆，就是你们带来的照片上这两个人，男的叫杜伟，女的叫白露，是男女朋友关系。他们在这里租房子住已经有六个多月了，不过最近两天，保安说好像一直没见到他们了，不知道是不是回老家去了。"

我拍了拍小猛，道："马上给夏兮兮打电话，让夏兮兮查一个住在大同小区的叫杜伟的人在什么地方工作，查到之后迅速联系杜伟工作的地方，确定一下他最近有没有上班。照着这个流程，同样也查一下那个叫白露的情况。"

"好的！"小猛立刻去打电话。

物业经理看了我一眼，怯生生问道："警察同志，我没什么可以配合的了吧？"

"你当然得配合！"我摇摇头，"马上带钥匙去开门，我们要去这个杜伟家里看看。"

"啊？"物业经理有些为难，"警察同志，这合法么？毕竟人家主人不在家，我去开门，回头人家要是问起来，我这个物业经理是不是也有点儿不负责任啊？"

"那你要是能联系上他，现在就可以联系他，我们反倒省心了。"我摆了摆手，让他打电话。

沉默几秒后，物业经理点头道："行吧，你们稍等，我这就去找钥匙给你们开门。"

我跟王剑飞对视一眼，无奈地摇了摇头。

片刻之后，上楼，开门，进屋，整个过程一气呵成。

物业经理打开门之后说："警察同志，你们是警察，有权进屋，我就不进去了，在门口等着你们。"

"嗯，门口等着。"王剑飞点头。之后，关上了门。

还没来得及查看现场，王剑飞问我说："你有没有觉得这个物业经理多少有点问题？说话都不利索，办事犹犹豫豫的，会不会是知道点儿什么？"

"我也觉得他肯定知道点儿什么！不过看样子，我们要是不能拿出点什么切实的证据，他是不会松口的。"

"赶紧在房间里看看能不能找到线索！"王剑飞也着急，说完之后，直接挨个房间进行检查。

这套房子是一个小三居。家具很多，但明显是房东的，样式都比较老旧，看得出来，这杜伟和白露两人，日子过得倒是清贫。房间里面的陈设收拾得都很干净，茶几、沙发、桌椅板凳都摆放得整整齐齐。看起来，这房子的租客还真倒像是锁上大门回老家了。

不过，我隐隐有种预感，这件事情，绝对没那么简单！这个房子里面，也一定有大问题！

这时候，王剑飞从卧室出来，摇了摇头说："看起来倒是没什么可疑，没有打斗痕迹，也没有明显的位置错乱……"

可是，我否定了他的想法。

我说："每一个犯罪分子都希望把犯罪现场清理得干干净净，但越是完美干净的犯罪现场，恰恰就是最能证明问题。"

"什么意思？"王剑飞一头雾水，"你发现什么了？"

"恰好就是因为这里太干净了，反而说明这里很有可能就是凶案现场。在受害人被杀之后，房间被人刻意地打扫过，还将板凳重新摆放，拖鞋全部放回了鞋柜，就连水杯里面的茶叶都被清理了，垃圾也被扔了……但是，凶手还是留下了破绽！"

"什么破绽？"王剑飞问我。

我指了指茶几下面的扑克、筛子、麻将以及茶几桌面上被烟头烧黑的痕迹，分析道："看得出来，男租客应该喜欢打牌，喜欢抽烟，为人邋遢，不修边幅，你看看门口的鞋柜就知道……"

王剑飞点头道："这倒是的，那双女士拖鞋很干净，那双男式拖鞋上面还有烟灰。"

"一个邋里邋遢、抽烟、打牌、喝大酒的人，几乎不可能把客厅打扫得干干净净！即使有女人帮忙收拾，也不可能一点痕迹都没留下，"我说，"我刚才在阳台上和次卧室里面同时发现了地面上的烟屁股还有窗台上的烟灰。"

"这又说明了什么？"王剑飞问道。

"这说明，我们看不到烟灰的地方，都是凶手打扫过的！看得到烟灰的地方，恰好是凶手行凶的时候不曾进去过的，他自然为了避免无意间留下线索，所以选择无视！"

王剑飞再次查看了房间，之后过来跟我说："果然，卧室、客厅、卫生间三个地方都干干净净，明显被打扫过。而次卧室、阳台、厨房都有不同程度的烟灰，而且不是近期才留下来的，至少半年以上了。"

我点点头，说："所以，这里很可能就是凶案现场！"

王剑飞眼前一亮，心情豁然开朗，冲着我竖了竖大拇指，但是来不及夸奖我什么，赶紧拿出电话，道："我现在就打电话申请批捕！"

"别着急。"我再一次拦住了王剑飞，"凶手的反侦察经验很足！而且，既然他在杀人之时、杀人之后都能做到冷静分析情况，说明此人应该也想好了自己的退路。不到最后关头，不能抓人！"

说完，我拍了拍王剑飞："走吧，还有几个细节没弄清楚。"

王剑飞在侦破阶段很大程度上都听从我的指挥，听我这么说完，点了点头没再说话，迅速出去。

物业经理在外面站着，不过是站在楼梯口，显然似乎想要刻意和这个门口保持一定距离。

老式小区，六层高度，不通电梯，一梯两户。

物业经理看到我们出来，打了个招呼，笑道："警察同志，发现什么了吗？"

"呵呵。"我摇摇头，没跟他多说，指了指对面的一户人家，"这户人家叫什么名字？"

"这就是你们上午让我打开储藏室的那一家，人家是在大同小区买的房子，户主叫黄世华。"

我和王剑飞对视一眼，同时双双心头一震！

现在，嫌疑人初步锁定黄世华，被害人初步锁定杜伟，或许还有白露。

这一男一女，恰恰和黄世华是邻居关系。假如他们邻里之间因为一些矛盾心生不满，逐渐积怨，久而久之，在冲动之下激情杀人，能讲得通。

王剑飞继续问道："这两户平时关系怎么样？"

我刚打算在楼梯口四下转一圈，看看能不能发现什么。然而，就在这时候……

第十节 他在隐瞒什么

小猛从楼梯口冲了上来，见到旁边还有外人，我便带着小猛回到屋里，问他："什么情况？夏兮兮查到了吗？"

小猛喘了口气，点头道："她们已经查到了，杜伟今年 28 岁，在一家家具厂上班，叫家装大世界。夏姐立刻联系了家装大世界的经理，这家公司的经理表示，杜伟刚好已经差不多九天没来上班了，到明天就正好十天，电话也联系不上，公司已经对他进行了开除处理。同时，夏姐询问了这个杜伟平日里的作风问题和人际关系等，公司的经理一听说杜伟犯事儿了，倒不意外，说这个杜伟平日里抽烟成瘾、酗酒成性，人品很烂，三天两头请假，甚至有时候直接不请假就走人了。在公司里，他的人际关系差到了极点，根本就没什么朋友。不过，公司那边有人透露，这个杜伟有一个对他还不错的女朋友，长得挺漂亮的，名叫白露……"

"白露查了吗？"我问道。

"查了，都查清楚了！"小猛说，"杜伟的女朋友白露是一家小型创业公司的文员，公司叫红云科技，唐领导也第一时间致电红云科技了解情况。不过，根据我们的了解，这个杜伟和白露虽然是男女朋友关系，可是两人的人品和性格几乎是天差地别、截然相反！白露为人很善良，说话带笑，不管是对待朋友还是陌生人都非常友善，在公司里面朋友很多，跟同事很合得来，与领导也关系融洽。但是，红云科技人事部那边也同样表示，九天之前，白露下班之后就再也没回去上班，电话联系不上，QQ和微信消息也没人回复，公司已经对她按自动离职处理。现在，白露已经不是那个红云科技有限公司的员工了。"

"同样是九天之前……"我打了个寒战，"很有可能，这两个人，双双遇害啊。"

小猛上下打量了这套房子，说："房子收拾得挺干净的啊，这是犯罪现场？"

"你能看出来？"我吃惊地问道。毕竟，在我的印象中，小猛是一个五大三粗的人，一个人打二十个壮汉没问题，但脑袋却不那么灵活。

小猛点了点头，四下看了看，说："多少有点儿不对劲儿，不过看不出来不对劲儿在哪儿，反正是不太对。"

"是不太对。"我叹了口气，"不过很快，我们就都能知道究竟不对劲儿在哪儿了。"

说完，我迅速出门。

外面，王剑飞一直在问物业经理的话。

我眼神询问他没有什么结果，王剑飞耸肩，小声回复我："全都是些没用的废话，根本说不到点子上。不过他回答问题的时候明显在回避什么，顾左右而言他，这个物业经理，肯定有问题！"

我示意他先不要打草惊蛇，不能轻举妄动。

王剑飞点头。

之后，我对物业经理开口道："黄世华家的门，能不能打开来看看？"

物业经理说："这家是有人的，不用我开门，你们敲门就是了。"

"你知道得挺清楚啊？"王剑飞皱着眉黑着脸问道。

物业经理反驳道："我……我毕竟是这个小区的物业经理嘛！业主的信息我是有义务知道的，知道得更清楚才能更好地为他们服务嘛，呵呵，物业就是为业主而生的。"

"好，好啊。"王剑飞点点头，"好一个物业就是为业主而生的！那既然你这么尽职尽责的话，为什么刚才连杜伟和白露是这套房子的租客你都不知道，还跟我扯什么已经死了的户主老伴儿王雪梅？"

物业经理被王剑飞怼得哑口无言，脸色苍白，没有一丝血色，半天都没憋出一个字来。最后才算想了个理由出来，支支吾吾道："毕竟……毕竟我们只记业主信息，租房子的人流动性太大了，这附近这两年小型创业公司也很多，来来去去的人多了去了，实在是记不过来啊……"

王剑飞冷笑一声，摆了摆手道："行了，你先回去吧，回头要是有事儿，我们还会再找你的。"

"哎，好，好。"物业经理擦了擦脑门儿上的冷汗，提着公文包，下楼赶紧走人。

王剑飞看了我一眼，道："怎么样？我就说这个物业经理有问题吧！他肯定知道什么！不过，侦破阶段还是听你的，不轻举妄动。"

我摇摇头道："这个物业经理一定知道些什么，不过我想他大概是无意间看到过什么，他和凶手并没有什么关系。所以，他既没打算隐瞒，也没必要主动去向谁打报告，他只是不想趟这浑水而已，等到他有用的时候，我们一样抓他！"

王剑飞不再说话，敲响了对面的业主的大门。

这种红色的大铁门还保持着十年前的设计风格，跟现代化小区的建筑设计格格不入，这里看起来又窄又小，置身于此，总给人一种强烈的压抑感。

王剑飞连续敲了几次，都没人应声。

他皱着眉头说："该不会是没人吧？物业那小子骗我们的？"

我摇头说："不至于，物业再不负责也是物业，他说有人，肯定有人！"

小猛下意识歪着脑袋，把耳朵贴在门板上往里面听。几秒之后，小猛点头说："里面有动静，肯定有人！"

王剑飞和我瞪大了眼睛不可思议地看着小猛，道："这你都能听得到？"

小猛憨憨一笑，点点头，算是默认。

这也难怪，小猛是特种兵出身，是参加过真正的战争的，侦查能力和作战素质根本不是普通人能比的，他的听力、视力等，跟正常人相比，肯定是出类拔萃的。

果不其然，在小猛确定里面有人之后，不到十秒钟，我们就听到里面一个拖拖拉拉的、踩着拖鞋的声音过来了。

到门口之后，里面的人并没有说话，动静也消失了。我估计对方正在门里面趴在猫眼上往外面看呢。

王剑飞毫不犹豫地拿出了警官证，对准了猫眼，大喊一声："我们是警察！想要过来了解一些情况。"

"稍等。"里面应了一声，之后，打开门。

门打开了，开门的是一个十七八岁长满青春痘的大男孩子，他穿了一身睡衣，睡眼惺忪，头发乱糟糟的，估计已经好多天没洗头了。不过，都已经这个点儿了，他这个样子看起来不像是刚睡醒，大概是玩游戏玩了大半天了，分不清昼夜了。

"你们要问什么？我爸爸没在家，上班去了，家里就我一个人，要不你们等我爸爸回来之后再过来？"男孩子说道。

"你爸爸没在家，你妈妈呢？"王剑飞故意问道。

男孩子摇了摇头说："我没妈妈，他们很早之前就离婚了，现在就我跟我爸住。"

"那你爸爸几点下班？"王剑飞问道。

男孩子抬手看看手上的电子表，说："厂里面是 17 点半下班，他骑电瓶车回来需要二十分钟，大概 17 点 50 分能到家。"

"那没关系，反正时间也不久，我们就在这儿等你爸爸回来吧。正好我们也有些事情要问问你，方便我们进去说话吗？"王剑飞问话的时候，脸色和语气看不出任何异常。

说白了，这就是经验。面对这种看上去并不懂反侦查和心理战术的人，就需要好好说话，让他消除戒备心理，同时取得对方的信任。有时候，不用你自己问，他就能主动把关键信息给说出来了。

男孩子点点头说："好的，那你们进来吧。"

我们进去之后，男孩子手忙脚乱地给我们倒水。

王剑飞摆手说不用，让小猛拖住他，我们俩则以最快时间观察客厅，尽可能多发现点信息。男孩子没什么防备，一直在倒水。

不过，我倒是觉得，这小子似乎有意无意地在观察我们的动作……

门口的鞋架上，全都是男式鞋，有大有小。

我说："鞋架上这鞋子都是你和你爸爸的？"

"是的。"男孩子点点头。

王剑飞走过来，用脚轻轻拨了一下一双大的黑皮鞋，还有一双明显是这个男孩子的白色运动鞋，码数分别是 43 码、37 码。

我和王剑飞对视了一眼，没再继续这条线索，因为这条线索已经对上了。

真凶，似乎已经呼之欲出。

这时候王剑飞坐下来，一脸严肃地问道："你们家邻居，也就是隔壁，住的是什么人，你知道吗？"

男孩子正在倒水，听到王剑飞这个问题，明显手抖了一下。

不过，这个话明显问得似乎有些过激了，男孩子的防备心再次提起来，他警觉地看了王剑飞一眼，摇了摇头道："我一直都在上学，放假时候就在家打游戏做寒假作业，很少出去，不认识邻居……"

我赶紧眼神示意王剑飞先不要再问。之后，赶紧转移话题。

"墙上那么多理工科奖状，你高中是学理科的吧？"

男孩点点头。

就在这时候，外面传来了一阵似乎很着急的敲门声……

男孩一愣，也不回答我问题了，赶紧站起来。

"我爸回来了。"他一边去开门，一边嘟囔着，"今天怎么又回来得这么早……"

第十一节 问话

又……这么早？

我注意到了这小子说的话，心里暗暗疑惑，这话是不是可以理解为，这段时间以来黄世华的作息都很不规律？

想及此处，我下意识看向王剑飞，他显然也顿了一下，摸了摸小胡子，我俩相互看了一眼，心照不宣，我估计他心里也琢磨着什么呢。

男孩子跑过去打开门。

门口站着一个中年男子，胡子修剪得很好，双鬓微微发白，剪的也是平头，方方正正的。衣服也算是干净，沉着干练，很符合上个世纪老工厂工人的典型特征。

从外表形象上来看，这个黄世华倒是给人一种安全感，有一股子憨厚老实的感觉。

他似乎并没有注意到屋子里还有客人，儿子开门之后，他顺其自然地脱鞋换鞋，且同时开始从口袋里摸烟盒——这几乎是一系列的动作。

当他看到桌子上的泡面桶，皱眉问道："你小子，又吃泡面！你小子一天天的待在家里玩游戏，迟早得把你那脑瓜子给玩儿废了，知道不？眼镜儿都配多少度的了，自个儿心里没点数？"

黄之磊似乎对这种教训习以为常了，不点头也不摇头，直接选择无视，直接岔开话题，问："你今天怎么又回来这么早？"

黄世华道："厂里不加班，没那么多业务，活都干完了不回家干啥，等着管饭啊。"

"哦。"

黄之磊点点头，回头看到了我们，这才想起来家里还有客人，赶紧又补充道："家里来客人了，看，这几位是警察。"

"哦？"

黄世华显然始料未及，听到孩子的话，正在换鞋子，下意识抬头看。

我们几个人都没穿制服，黄世华看到之后愣了一下，停顿了几秒，也不继续换鞋了，索性直接快速走过来。

"失敬失敬，你看这孩子，进门也不知道先说正事儿，跟我扯了一大堆我才知道家里有客人……"

王剑飞笑着站起来，拿出了警官证，说："你好，黄先生是吧？我们是市局重案组的，想要找您了解一些情况，来的时候你不在家，孩子说你马上就回来了，于是我们索性在这里等着了。"

"没关系没关系，让你们久等了……"

黄世华看了一眼王剑飞的警官证，赶紧拿起茶壶，给我们所有人都添了点热水，又在我们的杯子里一一放了些菊花。

"不用这么麻烦的黄先生，我们就是了解一些情况。"王剑飞示意他不用继续倒水。

"没事儿，我这儿子不怎么懂事，就倒了点水，连茶叶也不知道放，你们见谅啊……"

直到他把这一套"待客流程"全部做完，王剑飞才得空开口问话。正所谓"伸手不打笑脸人"，我们也是没办法。

"几位警官想了解什么？我在这一片已经住了几十年了，对着周围大大小小的事儿都很了解，里里外外的也都熟悉，应该是可以帮得上忙的。"

黄世华终于忙乎完，坐在我们对面，整理了一下领口，很尊重人，也给人一种很舒服的感觉。

王剑飞笑了笑，也不着急，只是看了看墙上的奖状，问道："这都是你儿子得的奖？"

黄世华回头看了一点，赶紧点头。

"哈哈，对对对，是的，这都是我儿子小磊的奖状！警察同志，你们可别看这小子木讷，但是在学校里学习成绩非常好，尤其是物理，他好像从小就对这个感兴趣得很，上高中之后，他已经好几次在市级的物理考试以及动手实践课上获奖了呢！从他上初中开始，家里面的漏电保护器、电闸保护开关还有电路的并联串联，我们都没找过物业和电工了，全都是他搞的，要不就说他脑瓜子聪明呢，就是不听话，玩游戏上瘾了，呵呵……"

说着，黄世华脸上升起了浓浓的自豪感。

"孩子这么小就搞电路啊？你也真放心得下。"我试探性问道。

黄世华摇头说："一开始我也觉得不安全，但是他非要说没事儿，我就让他试试，试了几次之后，的确是没问题，不仅故障排除了，故障率也降低了很多，后来我也就没再管他。他排的线路，我有一次也找电工师傅看过，师傅都说没问题，跟专业的老伙计没什么两样。呵呵，再者说，培养孩子本来也需要培养他的动手实践能力，再说我平时上班也忙，就没再在意过这个事儿了。"

"好，挺好的，多多培养孩子的兴趣，以后如果能把兴趣当职业，最好不过的了。"王剑飞笑道。

"是啊，做自己想做的事儿，还能赚钱混口饭吃，是每一位家长都希望自家孩子能做到的事儿。"黄世华点头道，"过来人了，当父母的，其实不求啥望子成龙的，安安稳稳过一辈子就成。"

王剑飞点了点头，意识到话题扯远了，赶紧继续问道："方便问一下孩子妈妈的事儿吗？"

黄世华迟疑了一下，之后他又看了看旁边的黄之磊，提醒道："小磊，你回房间做作业去吧。"

"哦。"黄之磊点点头，回到自己的房间，关上了门。

黄世华这才尴尬道："孩子他妈妈在孩子六岁的时候就离开了，孩子当时倒是也记事了，但是记忆并不是很清楚，这些年我又当爹又当妈的，也很少在他面前提起妈妈的事儿。"

"你们是协议离婚还是……"王剑飞问道。

"没有离婚。"黄世华摇了摇头，"在法律意义上，我和他母亲现在还是夫妻呢。"

"嗯？"王剑飞一愣，"这又是为什么？"

"她跟有钱人跑了，一走就是好几年，既不回来看我，也不回来看孩子，也算是离婚吧，只是还有最后一道程序没走。"黄世华解释说，"我这个人，固执了一辈子了。在这件事上，也是我固执。原本她是跟我提出要离婚的，但是我说了，要想离婚，就让她回来把这套房子分一下，家里的财产一人一半，既然离了婚，就要断得清清楚楚、干干净净的。但是她跟着有钱人走了，也不缺我这半套房子，说家里的东西她一分钱都不要，就想要把孩子带走，我没同意，后来这个事情就搁置了。几年前我听说她跟着那富商出国了，之后就再也没有消息……"

王剑飞摇头苦笑道："黄先生你这又是何苦呢，孩子抚养权的事情会有法律定夺，再说了，像这种情况的话，孩子的抚养权肯定是归你的。对方抛弃家庭在前，且不说她是不是缺钱，一半的房子和家产她不接受也是情理之中，接受了才不合乎清理呢。说句题外话，你这纯属自己给自己找罪受，固执啊！"

黄世华尴尬地笑了笑，深深点点头，端起水杯喝了一口，道："是啊，固执了半辈子了，我还不想半途而废，就这么固执下去吧，呵呵……"

王剑飞长出口气，看了我一眼。

我轻轻点了点头。

时机成熟了。

黄世华的防备心应该减弱了许多，是时候切入正题了。

王剑飞拿出了杜伟和白露的照片，递给了黄世华。

"黄先生，这两个人你认识吗？"王剑飞问道。

黄世华只看了一眼，就直接点头道："认识，就住我们隔壁。我们这一梯两户的，不过这个点他们应该不在家，都上班去了……"

说着，黄世华又看了看手表，道："哦，不过这个时间，应该也快下班了，这一对儿小年轻，整天出双入对的，羡煞旁人啊……"

"你知道他们叫什么名字吗？"王剑飞问道。

黄世华皱了皱眉头，沉思了一会儿，说："男的嘛……好像是叫杜伟，女的就不知道名字了。但是那丫头还不错，出来进去的，只要见面她都打招呼，人很好的……"

说到这儿，黄世华停了下来，问道："怎么了？警察同志，这两个人是出什么事儿了吗？"

"失踪了。"王剑飞说，"有人报了失踪案，所以我们就过来了解一下情况。"

"失踪了？"黄世华做出一副不可思议的表情，"这好好的大活人怎么会失踪了呢，搞错了吧？都是成年人了，不该太贪玩啊……"

王剑飞说："具体的情况我们会深入调查的。"

黄世华见王剑飞不悦，也不再多问，点了点头道："好吧。"

"你平时跟他们关系怎么样？"王剑飞继续往下问。

我站起来说道："黄先生，方便我站起来四处看看吗？"

黄世华点点头道："呵呵，当然可以，家里就我们两个大男人，平时不怎么收拾，警察同志，你别介意就行。"

我没再说话，微笑点头示意，之后起身去了厨房。

我之所以站起来，是因为我觉得这个房子里肯定藏着秘密。我看出来了，这个黄世华心理素质极好，简直是一个非常好的演员，绝对的戏精。如果按照正常的询问流程，恐怕问三天三夜也问不出什么。其次，这个黄世华逻辑思维缜密得很，能说会道，巧言善变。很显然，他肯定提前做过功课了，该怎么回答、怎么保护自己、撇清关系，他脑海中都清楚得很，一个字不多说，一个字不少说。

实话说，黄世华真的不是一般人。继续耗下去我估计意义不大，倒是他儿子黄之磊在黄世华回来的时候，曾下意识地嘀咕一句"今天怎么又回来这么早"，这一句话虽然平淡无奇，但是在当时的条件下，却多少显得有些突兀。

我不禁开始怀疑，黄世华的作息突然反常到底是因为什么，是有什么特殊事情发生，还是有什么情况需要他处理，且不能让儿子知道？

我想，如果假设存在，那么线索肯定也有……

第十二节 暴露无遗

两室一厅的房子，黄世华和儿子黄之磊分开住两个卧室，厨房和卫生间门挨着门，很普通的户型，几乎是一览无余。各个房间打扫得也还算干净，小阳台的窗户没关，除了时不时吹来一股子臭袜子的味道之外，倒也都还说得过去。

两个大男人生活的地方能保持这个样子，已经相当不容易了。

我没去看卧室。在我的潜意识里，即便是变态级的杀人凶手，也不会将任何有关受害人的东西放到自己的卧室里，大半夜自己吓自己。当然，也有特殊情况。不过，这个黄世华肯定不会。

我下意识地去了卫生间。我依稀看见卫生间里面有些杂乱无章，似乎是摆了不少器材一类的东西，有点奇怪。

我推开门。卫生间有一股子全新水泥浆的味道，小窗户则是打开锁死的状态。门后放了半袋水泥，还有大半卷防水胶带、堵漏王、打磨机、锉刀，还有几块全新的地板，是已经开封了的，大概是用剩下的了。

我无聊地搓了搓手，有点想抽烟了，但是碍于身份，加之在别人家抽烟不礼貌，再说了，这里也没有什么线索，便打算出去。如果王剑飞的询问告一段落的话我们就抓紧时间走人，直觉告诉我，就这么聊下去是毫无意义的，纯属浪费时间。

就在这个时候，我隐隐觉得身子有些冷。外面一阵冷风吹进来，下意识让我一个哆嗦，脊背发凉了一下。

我正打算回头出去呢，突然发现黄世华不知道什么时候就在门口站着，一直在盯着我的背影看。

"我去……"

我看到他那浑浊深不见底的黑色眼球，根本没反应过来，我吓了一跳，心脏突然就砰砰砰地跳了起来。这老小子盯着人看的时候好像带了一种杀气，活生生的，让人浑身不舒服。

我努力让自己保持平静，不刻意表露出什么。

"黄先生什么时候过来的？"

黄世华见我看到他，嘿嘿一笑："哦，我过来喊你呢，其他几位警官已经问完了，我是来看看你这边，是不是需要我有什么配合的……"

"这些东西干什么用的？"我指了指地上放的那些工具。

"那些啊……"黄世华无奈地摆了摆手，"我们这里可是02年的老小区了，当年的设计弊端逐渐暴露出来了，卫生间防水不到位，楼下的邻居反应了下情况……我就自己处理了一下。咳咳……叶警官，这个，有什么问题吗？"

"哦，没有。"我摇了摇头，迅速走出厨房，又看了看王剑飞，"问完了？"

王剑飞点点头，用眼神示意我出去再说。

"好吧。"我不再说话。

王剑飞上前一步，"那好了黄先生，今天就先到这儿了，回头再有什么需要，我们再过来打扰。我们就先走了。"

"嗯，好，我送你们吧……"

"不用不用，黄先生留步吧。"

"好的，那你们三位慢走……"

我们出门之后，黄世华关门。

这时候，我第一时间拍了拍小猛的胳膊："小猛，快听一下，里面的脚步往哪儿走了！"

小猛不明所以，但是反应很迅速，耳朵迅速贴在了那铁大门上。

几秒钟之后，小猛说："那脚步走向孩子的房间了。"

"黄世华去黄之磊的房间了。"

我要的就是这个结果。

王剑飞大惊失色，盯着我问道："你什么意思？发现什么了？"

我说："警察前脚刚走，黄世华立刻去孩子的房间。刚才他不是说让孩子去做作业吗？试问，在家长眼中，还有什么事儿比孩子学习更重要的？但是他现在第一时间就去孩子房间，肯定是有比做作业还重要的事儿。"

王剑飞道："他莫非是想知道，在他回来之前，我们问了黄之磊什么话？"

"对。"我点头，"黄世华一直表现得镇定自若，但其实他早就心乱如麻了，所以才会在你们询问完毕后第一时间去厨房看我。其实他并不是打算配合我再问点什么，是催着咱们走人呢，而后我们前脚刚走，他后脚就去找孩子了。"

王剑飞皱了皱眉头，说道："但是我们还是没什么证据啊。这些都是推测，不能当成证据用的，而且从刚才的情况来看，这个黄世华表现得实在是太镇静了，一点有价值的话也套不出来。我们现在唯一能确定的，就是他楼下储藏室里有一辆二八大梁自行车，在最近几天骑过几公里。可是这同样不能作为证据，太苍白无力了……"

"他越是表现得无懈可击，就说明越是有漏洞。他一定有问题。"我冷笑一声，拍了拍王剑飞的肩膀，"你们先带着这两个水杯回去提取一下 DNA，尽快确定受害人身份。"

王剑飞点头："那你呢？"

"我在小区周围转转，看看能不能有其他的什么发现。"我说道。

王剑飞眉角一挑："你一个人能行吗？我告诉你，咱们面对的可是杀人犯，搞不好会出乱子的，越是这个时候越是不能轻敌。类似那天晚上吕梁拿着锉刀去杀你的情况我是一定不允许再发生第二次了。"

我一边掏烟一边不耐烦地摆手示意他们走人。

"工作还是要一步一步来，不能心急。"王剑飞此刻表现得相当讲义气，

"咱们也没穿制服，转转就转转，也不引人注目，目标也不大，还是一起吧，也好有个照应。小猛，你觉得呢？"

"嗯嗯，是，我也觉得是这样。"小猛后知后觉，连连点头。

"唉……"我无奈摇头，只好同意。

下了楼，我在绿化带抽完了一支烟，扭头看了一下楼上黄世华的家。这时候，楼梯间刚好出来了一对中年父母。

我熄了烟，赶紧凑了过去。

"你好阿姨，方便耽误您两分钟时间吗？"

这阿姨是个和善人，大概五十来岁，皮肤保养得不错，听我有话要问，点头欣然同意。

"您是四楼西户的住户吗？"我问。

"是啊，怎么了？"阿姨问我。

"您家楼上是什么人，您知道吗？"

"五楼西户，知道啊，老黄家嘛……"

王剑飞一看我这边有突破，立刻就亮着眼睛走了过来。

兴许是阿姨看着我们三个汉子冲过来，尤其小猛那一脸横肉，虎视眈眈的，顿时就警觉了起来，上下打量着我们仨，问："你们是干什么的？"

王剑飞亮了亮证件，说道："阿姨，我们市局刑侦队的，有点情况要了解下。"

"你们在查老黄？"这大妈见到证件，戒备心是放下了，但显然是很吃惊，"老黄这人可没什么要了解的，憨厚老实，待人也好，工作认真负责，邻里关系也处得特别好。他老婆早些年跟人跑了，自己又是个下岗职工，下岗还不安置，这些年他一个人养活孩子，又当爹又当妈，很不容易。我们是几十年的老邻居了，我可太了解他了……"

"嗯，这个也是我们目前了解到的情况。"我点点头，"但是阿姨，您能说说具体的情况么？比如说，您和他产生过什么交集？最好是最近这段时间的。"

"我们几乎天天都打招呼啊！"大妈想了想，"哦，对了，前些天他们家卫生间漏水了，我当天下午找他说了下情况，老黄二话不说，当天晚上就施工了，还专门买来礼物下楼跟我们道歉。几十年的老邻居了，他这么一来，弄得我都不好意思了……"

"漏水？"我皱皱眉头。

"嗯，对的呀。"大妈点头。

"其他还有吗？"我又问。

"其他的……也就没什么了呀。"

这大妈对警察问话还是多少有些抵触的，可能正常人都会产生这种情绪，所以她便以还要去菜市场买菜做饭为由，想一走了之。

我最后又问了一句："漏水那天具体是几号、什么时间，您还记得吗？"

大妈挠了挠头，回答道："九号下午吧，你们要没其他事，我就先走了啊。"

说着，这大妈直接推脱着走人了。

"等……"王剑飞目送大妈离开，无奈地甩了甩手，扭头看我，"怎么样？问也白问吧？看人家说得多好，邻居之间关系和睦，为人忠厚老实负责任，又当爹又当妈的不容易。要这么说的话，咱们是不是得给黄世华发个'三好市民奖'了啊。"

我摇了摇头，说道："不，一点都不白问。"

"怎么，你有发现？"王剑飞眼前一亮。

我抬手指了下腕表，说道："今天是 16 号，距离 9 号，刚好是一周之前。而河下发现的头骨，准确死亡时间刚好是一周之前。你说，一周之前的 9 号下午，邻居家死了人，他家卫生间漏了水，有这么巧合的吗？"

王剑飞认真地盯着我，咂了咂嘴："这两件事，看起来虽然没有直接关系，但是好像确实有点可疑。"

"虽然没有直接关系，可是万一有间接联系呢。"我不想再耽搁时间，"先回局里确定死者身份再说吧。"

"好。"

我觉得，真相已经近在咫尺，但是又扑朔迷离，就像是一团雾气在头顶盖着。可就在那浓雾之中，偏偏还有一个光亮的斑点在闪动着，而那一个亮点，就是真相。

很快，我们带着从杜伟和白露客厅带回来的水杯回到了市局。我把防水袋中的杯子递给夏兮兮，说道："马上去提取DNA，和死者的DNA序列做比对，确定一下是不是同一个人。"

"是。"夏兮兮说完，立刻去了实验室。

唐钰这边也着急得不得了，问："有什么进展吗？"

王剑飞摇头道："那人是老油条了，滑得很，几乎很难抓住他的什么话和把柄，关键的信息一句也不说，几乎是没什么进展，等于白跑一趟。"

"小川，你呢？"唐钰问我。

我点了一根烟，狠狠抽了一口，说道："我这边也没什么特别的发现，不过总还是觉得哪里有些不对。我需要一点时间……"

"好吧，"唐钰说，"虽然我们必须早点破案，但是侦破过程不能着急。既然需要时间，那我就给时间。你们千万不要被着急冲昏了头脑，遗漏了细节。"

这时候，我脑海中灵光一闪，道"我觉得，我们是不是可以从黄世华的行踪上入手，调查一下？"

王剑飞扭头看着我，问道："什么意思？"

我解释说："黄世华今天提前半个小时回家，这种行为在儿子黄之磊的眼中看上去很反常。而且之前我们刚去，问到他爸爸什么时候回来，他能够很准确说出下班时间以及到家的时间，这说明以前黄世华在生活作息方面非常准时准点，唯独最近这些天明显不正常，所以我觉得这件事情值得深究。如果工厂里面活不多，那他只提前半个小时下班？如果提前了很久，那么他只早回来半个小时，其他时间干什么去了？"

说到这儿，我不等王剑飞开口，直接伸出两根手指："我们现在兵分两路，从两个方面调查，最后再信息汇总。第一，联系一下黄世华所在的工厂，确定一下黄世华这段时间的出勤情况，或者确定一下他有没有去上班；第二，赶紧联系市政和路政部门，逆向调查黄世华回家进入大同小区之前的沿途监控，看他从工厂下班之后到回家的这段时间都干了什么。还有一点非常重要，我们要重点调查一下博世牌的打磨机、切割机，看看这个品牌在本市范围内哪里有卖的，我打算从这个点查一下。"

"打磨机？"王剑飞瞪大眼睛问我，"什么打磨机？"

"在黄世华卫生间看到的，他最近买了全新的打磨机、切割机，还有锉刀、水泥、堵漏王等等，据我所知，这个品牌的东西价格不菲。"

王剑飞吃惊地看着我："好小子，你注意得倒是挺细致啊，连品牌都清楚了？"

"不细致不行啊，这老油条太狡诈，不好办。"

"好。"王剑飞立刻开始安排了。

我们一群人在这里商量着，其他处各民警、重案组一线干警也迅速忙碌起来。

第十三节 逆向追踪

几十分钟过之后，有价值的重大发现源源不断地传来……

首先汇报的是夏兮兮。她说："杯子上的 DNA 排列顺序出来了，杯子上有两组，其中一组和受害人 DNA 完全吻合，可以确定受害者就是杜伟。另一组，很有可能是杜伟的女朋友白露的。"

唐钰则联系了黄世华的工厂方面，工厂的管理层表示，黄世伟一周之前曾经请过假。而他这段时间的确有点反常，迟到早退不说，今天下午还因为工作时候心不在焉，砸伤了一个工友的脚趾。挨了训斥之后，他 16 点左右就赌气离开了。

"看来我们的方向是对的。"我说，"我们可以调查黄世华今天下午所有行踪轨迹和沿途监控，速度必须要快，才能避免节外生枝。"

唐钰想了想，提醒道："这个工作量有点大，单单让路政和交管方面的同事去完成，恐怕得一下午时间。"

"你联络协调一下，看看能不能我们都过去帮忙，针对性排查，这样效率也高，能快一点。只要找到黄世华的证据，我们就可以实施抓捕了。"

"只能这样了。"唐钰迅速打电话去协调工作。

王剑飞、吴教授和我则焦虑不安地坐着抽烟。

我脑子里有一堆的问题。如果说受害人杜伟和白露都是黄世华杀的，那么尸体在哪里？既然是抛尸，为什么他单单抛弃了脑袋，身体和四肢去哪里了？其次，也是最关键的一点，黄世华的杀人动机是什么？虽然说，邻里之间出现矛盾也是正常的，可是，从黄世华的性格来看，不太像是一个能冲动之下做出杀人举动的人。

"唉。"

我长长吐出一口浊气，转眼间一根烟已经抽完了，脑袋有点昏昏沉沉的，还带着点疼。

这时候，唐钰踩着小白鞋迅速走过来。

我甩了甩脑袋，使自己保持头脑清醒，赶紧站起来问她："情况怎么样？"

"已经沟通好了，红S组的人全部过去帮忙，争取最快时间确定黄世华今天下午的行踪。准备一下，马上出发。"

"是。"

所有人立刻站了起来，生龙活虎的，吴教授和王剑飞直接把烟屁股摁进烟灰缸。五分钟之后，我和王剑飞开着车直奔路政部门。

我们赶去的时候，门口已经有两个同事在接待了，一一打过招呼之后，我们直接去了监控部门。协调工作的领导姓杨，大家都叫他杨队，是个瘦高个中年男子，干练得很，一看就是一把工作好手。

唐钰说："真的是麻烦你了杨队，这次的工作难度很大，你辛苦了。"

杨队解释说："我接到你们的电话之后，也是直接请示了上级领导。鉴于这次案情重大，而且你们刑侦队和我们市政方面本来就是同根同源，有什么麻烦不麻烦，这边请……"

"谢谢。"唐钰说完，带着我们来到了天眼系统调控中心。这是一间偌大的办公室，办公室里面全部都是电子显示屏，足足有上百个屏幕。我大概看了一眼，屏幕上监控着整座城市各个交通要道，监控水准非常清晰，街道上人来人往，车水马龙，车辆行人各行其道，井然有序。

"要我们怎么配合？"杨队问道。

唐钰看了我一眼。我也不含糊，直接说道"麻烦帮我调出今天下午17点半，距离市中心十公里之外的一个老旧小区——大同小区门口的监控录像。"

"没问题。"

杨队朝着手下打了个招呼，一个打扮清爽的妹子将十根葱白一样的手指直接放在了键盘上。监控画面逐步缩小，精准定位。

大概十秒钟之后，大屏幕上出现了大同小区外面的官方监控布局画面。

我说："开始播放，两倍速。"

那妹子点点头，迅速摁下空格键。

大同小区门口，人来人往，年轻的，年老的，有买菜回来的大爷大妈，也有骑着电瓶车刚刚下班直接冲进小区的中年人，还有爷爷奶奶带着孩子在广场游荡的。

我下意识想要抽根烟提神，不过鉴于是在别人家的办公室，周围还有那么多不认识的人，烟已经拿了出来，又塞了回去。

监控里的时间迅速过去。大概在17点20分的时候，画面上终于出现了黄世华的身影。他穿着一个白衬衫，骑着一辆小型电瓶车出现在了大同小区外面那条自东向西的街道上，看上去是要进入大同小区。

"停。"

我第一时间让停住画面。

指了指屏幕，让王剑飞确认一下是不是黄世华。

王剑飞点头，道："没错，就是他。"

我迅速向负责监控的妹子说道："逆向调配监控，找到他回到大同小区之前的路线。"

妹子没说话，迅速敲打着键盘，监控屏幕迅速转换。

半分钟之后，我们又在另一条路上找到了黄世华骑车路过的监控画面。

我让夏兮兮插入 U 盘同步拷贝记录，拷贝完毕之后，让市政负责监控的妹子逆向往后退。

时间很快，妹子的操作也很快。

十五分钟过去之后，我们根据监控显示的情况，对准附近几公里内的详细地图，圈出了黄世华今天下午的行进路线。黄世华下午 4 点 10 分的时候曾经去了本市后街的一家酒吧，在酒吧里面待了大概一个半小时，到了下班的点才回家。

王剑飞道："怪不得这个黄世华回家的时候有点酒味儿呢，不过这老小子醒酒能力不错，喝了酒之后还应对自如，真是条汉子。"

"一个人去买醉，怕是有心事啊。"吴教授皱眉叹道。

就在这个时候，刑侦队那边传来了消息，博世牌的切割机和打磨机的经销网点有消息了。

夏兮兮看过之后，道："因为这个品牌是知名品牌，本市内的经销商一共有三家，都是厂家授权经销店，一个是在郑州路 774 号五金日杂店，一个是在万达商贸城负一楼，还一个是在郊区。"

"郑州路，不就是大同小区西隔墙那条路吗？"我问夏兮兮。

"是的。"王剑飞和夏兮兮同时点头。

"一周之前的道路监控能不能找到？"我转而问监控系统的同事。

"可以。我们的道路监控一般情况下会保留九十天。"

"查一下郑州路一周之前的监控。"

"好的。"

由于时间较长，目标较大，时间的跨度又比较远，所以整个排查过程极其烦琐复杂，监控部门的同时也拿出了相当大的耐心，我们全组一下午的时间几乎全部都耗在这地方了。

好几个小时之后，我们终于拿到了视频监控。监控显示，十天之前，黄世华从这里买到了打磨机、切割机、锉刀，还有堵漏王之类的器具。

辞别了市政部门之后，整个红 S 组的人第一时间赶去了郑州路，迅速来到了那家五金建材店。

王剑飞下车，我们一行人直接进去。

"谁是这里的老板？"王剑飞直接喊了一声。

案情到了这个地步，基本上距离破案不远了，只需要确定证据，就可以直接签署逮捕令，将黄世华缉拿归案。自然，我们也不需要再小心翼翼。

"我是……我就是老板。"这时候，一个大腹便便的中年男子满脸疑惑地打量着我们，放下手中的账本，点头说道。

"吴文华？"王剑飞问道。

"是、是的，你们是？"

"警察。"王剑飞拿出警官证，表明身份。

吴文华受宠若惊，赶紧招呼媳妇道："小翠，快给几个警察同志搬凳子去。"

"哎。"里面一个女声应了一句。

吴文华在围裙上搓了搓手，就要握手，满脸歉意地说道："不好意思几位警察同志，我这店儿小，外面没凳子，你们稍等一下，马上就来……"

"不用了，谢谢。"王剑飞摇了摇头，直入正题，"认识这个人吗？"

说着，王剑飞拿出了黄世华的照片。

"这……认识啊。黄世华嘛这不是……"吴文华咧嘴一笑，"我们俩以前是同村的，后来一块儿来铁道部上班来着，后来铁道部大批工人下岗，我们俩都被裁员，也就失业了。后来他就在附近游荡着找工作，我便跟我老婆一起开了这家五金建材店。我和阿华关系很好的，是铁哥们儿，怎么了？他出事儿了？"

吴文华说话的时候，我一直观察着他的表情变化。我几乎可以确定，这吴文华就是一个憨厚老实的生意人，应该是不知情的。

王剑飞问道："十天之前，黄世华曾经来你这里买过东西，是吗？"

吴文华愣了一下，道："对，是的，这家伙买了一堆没用的东西，我说借给他用一下就行了，可他非要自己买一套……"

"买了什么？"王剑飞问道。

"切割机、打磨机、锉刀、堵漏王……还有半袋水泥。"吴文华一头雾水，问什么答什么。

"都是你店里的东西？"王剑飞问道，"花了多少钱买的？"

"是的，这样吧，"吴文华点点头，"我这店里每笔生意都有账本和销售记录，警察同志，我把账本拿出来你看看吧。"

很快，吴文华拿出了账本。

"8 号上午，博世牌切割机、博世牌打磨机……切割机价格是 350 元，打磨机价格是 950 元……合计 1500 元。"

看到这些东西之后，我的大脑之中，一切的画面如同过电影一般一闪而过。一切，好像忽然就全部都弄清楚了。

黄世华一个月的工资是 3000 块多一点，区区一个卫生间漏水，如果交给路边做防水的临时工来做，加上材料费，绝对不超过 500 元。但是他却坚持自己动手，搭上人工不说，还得搭上时间，甚至购买了一堆器材，这说明什么？

或者说，他买这些器材，并不是完全要用来做防水的，而是有别的目的。

"怎么样？有发现吗？"这时候，王剑飞走过来，拍了拍我肩膀问道。

064 | 猎凶者 2

"或许，杜伟和白露的尸体，已经有线索了。"

"什么意思？"王剑飞看到这些东西，皱了皱眉头，看着我，"你的意思是……莫非……"

"他们的头被割下来扔进了河道里，而肢体部分，怕是藏在自己家卫生间地板下了吧……为了毁尸灭迹，这老家伙，真够狠的。"

"啊？"王剑飞瞪大了眼睛，"在、在卫生间地板下？怎么会……他们家地板不是漏水吗？难道他还想让楼下漏血？"

"你还记得我们在楼下找那个大妈了解到的情况吗？"我翻开随身带着的笔录，"那个大妈亲口说家里漏水是 9 号晚上，但是他来买这些器材却是 8 号上午。也就是说，他前一天就已经知道了家里会漏水……呵呵，他要不是未卜先知，就是自己主动制造的漏水，自导自演了一出好戏。"

"还真是丧心病狂。"听了我的解释之后，王剑飞顿时浑身一震，整个人打了个激灵，看着我上下打量了两眼，又重新叫吴文华调出了他店铺里面个人安装的监控录像。

果然是十天之前，8 号上午，黄世华来这里买的这些材料。

"太好了！这老小子，百密一疏！他想要毁尸灭迹，又想彻底撇清关系，却没想到，还是棋差一招。"

"抓人！"

确定了这些信息之后，我们直接联络局长，申请拘捕。

特大凶杀案嫌疑人黄世华，在大同小区内，被二十位特警重重包围。和黄世华一块儿被捕的，还有他的儿子黄之磊。

抓捕行动很是顺利。我们上楼之后，成功撬开了黄世华家中卫生间的地板，且同时在地板下面找到了尸体。尸体混合了水泥浆之后埋在下面，已经面目全非了。

我注意着黄世华的表情，他很平静，似乎对这个结果并不意外。他戴上手铐，被特警押着路过我身边的时候，停顿了一下，看了我一眼，叹了口气，之后迅速被带走。

他可能知道，之所以我们能找到藏尸地点，恐怕和我看到了卫生间里他还没来得及处理掉的打磨机有关。想来是黄世华担心自己使用完之后留下证据，所以自己买了一套，而后导演了一出卫生间漏水的好戏。

将黄世华和黄之磊抓捕之后，市局要求迅速审讯，要在限定时间之内，将凶手的作案动机、杀人手段、分尸手法、抛尸过程全部审问清楚，整理成册，上交市局。

我们实在难以想象，为什么一个四十多岁、老实巴交的铁道部下岗工人，能和两个二十来岁的邻居产生这么大的矛盾，最后杀人分尸、毁尸灭迹？

案子已经破了，接下来便是审讯部门的事儿了，按理说我可以回去休息了，但是我没打算回去。唐钰见我没走，关切地问我："你这都多久没休息了，还是赶紧回去睡个好觉吧。"

我摇头说："我想看看审讯过程。"

唐钰没好气地说："你明天看笔录不就好了，小心身体吃不消。"

我笑道："看笔录和现场看审讯过程可完全不一样，我还是现场看看比较好。"

"好吧，"唐钰叹了口气，"拿走吧，一起去看看……"

第十四节 杀人动机

审讯室。

王剑飞和吴教授在审讯，小猛在门口站着，谨防黄世华这个变态杀人狂出现过激举动。

我、夏兮兮、唐钰三人，站在黑色的单向玻璃外面，目不转睛地看着里面的一切。

黄世华平静地坐在椅子上，戴着手铐，面无表情。

王剑飞问："说！你怎么杀死的杜伟和白露两个人？尸体在哪里？"

黄世华说："尸体你们不是都已经找到了吗，就在卫生间。"

王剑飞问："那么头呢？白露的头呢？"

黄世华异常笃定地说："头？你们不是已经找到了吗？我扔河里了，要不是你们发现了头，也不会这么快抓到我，不是吗？"

这话说得好像没什么不对，但是这让王剑飞勃然大怒。

"黄世华！你少给我卖关子！你现在已经被捕了，交代你的犯罪事实，争取宽大处理是你唯一的出路，明白吗？我再问你一遍，头呢？"

黄世华睁大了眼睛，平静地盯着王剑飞两秒钟，好像突然间明白了什么似的，道："你们该不会是只找到了一个吧？那你们还是再重新去打捞一下吧，两颗脑袋我全都扔到河里了，在同一个地方扔的。"

"如果你继续装蒜，等待你的，将会是法律的严厉制裁！"吴教授提醒道。

黄世华摊了摊手，说道："警察同志，我做了什么我都会认的，都到了这个地步了，我还有什么好隐瞒的？人是我杀的，你们现在问什么我就答什么，但是我没做过的我肯定不会认。"

唐钰说："看这反应，黄世华没有说谎。"

"嗯。"我点头，"不像是在说谎，或许他的确都扔在护城河里了。"

"可是我们的打捞队已经反复去搜查过三次了，绝对没有遗漏。除了杜伟的头骨之外，没有其他东西了。"唐钰狐疑道。

这时候，我脑海中忽然冒出了一个奇怪的想法，下一秒，我直接冲向了审讯室。

"喂，你干什么……"唐钰叫了我一句。

我没空搭理唐钰，直接推开审讯室大门，把王剑飞叫了出来。

"怎么了？"王剑飞问道。

"我看黄世华交代的情况不像是在撒谎，我忽然想到了一个人，如果说黄世华真的把两颗脑袋全都扔到护城河里面了，那么很有可能白露的脑袋被人带走了。也就是说，黄世华的凶杀以及抛尸过程，这个人全程都在背后默默地看着，连黄世华自己都不知道……"

王剑飞听到我这么说，忽然间眼前一亮，像是想到了什么一样，脱口而出道："大同小区的物业经理。"

"没错。"我点头，回头看着唐钰，"马上叫上重案组的兄弟，对大同小区物业经理唐森实施抓捕。"

"没问题。"唐钰立刻去指挥调度。

王剑飞皱着眉头，怒道："可恶！怎么会这么复杂……"

我提醒王剑飞道："你回去正常审讯吧，着重问一下杀人动机，我发现黄世华有点不正常，他太平静了，而且他似乎一直在强调人是他杀的，这很反常。"

"我也有这个感觉。"王剑飞点头，表示跟我意见一致，"按照经验来推断，正常情况下，即使嫌疑人对自己的罪行供认不讳，也会尽可能为自己辩解，尽可能帮自己脱罪，但是这个黄世华，很显然没有。"

说到这儿，王剑飞扭头问我："凶手主动强调是自己杀人，从心理学角度分析，一般是什么原因？"

"包庇同伙。"我说，"在正常情况下，凶手急于认罪伏法、包揽罪行，最大的可能就是要包庇自己的同伙。"

这时候，夏兮兮不知道什么时候站在了我们身后，插嘴说道："会不会和他儿子黄之磊有关？"

我们俩同时扭头，瞪大了眼睛，看着夏兮兮。

夏兮兮紧张了一下，道："我就是随口一说啊。"

我和王剑飞对视一眼，不再耽搁时间，直接进去，继续审讯。

黄世华依旧平静，表情没有任何波澜，情绪也很稳定，好像是能坦然接受任何结果一样，也没有排斥和抵触心理，更没有针锋相对，整个审讯过程出奇地顺利。重案组和红S组接待的案子多了，这次突然这么顺利，大家都反而有些不适应了。

以下，是部分审讯笔录。

问："你在什么地方，用什么器械杀掉了杜伟和白露？"

答："杀杜伟，是在他家客厅，我用水果刀割断了他的颈动脉。"

问："白露呢？"

答："同一把水果刀，同一个地方，都是在他家的客厅。我杀了杜伟以后，他女朋友白露刚好回家，我只好杀了她。"

问："为什么要分尸、冰冻，再抛尸？"

答："毁尸灭迹啊！一开始我没打算直接扔掉头骨的，但是我没想到人的头骨实在是太坚硬了，根本就没办法砸碎，也没办法粉碎。一开始我放在了冰箱，但是我担心事情败露后警察会发现线索，所以就骑车十公里扔到了护城河里面，只是没想到还是被你们发现了。"

问："你为什么要把尸体藏在卫生间？受害者跟你有什么仇什么怨？你大半夜上厕所，就不怕做噩梦吗？"

答："既没有仇，也没有怨，我就是为了毁尸灭迹而已。我不这么做，总有一天会有人发现的，到时候倒霉的就是我了。"

问："你做的这些事，你儿子知道吗？"

答："不知道，他什么都不知道，人是我杀的，跟他一点关系都没有。"

问："你为什么杀人？这个问题，请你想清楚之后再回答。"

答："没什么原因，看他们不爽而已。那个男的抽烟酗酒，影响我儿子学习，所以我就杀了他。杀他女朋友是个意外，因为她那天刚好回家，看到我杀人了。没办法，我只能连她一起杀了。就这么简单。"

但是，不管是我还是吴教授，都觉得有哪里不对劲儿。从流程和逻辑上，案子已经告破，可以宣布结案了。但是，这个案子依然存在着无法解释的谜题，我们必须查个水落石出。为了寻找答案，红S组和重案组同时出动，对犯罪现场以及黄世华的家再次进行了勘察。

这一次，我们收获颇丰。回到市局之后，我们第一时间对黄世华进行了二次审讯。

"你到底为什么杀人？如实交代！"

黄世华无奈地摇头，道："我已经交代得很清楚了，人是我杀的，尸体也是我处理的，这还有什么好问的呢？你们还提审我干什么？你们不累，我都嫌累了……"

吴教授忽然大吼一声："撒谎！"

黄世华眉角挑了挑，情绪稍稍有一丝波动，道："我没有撒谎，我说的都是实情。"

吴教授说："呵呵，黄世华，你妄想把一切罪行都包揽到你自己身上，来证明你儿子黄之磊无罪，是吗？但是你有没有想过，天网恢恢，疏而不漏。只要是犯了法的人，谁都逃不掉。"

黄世华忽然激动了起来，说道："我听不明白你在说什么，人就是我杀的！"

"人是你杀的没错，但是你是为了你儿子杀人，对吗？"

黄世华一愣，摇了摇头，矢口否认："我听不懂你的意思，拜托，警察同志，我都不知道你在说什么。"

吴教授说完，直接跟这个黄世华摊牌："警方在查封你家的时候，我们发现了一个简易的、用旧手机做的监控摄像头。你也说过，你儿子动手能力很强，物理学学得很好。如果没猜错的话，这应该是你儿子黄之磊的作品，对吗？"

黄世华瞪大了眼睛，不可置信地盯着吴教授。

吴教授不理他，继续说道："我们还在你儿子玩游戏的那台电脑里，发现了一些杜伟和他的女朋友白露的私密视频，这些视频，正是那个旧手机做的监控摄像头拍下来的。"

"什么？"黄世华瞪大了眼睛，握紧了拳头，"这个臭小子！我明明让他删了的！"

"视频即使删除了也会留下痕迹，就像是一张白纸，被揉搓过后，即使再怎么想办法抻平，也不可能恢复成原来的样子。警方可以恢复任何储存数据，哪怕是已经删除过的。黄世华，你简直就是自作聪明！明白吗？"吴教授厉声道，"同时，在你家阳台外飘窗处，我们发现了一处破损的墙角。所以，你到现在还不打算全盘交代是吗？好，就算是你自己不打算争取宽大处理，那么你的儿子呢？他犯下的错，你以为你可以帮他买单？"

"不……不……人是我杀的……我杀的我杀的！我该说的已经都说了！我求求你们，你们不要再问了，真的不要再问了，求求你们了……"

这一刻，黄世华情绪彻底失控，双眼血红，泪水在眼眶中打转。

第十五节 躁动的青春

有了这些线索，经过推断，案情清楚明确。

正值青春期的黄之磊喜欢上温柔漂亮的白露，便利用自己的动手能力和物理学天赋制作出了摄像头，还通过外飘窗偷偷潜入邻居家里，对白露进行了实时监控，包括换衣服、洗澡等等，利用这种手段，来满足青春期的窥探欲和占有欲。

这种情况大概持续了有两个月左右。黄之磊一直小心翼翼，没有告诉父亲，也没有让任何人知道，他很享受这种隐私窥探欲的满足……但是突然有一天，他又一次潜入杜伟家，打算取走旧手机里面的储存卡，却发现自己失算了，因为杜伟喝醉了，根本没有离开家。

杜伟二十七岁，正值青壮年，而黄之磊则是一个十七岁的高中生，体力相差悬殊。加之动机不纯，所以黄之磊自认倒霉，只能任由他打骂，杜伟甚至让他喝马桶里面的水来泄愤。但是，即便如此，黄之磊也不敢将这件事情告诉父亲黄世华，更不敢告诉任何人，毕竟是他犯错在先，要是惊动了警方，事情再闹大……

杜伟发现有人窥探自己的隐私，却没有选择报警，也没有找黄之磊的家长黄世华，而是选择了威胁和勒索。他一次又一次地殴打黄之磊，殴打之后，又继续找他要钱……

黄世华对儿子的这些变化并没有留意，生为人父，心思毕竟不是那么细腻。可是，终有一天，黄世华还是发现了儿子身上的些许异常——比如儿子的胳膊上、身上总是有淤青，比如儿子索要生活费的次数越来越多、金额也越来越大。他怀疑儿子遇到了校园霸凌，一直被人欺负，却不肯告诉自己。

这天，黄世华告诉儿子自己去上班了，但是实际上他早就请了假，在消防楼梯口蹲，看看儿子趁自己不在家的时候究竟干了什么。

然而，他看见儿子打开了门，去了隔壁杜伟的家……

杜伟知道，不管自己怎么做，黄之磊都不敢声张，也不敢说出去，所以对黄之磊也越发变本加厉。这天，杜伟又喝酒了。黄之磊刚刚敲开了杜伟的家门，还没等关上门，杜伟便抓着黄之磊的头发来到客厅，直接就是一顿暴打，还用玻璃杯狠狠地砸在黄之磊的脑瓜子上，一边打，一边骂道："你这个混蛋！想偷窥老子的女人啊，偷窥很爽是吗？不打你我还算什么男人！我打死你……"

可是杜伟根本不知道，此时黄世华就站在门口，将一切看得清清楚楚。他看到自己儿子被殴打，情急之下冲了进去，抄起了茶几上的一把水果刀。

原本他只是想要吓一吓杜伟，却没想到，在他们推搡扭打的时候，水果刀一不小心划破了杜伟的颈动脉。杜伟当场轰然倒地，瞪大了眼睛，在地上疯狂地抽搐颤抖着，鲜血喷薄而出，不一会儿便断了气。地上的血，流得到处都是……

黄世华大汗淋漓，愣在当场。他一个下岗工人，这辈子都没见过这种场面，更没想过自己有一天也会杀人。他连动都不敢动，一句话也说不出来。

腿软眼黑的黄世华瘫坐在地上，一时间根本不知道该怎么办了。

这时候，他想到了孩子的前途。孩子从小没了妈，长大之后如果还有一个犯下了故意杀人的爸爸，一辈子背负骂名……那儿子的一辈子，基本上就毁了。

所以，黄世华迅速冷静下来，索性将杜伟的尸体弄回了自己家。其后，他又数次重返现场，给杜伟的家重新打扫了一遍，想彻底毁灭证据。在这期间，他也搞清楚了儿子被殴打的原因。不过，事已至此，哪怕黄世华知道是儿子有错在先，现在也是回天乏力了。为了儿子的前途，他觉得自己只能继续错下去。

他对照着监控视频，将杜伟家的物品一一摆放整齐，重新布置，几乎做到了百分之百布置还原。这个工程不可谓不大，在黄世华忙完的时候，已经是下午 17 点了。

下午 5 点半，杜伟的女朋友白露下班，见男朋友不在家，电话又没人接，再加上她知道杜伟又喝大了，担心杜伟的安全问题。她想了想，觉得对面邻居家的儿子跟自己的男朋友走得很近，没准会知道杜伟的消息，便准备去问一问。

开门的是黄世华。

白露笑了笑，问："黄叔你好，你见到杜伟了吗？"

黄世华摇了摇头说："没见到，人不见了吗？"

"是啊，电话也打不通，急死人了！他每次喝醉了就要惹事，真不知道去哪儿了！"白露焦急地跺了跺脚，"那我不打扰了黄叔，我再去找找……"

"好。"黄世华点点头。

白露回到自己家，打算想办法找人。却没想到，白露刚刚进门，没来得及关上房门，黄世华便闪身进门，还第一时间反锁了白露家的房门。

白露看到黄世华进来之后，大惊失色，下意识地向后踉跄几步，摔倒在地。

黄世华此刻面目狰狞，更是冷静得可怕。

白露惊恐地在地板上往后爬，哭着说："黄叔，你……你干什么，你别过来，你别过来啊……是我啊，我是小露啊！黄叔……"

在白露的印象中，黄世华是一个老实巴交的退休工人，人品好，靠得住。她万万没想到，此刻的黄叔就像是变了一个人一样，面目可憎。

可是，不管白露如何哀求，她终究是逃不掉了。

黄世华站在白露面前，深深地鞠了个躬，说："你不是要找你男朋友杜伟吗，那我送你下去见他吧！对不起了孩子，我也是为了我的孩子，不得不这么做，你不要怪我。"

一句话说完，黄世华对白露痛下杀手。他用的还是同一把水果刀，连杀人手法都一样。

不到两分钟，白露香消玉殒。

杀了人之后，黄世华居然出奇的冷静。

他最开始想用黄之磊在一次手工比赛上的获奖作品——一个简易的打磨机——将杜伟和白露的尸体处理干净，但是最后却发现这样效率实在太低。为了避免夜长梦多，他直接去找自己的老同学，又买来了一套好用的工具。

杜伟和白露都是来这座城市打工谋生的外地人，在东阳没有家人，即使突然间死亡，短时间内也不会有人报案。只要他藏好尸体，时间一长，便查无可查。

一切的一切，都完美得很，天衣无缝。

但是问题来了，藏，该藏在哪儿？

一开始，他全部放进了冰箱。可是晚上睡觉的时候，他一想起冰箱里还有两具尸体，便怎么也睡不着，好不容易睡着，还总是做噩梦。

最后实在是没办法，他先穿上儿子的鞋，又套上了自己的鞋，推出了那辆已经放在储藏室多年蒙尘的二八大梁自行车，在一个凌晨4点的早晨，骑车10公里，走向了护城河……后来，又自导自演，上演了一出卫生间漏水的好戏。

截止到这一刻，案情清晰明了。犯罪事实清楚，犯罪证据充分。

然而，自始至终，黄世华都一口咬定，两个人头，他全部都扔进护城河了。

打捞队对护城河进行了第四次搜寻，但还是一无所获。即使是护城河下游，也没有任何线索。人的头骨硬度很高，不可能融化，护城河不是活水，近期也没有洪灾，不可能冲走。

现在唯一的可能就是，白露的头骨被他人发现，带走了。

可是，这个人为什么要带走白露的头骨？

第十六节 我将人骨，雕刻成花

黄世华杀人案，算是初步告破。丢失的受害人白露的头颅，从工作层面来讲，似乎已经完全不重要了。我们可以在结案报告上面注明，头骨因为种种复杂的原因没有找到，也可以结案了。

但是，这么一个小小的"遗憾"，在重案组和红S组的所有人心中，却像是一记重锤，压得人喘不过气来，因为，所有人都不约而同地想到了——

人骨雕花案。

如果我们将之前的人骨雕花案的结论推翻，放下之前的所有线索和既定条件，是不是可以理解为，虽然有人在人骨上面雕花，但是这个"下笔如有神"的人，未必是杀人的人？

也就是说，雕花的人不是犯罪凶手，而是在"创作"而已。或许我们还可以展开想象，或许某一天，白露的头骨会变成一部伟大的"艺术品"，放在某个高端展台上，供人观赏。甚至这伟大的作品还会远赴欧洲，越洋离开，巡回世界各地参加展览，饱受赞叹之声和荣耀。观赏的人会赞叹这部作品的雕刻手法和神韵，赞叹它的栩栩如生……可是，有谁会想到，这真的就是一颗人的头骨呢？

唯有一群人，不会被所谓的"艺术作品"所迷惑，而是执着于怎样将凶手绳之以法，让受害者沉冤得雪。

那就是红S组。

黄世华的事情结束之后，红S组的人又提审了被抓的大同小区物业经理唐森。

我们认为，唐森有重大嫌疑，甚至唐森极有可能知道消失的头骨究竟去了哪里，现在身在何处。所以，我们在提审唐森的时候，根本没有半点含糊。

"我们现在已经确定犯罪凶手就是黄世华，而你选择了包庇罪犯。知情不报，你认不认？"

"不，我不认！警察同志，我没有包庇罪犯！我也没有知情不报！"

"你在撒谎！你明明知道黄世华杀了人，对不对？"

"是……是的，可、可是这跟我有什么关系，我只不过是碰巧看见了而已……"

"说一说事情经过！要尽可能的详细！这件事，往轻了说，你这是包庇罪犯；往重了说，你便是从犯！这二者的性质可完全不一样，希望你想清楚，好好回答，一五一十地交代清楚！"

"好，好，我说，我全都交代，我肯定交代清楚。"

九天之前，也就是本月 7 号，下午 4 点半，周一。

因为大同小区是 2002 年的老小区，当年建造的弊端逐步凸现，物业也是本着为业主服务的目的，专门和一个做防水的装修公司达成了合作，对卫生间漏水、渗水的情况的家庭，物业全程负责，免费维修。

物业经理唐森无意间听业主说楼上有房间卫生间漏水了，便找时间去了黄世华家，打算跟他说一下这个事情，毕竟漏水要早发现、早解决，对墙体的损害也会更小一点，也免得楼下的业主时不时就去找物业投诉，惹人心烦。

可是，就在物业经理唐森上楼，到了黄世华家所在楼层，在楼梯口的时候，唐森看到了自己这一辈子都不敢相信的一幕。他当即吓得魂飞魄散。

黄世华，将浑身是血的杜伟往自己家里拖，拖得满地都是血。

那一刻，唐森瞪大了眼睛，捂住自己的嘴巴，浑身颤抖，像是筛糠一般，但是绝对不敢发出任何一点声音。

然而黄世华却很冷静，就好像是在做一件很正常的工作一样。这一幕，跟他平时的形象几乎是大相庭径，就像是换了个人。

唐森没敢发出声音，悄悄地，一步一步地离开了消防楼梯。

因为老旧小区的监控设备不够完善，只有大门口有统一的几个监控之外，其他所有地方都没有安装。而唐森作为唯一的一个目击证人，他吓坏了。

他想不到，平日里看起来老实本分的黄世华，居然还会杀人！

唐森说："我想，我只不过想当成我什么都没看到而已，这不犯法吧？这也叫包庇罪犯？再说，我看到了什么、听到了什么，这和我没关系，我一个耳朵进一个耳朵出，这同样不犯法吧？难道我还非要昭告天下，让所有人都知道黄世华杀了人？就算是我这么做了，我又能得到什么呢？好市民奖？和谐社会建设者？我会遭到打击报复才是真的吧。"

"知情不报也是要承担责任的，这一点你清楚吗？"王剑飞问道。

"我知道。"唐森点了点头，"知情不报要负法律责任，可是如果我知情就报了，回头黄世华来报复我，伤害我的家人，到时候我的家人出事了，警察会为我负责吗？我的家人还能活过来吗？我的人身安全谁又来保证？他可是个杀人犯啊！我就问你，如果是你们，你们会大公无私地站出来，去指认一个杀人犯吗？反正我是不会，我没那么高尚！警官，我没那么高尚！"

王剑飞顿了顿，无话可说。

"黄世华抛尸的那个早上，你在干什么？"

"我看到他骑着自行车出了小区了，但是我不知道他那是在抛尸。后来我就去睡觉了，也没关心后来怎么样了。"

"他出门的时候，你一直在看小区门口的监控？"

"是的，我在观察他，但我并没有想过要揭发他。自始至终，我坚持认为，明哲保身，这不犯法。"唐森义正言辞地说道。

"他早上离开的时候，车把上有几个袋子？"

"两个。"唐森斩钉截铁地说。

"可是为什么警方的探案结果只有一个袋子？什么时候丢了一个？"

唐森耸肩，道："警察同志，这我就真不知道了，你们随便查，要我怎么配合都行，但是我是真不知道。"

王剑飞看了看我。

我点点头。

我大概看得出来，这个唐森没有说谎，就像他一直说的他没有揭发黄世华的理由一样，他更没有包庇黄世华的理由。事不关己高高挂起，这已经是社会常态了。一开始我还会觉得愤慨，但久而久之，我反而有些理解了。唐森说的话，某种程度上，也有他的道理。

白露的头骨，一时间成了谜。

红S组组长唐钰说："这个案子尚有疑点，但我们并不是放着不管了，而是暂时封存起来，等待着下一个线索的出现。如果真的是被人盗走了，那么盗走的人一定有用意。我相信，只要警方密切关注，总有一天，白露的头骨，会再一次出现的。"

案子告一段落以后，红S小组连续放了半个月的假。

我也终于能抽空上午睡个懒觉，晚上熬夜将案情写进我的小说里，下午喝喝茶，晚上吹吹夜风，看这个城市的灯火辉煌和车水马龙。

转眼，就是万圣节了。万圣节过后，很快就是圣诞节。

这天晚上，王剑飞打电话跟我说："你跟咱们唐领导发展到什么程度了？要是确定关系了，圣诞节可是头一个节日，你小子可别忘了，女孩儿嘛，说好哄也好哄，说不好哄也不好哄，你得用心啊！"

听了王剑飞这话，我差点儿没一口水呛出来。

原本这话也没什么不正常，可是从一个有着二十八年高龄的超级"单身狗"嘴里说出来，我是真震惊。

我说："你没毛病吧？脑袋里整天都想的是什么，最近没案子了闲得慌是吗？"

王剑飞长出口气："最近几天的确是没案子，不过没案子是暂时的，案子不断才是永恒的节奏。哦对了，你要查的人骨雕花案，上级审批已经又进一步了。按照这个速度，我估计十之八九，很有可能会重新启封，到时候咱们就又得忙乎起来了。趁着这个关头，咱们好好调节调节一下心情，也没啥不妥的，是吧？工作是工作，生活是生活，必要的时候，也得分出了三八线来。"

"得了吧！你还是好好考虑一下你自己的个人问题吧，争取早点有个着落，别给组织添麻烦。"

"呵呵，我说的事儿你可记住了。唐领导是个好姑娘，你得把握住，至于哥哥我嘛，今天晚上，我也有活干。"

"干什么？"

"值班啊，"王剑飞长出口气，"这不马上就春节了嘛，今天晚上还是万圣节，小青年们闹得厉害，每年年关的时候，打架斗殴的情况都特别多，搞不好就出血挂彩，影响很不好。这不，今年，上级领导亲自指示，要求各级领导亲自参与指挥调度，二十四小时不定时、不定点地巡逻，维持治安，重案组的人都给抽调出去了，现在市局基本上都空了。"

"你一个红S特案组的，也要出去巡逻？"我问道。

"你以为呢？"王剑飞没好气地说道，"年年如此，习惯了。原本局长也是打算召唤你回来的，不过考虑到你是编外人员，身份特殊，还有自己的工作，就让你好好过个节，不打扰你了。我这不想着给你打个电话嘛，让你趁着这个机会注意一下个人问题。"

"行了，你巡逻去吧。"

"好咧，把握机会啊！"

我没搭理他，挂了电话，下意识点了一根烟，随后，翻到了唐钰的微信号。

我没谈过恋爱，对她的感觉是什么，连我自己都不清楚。反正经过王剑飞这么一说，我倒是也挺想给她打个电话的。

犹豫再三，我鼓起勇气，拨通了她的视频电话。

结果，没人接。

我抽了口烟，有了第一次，第二次也大胆了起来。我继续打，依旧没人接。

"我去……"

我心里空落落的，忽然就凉了半截。

我又打第三次，还是没人接。

什么情况，该不会是哥们儿自作多情了吧？难道小唐领导对我没意思？

这年头，哪有人不接电话的，她也不是不玩手机的人啊……

莫非她执行任务去了？

我索性不打了，躺在床上不知道什么时候就睡着了，万圣节也就这么过去了。不过，这些西方节日我向来是不过的，也没什么遗憾。倒是我一直以为小唐领导对我也有好感，今晚上这么一试，说明我的感觉很有可能是错的，搞得我一夜都心神不宁。

第二天一大早，我是被一阵手机铃声吵醒的，我拿起来一看，居然是唐钰。

莫非是她要打电话向我说什么？

我顿时兴奋得不得了，赶紧接听了电话。

却没想到，我接了电话之后，唐钰的声音却带着刻不容缓的急切："小川，赶紧来市局，出事了！快快快……"

第二案 不存在的受害者

第一节 天才漫画少女

"什么情况？"

接了唐钰的电话，我瞬间一个头两个大，差点儿没直接把手机扔飞出去。不过这也符合小唐领导雷厉风行的行事作风。听她的语气，情况的确是挺着急的，所以我也没心思问她昨天晚上怎么没回微信电话的事儿。

"你赶紧来！来了之后我再跟你说具体情况，快点！"

"好，那你等我吧。"

我匆忙穿上衣服，简单洗刷之后直接开车奔市局去。

二十分钟之后，唐钰已经在门口等我了。

半个月以来，我觉得整个警局的气氛都已经变了，上上下下，人来人往，各级警员忙得不可开交，甚至有的见面连招呼都没时间打了，全部都是跑步前进。

"怎么了？这是要地震？"我见到唐钰之后摘掉了手套，边走边问。

"你指的他们还是指的我？"唐钰看了看周围匆匆忙忙的警员同事，问道。

"都有吧，你们这都是怎么了，这么紧张，搞得我很不自在啊。"我说道。

"跟地震差不多吧。"唐钰说，"昨天晚上万圣节，现在的小年轻们玩得太嗨了，有扮鬼吓人的，还有趁乱打架斗殴的、寻衅滋事的，还有喝了点酒谁也不服谁，直接拿着酒瓶子开砸的，世间百态，应有尽有。据说还有一个男人骗女朋友说要加班，其实是跟几个同事参加了化装舞会，结果闹大了，直接把人打得脑袋开花。总的来说，据不完全统计，昨天晚上，在全市范围内，我们统计抓赌 12 起，其中赌博数额超过三千的便有 8 起；抓嫖 15 起，分别散布于火车站周围小旅馆、大酒店还有各种洗浴中心、桑拿会所；另外还有寻衅滋事、打架斗殴的一共 8 起。还有什么当街暴打小三，人吓人最后吓得精神失常的，这种的就不统计在内了。市局领导非常震怒，上级大领导肖明都被惊动了，你没看今天所有人都哭丧着脸吗？我们全都挨骂了，无一幸免。"

听到这个数字，我一脸惊呆。

不得不说，在这个人口高达一千多万的城市，社会资源极其丰富，生活无比便利，只不过人口多了之后案件也多，这群基层干警们天天忙得叫苦不迭。

我说："这不都是民事案件吗？什么时候咱们刑侦队的也管这些了？好吧，就算是刑侦队要管，那也是重案组的事儿，'红 S'这种特殊小组也要参与民事案件？我的天……"

"你这觉悟太低了点儿吧？"唐钰冲我翻了个白眼，"涉及老百姓生命财产安全的事儿都是大事！立警为公，执法为民，不分警种的。"

我摆手摇头，说道："我倒是不是觉悟低，帮忙处理一下无可厚非，但是你这么着急，一大早就把我叫来，这就有点儿过了吧？"

"我叫你不是因为这个。"唐钰说，"要真是抓嫖抓赌的，我也就不叫你了！"

"你这边什么事儿？"我直入正题。

"今天一大早有人报案，还将杀人分尸的过程说了出来。"唐钰简单说着，直接带我去接待大厅去见报案人。

"报案人目睹了整个杀人过程吗？"我边走边问。

唐钰摇头，说道："没有。但是我觉得没那么简单，一会儿你了解了就知道了。我之所以这么着急叫你来，是因为报案的人……我觉得会跟你有一定的心灵共鸣。"

"咦……"我狐疑地嘀咕了一句，很不理解唐钰这不明就里的一句"跟我有心理共鸣"是什么意思。

不过很快，我就跟报案人见面了。

报案的人是个年轻女子，看起来年龄也就二十四五岁的样子，跟我年纪差不多，温文尔雅，很有气质，一看就受过良好的教育，保不齐还是琴棋书画样样精通的那种。她的长相也极为甜美，乍一看，这种灵动文静的姑娘，大概是一辈子都不会跟"命案""凶手"等一系列关键词扯上关系的人。

不过，我隐约觉得，这个丫头表现出来的文静和恬淡，可能也跟她的精神状态不佳有关，应该是受到了惊吓所致，她的脸上没有化妆，盯着一对儿大黑眼圈，看上去竟让人产生几分同情来。

唐钰说："介绍一下，她叫采薇，笔名调皮薇。"

"调皮薇？你就是调皮薇？"我下意识瞪大了眼睛，惊讶地看着这个姑娘。

我之所以是这个反应，是因为我认识她。她和我一样，也是个自由撰稿人，在网上有着很高的人气，只不过我是写小说，而她则是个喜欢画漫画的姑娘。

我之所以会对她很熟悉，不是因为我们同在一座城市，也不是因为我们是同一个职业，而是因为我们的作品类型。我的小说，虽然我自己并不认为是什么"暗黑谋杀系"风格，但是广大粉丝却似乎很热衷于这么分类，所以以"暗黑系"也算是我作品的一个标签。而调皮薇的漫画作品则跟我的小说如出一辙，也是读者眼中的"暗黑系"作品。

最近两年，调皮薇的漫画不管是在线上还是线下都卖得很好，这同时也给她带来了极高的人气和经济收益。所以我们俩虽然不认识，但是我对她还是有一定了解的。

"请问您是……"采薇看了我一眼，上下打量了我一下，问道。

"我……我是警察。"我清了清嗓子，没有表明我的身份，而是搪塞了一句，"而且我也是你的粉丝，我很喜欢你的作品。呵呵，不说这个了，请问有什么可以帮你吗？"

这时候，唐钰开口说道："采薇小姐，请您把昨天晚上经历的事情重新复述一遍吧，我想，叶警官肯定能帮得到你。"

"……好。"

之后，采薇向我们描述了她昨天晚上的全部经历。

昨天是万圣节，也是小青年们的狂欢夜，同时也是一个充斥着恶搞和魔鬼的西方节日。

采薇说，她从来不过西方节日，同时她也不喜欢这种恶搞的活动。昨天晚上，她在家里面画完了漫画，睡觉之前就一直在敷着面膜看新闻，玩电脑。就在这时候，她的 QQ 号，有一个陌生人的头像闪动。

反正当时也不忙，采薇出于好奇心，就点了一下，却没想到这是一个人请求向她语音通话的消息。她接听了之后没多想就挂断了，还以为是什么朋友的恶搞，或者是活跃粉丝的恶作剧，她不想在这种无聊的事情上浪费时间。

但是很快，这个 QQ 通话又打过来了。同时，对方还给她发了一条消息，说："薇薇姐你好，我现在遇到了一点麻烦，想请你帮我想一下解决办法，好吗？谢谢你了。"

采薇最终接听了，用她自己的话说，她也不知道为什么会鬼使神差地接听，可能是出于对粉丝的爱护，可能是出于无事可做，也可能是出于本能——既然对方有麻烦，找上了自己，帮一下也无可厚非。

可是怪就怪在后来通话的内容上。对方说话的声音有些沙哑，采薇说，好像是经过了变声处理的。

对方说："薇薇姐你好，我现在杀了人，他就在我旁边躺着，人已经死了。请问我该怎么做才能毁尸灭迹、不留痕迹，又不被警察发现呢？"

采薇知道这是恶作剧，可是她的作品里，这类桥段也不罕见，反正她也闲着无聊，就说："想要真正毁尸灭迹，首先你要把尸体分成小份，再逐一处理，否则目标太大很容易引起别人的注意和怀疑，进而暴露。"

对方问："但是人骨很坚硬，我尝试了，溅了我一身血，很难分尸不说，动静还特别大，我怕会吵到邻居。"

采薇想了想，表示自己也没办法。恰恰这时候，她刚刚看到自己屋里有前段时间做卫生间二次防水的时候，装修师傅落下来的磨砂机，于是采薇就说："你可以用磨砂机。"

对方又问："我没有磨砂机怎么办？"

采薇说："那你可以去借邻居的啊，但是千万不要去买！这样很容易被盯上，而且，你要想一个合适的理由，免得你的邻居怀疑。"

"好，谢谢，那我这就去借……"

之后，电话挂断。

采薇张了张嘴，对方已经挂断了。采薇无奈地摇了摇头，说："莫名其妙。"

而就在这个时候，外面有人敲门，时间刚好是午夜 12 点……

第二节 午夜撬门

当时采薇并没有把自己代入这个角色和剧情，她合上电脑，站起身来去开门。可是就在这个时候，墙上挂着的壁钟突然间响了起来，提醒采薇，已经到了 0 点了。

原本这个壁钟的响声是采薇特地设置的，用来提醒自己早点睡觉，少熬夜画漫画，注意身体。最近两年，采薇的漫画作品越来越红了，不仅读者喜欢，还有不少出版商看重，甚至还有影视公司找她买版权，想要将她的漫画作品延伸一下，变成影视剧节目。所以，她的作品越来越火，赚的钱也越来越多。

采薇以前就是一个不知名的小漫画手，突然火了起来之后，她没有骄傲自大，还很珍惜这份来之不易的机会和荣誉，所以她进入创作状态以后，甚至十几个小时都坐着不动。不过这种状况大概持续了半年，她的身体就彻底受不了了，腰椎出现了问题，颈椎也出现了问题了。如果说腰椎和颈椎的疼痛还能忍，头疼就真的忍不了了。医生说这属于大脑超负荷运转，劳累过度，用力过猛了，有一段时间甚至熬夜过火了，躺在床上，头疼到炸裂，但是却睡不着。

后来，采薇就逐渐减轻了工作量，调整了自己的生活方式，还买了这个老式的钟，每天晚上 0 点都会发出沉闷的钟声，提醒她必须要上床睡觉了——

还别说，这么一来，效果显著得很。

午夜 12 点。

简简单单的五个字，无论在哪个地方，都有着各种各样恐怖的传说。

所以，采薇站起身来准备去开门的时候，刚刚好警钟敲响，她不由得打了个寒战，冒出了一阵冷汗。

这个点还有人敲门……会是谁呢？采薇越想越害怕，最后站在客厅里不敢动。她是个独居女孩儿，安全很成问题，再加上是个公众人物，采薇对自己的一言一行特别谨慎，就怕出什么差错。

"该不会是朋友的恶作剧吧？"

她想到这儿，心中充满了无奈，同时也好受了许多。

她鼓足了勇气，握紧拳头，走向了门口，先是朝着猫眼里面看了看，外面居然空无一人！

"还真是恶作剧啊……"采薇轻声嘀咕了一声。

却没想到，就在这万籁俱寂的时候，敲门声又响了，声音不大，但是很急切。

"啊！"

采薇几乎是瞬间就尖叫了起来，下意识地狠狠推着门，好像外面有什么人会破门而入一样。

这时候，采薇想到了刚才的对话，顿时浑身寒颤栗。刚才那个沙哑男人的嗓音，陌生 QQ 的来电，杀人分尸的过程……一幕幕像是过电影一样出现在了她的脑海里。采薇吓得满头大汗，惊恐万分，她不敢从猫眼里往外看，哪怕这很有可能是个恶作剧。

之后，采薇蹲在地上，选择发微信求助。她平常宅在家里不出门，好闺蜜也就两个，加上一个关系不错的漫画社编辑，一共三个人。

"你们谁在我门外恶搞，马上给我滚出来！我生气了！"

可是，时间一分一秒地过去了，三个人谁都没有回复她，就好像是都没看到消息一样，悄无声息。

她们三个明明说万圣节要嗨一整夜的！况且，就算是今天晚上不是万圣节，这三个丫头哪一个人凌晨 2 点之前睡觉过？哪一次不是秒回消息？

可是今天晚上，一切就好像是她们几个商量好的一样，静悄悄的。

无声的恐惧最为恐怖。采薇仿佛到了一个孤岛，与世隔绝。她不敢开灯，黑暗中，手机屏幕的灯光照在她脸上，她浑身都在颤抖……她实在很难想象，隔着这个木质门，门后瞪着眼睛盯着她看的杀人犯……这种感觉真的很煎熬。

这时候，闺蜜小 A 回了消息："怎么了薇薇？你发什么神经呢？"

采薇像是抓到了救命稻草，赶紧回复小 A 的消息："是不是你在我门口站着？小 A 姐，你不要吓我了，你赶紧出来吧好吗？我真的好害怕啊……"

采薇回复消息的时候几乎要哭了。

但是，小 A 的反应显然也很震惊，回复道："你门口有人？不可能吧，我知道你胆小，吓唬谁也不可能去吓唬你啊，我去问一下小 B 和小 C 吧，实在不行，你就赶紧报警！"

"好。"此刻，采薇几乎趋于崩溃边缘。

这时候，小 C 回复了消息。回的是一张照片，照片上是一张床，床上还有两只脚，一只涂着红色指甲油，另外一只一看就是男人的脚。看来她应该跟她的男朋友去酒店了，不可能去搞什么恶作剧。

小 C 的嫌疑刚刚排除，小 A 的电话直接打来了，采薇吓了一跳，但却像是抓到了救命稻草一样，赶紧接通了电话。

"小 A 姐，怎么样，是小 B 吗？是她吗？"

小 A 的声音很冷静，她说道："采薇你听我说，不要着急。你赶紧报警，门口的不是我，也不是小 C 和小 B。小 B 这会儿在夜店还没回来呢，我已经证实了。小 C 跟男朋友在酒店约会去了，刚才给我发了照片……"

"啊？"

采薇手腕一抖，手机直接掉在了地上。

她的好朋友就这三个，其他人都不怎么熟，怎么会有人这么吓唬自己？

就在这时候，采薇这边一点声音都没有了。

"采薇……你怎么样了？"

……

采薇跟我们说，就在当时，门把手被人从外面扭动了起来，她亲眼看着门把手在晃动，门外的人力气似乎很大，结实的门把手居然被晃得发出咯咯吱吱的声音。

采薇跟我和唐钰讲述这个情况的时候，整个人都在浑身发抖，脸色苍白，没有一丝血色。

唐钰说："初步判断，不能排除采薇的邻居在万圣节恶搞的嫌疑，但是我们也不能忽视一种最坏的可能——真的有凶杀案发生。采薇是个公众人物，粉丝众多，被变态的人盯上的概率很大，所以我直接叫你过来了。"

我完全理解她在这种毫无安全感的情况下被窥视的感觉，所以第一时间安慰了一下她。

"采薇小姐你不用害怕，我们一定会重视你这个案子，不管背后是什么人，是恶作剧还是有凶杀案，我们一定会查个水落石出。不过，我还有一些问题没搞清楚，麻烦你配合我们的工作，可以吗？"

采薇疯狂地点头。

我问她："既然你昨天晚上0点就遇到了这个事，为什么现在才来报案？"

"星星姐没回来，天还没亮，我不敢开门，不敢出来……"采薇回答道。

"星星姐是谁？"我问。

唐钰解释说："就是刚才假设的小A，是采薇的闺蜜，名叫陈星星。"

"人呢？"我问道。

"她跟采薇一起来报警的，现在正在休息室等着呢。"唐钰说道。

我点点头，继续问采薇："那你昨天晚上为什么不选择电话报警呢？"

"我手机掉地上摔坏了，而且我的门把手被人扭动之后，我电脑上QQ请求通话的声音又响了，我不敢动。"

"你……你蹲在门后蹲了一晚上？"我瞪大了眼睛问道。

"嗯。"采薇怯生生地点了点头，像是受了委屈的一只小猫，我见犹怜。

"你有没有见到门外的人的真面目？或者说，对方穿的什么衣服，有没有什么特征？"

采薇摇头道："我没见到，但是我知道他力气很大。他试图撬我的锁，但是没有撬开。后来我听到脚步声，他显然在门口来来回回走了很久，最后才离开。他趴在猫眼上往里面看的时候，我甚至感觉自己能隔着门板听到他的喘息声……"

大白天的，我听着采薇的描述，忍不住哆嗦了一下。连我一个大男人都这么恐惧，更别提一个姑娘家晚上遇到这种情况会被吓成什么样了。

我也不再废话，说："先带我见一下你的闺蜜陈星星吧，之后红 S 小组要去你家，我们需要现场勘查一下，希望你们配合。"

"没、没问题，叶警官，求求你们赶紧破案，我今天晚上都不敢回家了！"

唐钰一笑，说道："呵呵，这个没关系，我们会保护你的。"

其实到现在为止，这起案子依然不能排除熟人故意恶作剧，甚至是不怀好意的恶作剧的可能。毕竟，这年头什么事都有可能发生。

第三节　记录被删除

两分钟之后，我在重案组休息室见到了采薇的闺蜜，陈星星。

陈星星是一个网络主播，颜值不低，身材也很高挑，有点儿模特身高的样子，不过她今天的状态看起来也和采薇一样略显憔悴，眼角处有挡不住的黑眼圈。

"你好，我是重案组的叶小川。"坐下来之后，我自我介绍了一下。

"这位是唐警官……"

王剑飞他们都去处理民事案件了，现在的工作只能我和唐钰两个人来做。

"你好，叶警官、唐警官，这是我朋友小薇……"

看得出来，陈星星很关心采薇。

"她已经把情况跟我们说明了，案件性质暂时还没有办法确定，也正因为如此，我们想要找你了解一点情况，方便吗？"唐钰说道。

"方便方便！"陈星星点头，"警察同志，我请求你们赶紧出警，一定要抓住真凶！我闺蜜真的很经不住吓，我们俩从小一块儿长大的，我知道她胆子小，现在偏偏又做漫画这个工作，昨天晚上她是真吓坏了，都有点儿要发疯的样子……"

我摆了摆手道："陈女士不要激动，我们能理解你的心情，现在我有几个问题要问你，麻烦你配合。"

"好。"陈星星点头。

唐钰先问："你能不能让我看一下昨天晚上采薇小姐和你的微信聊天记录？"

"这……这跟我有关系吗？"陈星星下意识便要拒绝。

"当然有关系，我们现在就是要从不同的方向找找线索，陈小姐有些为难？"唐钰反问道。

"不、不为难，给吧……"陈星星顺手点开了微信，打开和采薇的聊天记录，递给了唐钰。

我大概瞥了一眼，心里一震——完全就是一片空白，什么聊天记录都没了！

我隐约觉得，这个陈星星可能多少有点问题，至少说到聊天记录的时候她很紧张，所以不排除她恶作剧的可能性。

唐钰无奈地皱眉，问道："聊天记录呢？陈女士？"

"不，不是……"陈星星尴尬地摇了摇头，"昨天晚上不是万圣节嘛，我下午开车去外地找我的男朋友了。在小薇给我发消息之前，我、我……我给她发了不少我跟我男朋友亲热的照片，所以……今天报警之前，我担心影响不好，就提前删、删除了。"

"照片删除了可以理解，文字也删除了是为什么？"唐钰正色问道。

"我就是……不小心，手滑了一下，就全都删了。"陈星星解释。

"昨天晚上你去了什么地方？什么时候回来的？什么时候见到的采薇？"我提醒她，"你想清楚了再回答，这些信息很关键。"

陈星星想了想，说："我跟男朋友是异地恋，他在邻市上班，昨天因为工作忙，没办法过来陪我过节，所以我就开车去找他了。下午6点出发的，晚上9点半到酒店的。"

"你们直接开了酒店？"我问道。

"是的。"陈星星点头。

"酒店是他开的还是你开的？"

"是我男朋友开的。"

"是一家什么酒店，入住之前有没有身份信息登记？"

"我们住在一家假日酒店，有登记的，你们可以去调查的。"陈星星解释道。

"我们会调查的。"我说，"方不方便把你的手机交给我们，我们进行一下数据恢复呢？"

陈星星还是有些为难，最终还是点了点头，问道："需要多长时间？"

"大概两个小时，如果你不放心，可以在这里等着，我们取证之后就还给你。"

"好，不过……警察同志，我能不能有一个请求，就是……我跟我男朋友那些……照片，你千万不要让泄露出去！我是个网络主播，这方面出问题的话，影响不是很好……"

"放心吧，我们不会泄露任何人的任何隐私。"我摆了摆手道。

之后，采薇和陈星星在休息室等候。我立刻打电话到陈星星所说的那家酒店，确认他们的入住信息。唐钰则找人去恢复陈星星的手机聊天记录。

大概半个小时之后，我们在办公室集合。

唐钰问我："你那边查得怎么样？"

"基本可以排除陈星星本人的嫌疑，邻市酒店附近的辖区民警已经协助我们查清了入住人信息和入住时候酒店大厅的监控，确认是陈星星没错。陈星星现在有不在场证明，这恶作剧应该跟她本人没关系，不过也不能排除她雇人作案，只不过暂时没有作案动机。当然，这些只是我的猜测而已，你那边怎么样？聊天记录恢复了没有？"

唐钰点了点头，说道："恢复是恢复了，但是没发现什么有价值的信息，聊天内容和陈星星说的差不多，外加一些……嗯，私房照。"

我瞬间有点无语，说道："这好歹也是个人隐私吧，陈星星怎么会发给采薇看？"

"可能是暴露癖吧。"唐钰也表示不理解这是什么爱好，但是陈星星把这些照片发给了采薇，从这一点上来说，也侧面证明了她和采薇的关系非常好。同时这也合理解释了她删除照片的原因，可以初步排除嫌疑。

唐钰说："那我们接下来的工作可多了。我们首先要从排查采薇的左右邻居开始，迅速定义案件性质。你还别说，说不定那个人还真是个变态杀手，杀人之后恐吓采薇……如果是这样的话，凶手的范围可以锁定为采薇的狂热粉。"

"走吧，这件事情耽误不得，如果真的是凶杀案，凶手肯定是个变态！"

"嗯，其次，要赶紧把王剑飞叫回来，逐一排除采薇的另外两名闺蜜小B和小C，如果这起案件不是凶杀案，那就是恶作剧，熟人作案的可能性最大。我们的工作速度一定要快！据我调查，现在这个调皮薇在网上人气很火，粉丝无敌，算是标准的公众人物了。一旦她的经过被八卦小报和娱乐媒体知晓，再曝光，被媒体夸大，舆论一发酵……咱们的工作难度可就大了去了。"

"嗯，明白。"我点头说道。

唐钰工作起来也不含糊，将陈星星的手机内容复制一本做备案之用，而后迅速通知红S组和重案组的同事回市局集合。

十五分钟之后，所有人都到齐，我们带上陈星星和采薇，去采薇家现场查勘。

采薇成名的时间比较短，而且成名之后格外珍惜机会，最近两年几乎把所有的时间都倾注在了作品的创作上面，豪车豪宅什么的也不是没条件购买，只是她没那么做。她住的是公寓楼，价格不贵，很普通的小区，安保措施只能算是一般，小区门口有保安收停车费，但是也就仅此而已了。

我们到采薇家之后，采薇看到自己家的大门，还是惊魂未定。

痕检组的同事很快到了，迅速针对门把手展开指纹提取和痕迹检验。

夏兮兮、王剑飞、吴教授、唐钰四个人则兵分三路，对一梯四户的其他三个邻居进行同步的摸排调查。重案组的小张和小王——现在应该叫王队和张副队——则是负责调查闺蜜小B和小C昨天晚上的具体情况。

我来到采薇的房间，房间里面的布置很少女风，抱枕、娃娃、墙壁、装饰等等都是粉红色。不过屋里门窗紧闭，空气几乎不流通，估计昨天晚上采薇是真的被吓得不轻。

我问她："方便把你电脑打开吗？我们要看一下那个陌生QQ和你的通话记录。"

采薇红着脸点点头，说道："可以，我马上开。"

很快，采薇将电脑打开，登录QQ。QQ头像闪动，消息无数，粗略估计得有上百条。

我吓了一跳，瞪大了眼睛，问采薇："你就这么不注意隐私？这些人都是谁啊？"

采薇说："全都是粉丝，粉丝大多数都知道我的QQ号码和微信号码。"

"你这样不行啊，"我提醒道，"爱护粉丝可以理解，但是在没有专门的经纪人或者工作室打理的情况下，你这样做很容易暴露个人隐私的，以后要注意一下。"

采薇扭头问我："你好像对这些很懂？"

我没多说，再次提醒她道："这种事以后真得注意，没跟你开玩笑，你赶紧把那个QQ号找出来吧。"

"好。"

采薇点头找了起来，我在旁边看着。结果不到两分钟，这丫头就着急得满头大汗。

我赶忙问："怎么了？"

采薇说："好像找不到通话记录了，难道被人删了？"

"被删了？"我愣了一下，"不是你删的？"

"肯定不是我！绝对不是我！"采薇矢口否认。

我盯着她的眼睛，问道："你这房间，从昨天晚上到现在，有没有其他人进来过？"

第四节 笑脸面具

采薇一个劲儿地摇头，说道："我不知道……我、我真的不知道……"

采薇说她是凌晨出的事，外面的人站在她门口持续徘徊了半个小时左右，闺蜜陈星星从深夜 12 点半左右开车赶回来，三个小时之后到她家楼下，大概也就是 4 点左右。4 点之后，在陈星星的陪同下，两人一块儿去警方报了警。

根据陈星星的描述，4 点她把车停在楼下，上楼的时候，并没有见到什么可疑的人或是车辆。

现在是早晨 7 点。4 点半到 7 点这段时间，极有可能有人撬开了采薇的门，或者是以其他方式潜入了采薇的家，打开了采薇的笔记本电脑，删除了通话记录。既然对方这么着急删除记录，会不会是知道采薇报案了？

我赶紧问采薇："知道你去报警的人都有谁？"

"只……只有陈星星啊，其他人都不知道。"

"只有她？"

我一头雾水。陈星星和采薇见面之后一直都在一起，见面之后又立刻陪同她一起去警局报案，陈星星根本没有作案时间，她同时也有不在场证明。

这个案子相比于之前的案子，看起来简直是玄之又玄。至少之前的所有案子，我们都能见到受害人，哪怕是一具尸体。但是这一次，一切就好像是一团大雾，根本拨弄不开。

因为我对这方面不是很熟悉，平时除了微信之外，也不太同这种即时通信工具，所以便找了唐钰过来帮忙，让她现场试一下，看看能不能用一个陌生的QQ账号在进行语音通话之后，单方面操作删除对方电脑端的通话记录。

唐钰照我的想法操作了一遍，最终发现，对方可以删除采薇的账号，但是在采薇电脑端的QQ会有通话记录痕迹保留，虽然不能打开对方的聊天窗口，但是在消息列表页能看到对方的昵称、头像等。

我赶忙问采薇："你还记不记得对方的头像是什么？昵称是什么？"

采薇摇了摇头，说："头像……应该是一个《V字仇杀队》里面的笑脸面具，其他的，我也不记得什么了。"

我坐下来，将采薇的QQ里里外外的消息全都仔仔细细地翻找了一遍。最终发现，在昨天凌晨0点到1点之间，没有任何通话记录！

如果采薇没有说谎，那么只能是被人删除了。一种可能是，有人潜入了采薇的房间，亲自删除；另外一种可能就是黑客入侵，远程操作了采薇的电脑，远程删除。

门口痕检组的同志还在继续着工作，着急得满头大汗。我们现在无比被动，哪一条线索更有价值都无法分辨，甚至说，我们根本就没有线索。

我四下检查了通风窗口、排气扇以及邻居的阳台、飘窗等等，并不具备从外部翻越进来的外部条件。

唐钰皱着眉头，道："我还没见过这么悬的案子呢。"

有一个刚刚进警队实习的哥们儿小声凑过来问唐钰："唐队，难、难道有鬼？"

唐钰先是一愣，怒道："闭嘴！胡说什么呢！过去干活去！"

那哥们儿怯生生地缩了缩脑袋，老脸一红，赶紧老老实实地继续工作。

这时候，王剑飞已经对其他三户业主进行了严格的排查和询问，带着笔录和询问现场的录像走了过来。

唐钰问："结果怎么样？"

王剑飞说："邻居有重大嫌疑，所以我们的问询和调查工作很仔细也很严苛，不过最终并没什么结果。左边的邻居是一对老头儿老太太，老头儿以前当过兵，一直都保持着部队的作息规律，晚上 6 点钟就上床睡觉了，作案嫌疑比较小。他还表示，他并没听到昨天晚上有任何的动静和不同寻常的声音。而右边则住着一个小型创业公司老板，女的，名叫赵悦，二十六岁，最近公司业务比较多，昨天晚上她在公司加班到凌晨 2 点才回来，回来之后倒头就睡。我详细问了问她昨天晚上的所见所闻，但是赵悦说她没有见到任何不同寻常的事情，也没听到什么动静。"

王剑飞顿了顿，继续道："走廊最远处的那户住着一对刚刚结婚的小青年，但是昨天晚上是万圣节，这两个人都出去玩了，一晚上都没回来。我已经让夏兮兮去证实和排查他们的去向了，应该很快就有结果。"

这时候，夏兮兮刚好走过来，冲我们说道："已经有结果了！那一对小青年昨天晚上确实一整夜都没有回来。他们先去沙锅头餐厅吃饭，后来去酒吧蹦迪，凌晨在 KTV 鬼哭狼嚎，喝醉了以后直接在里面睡了一夜。我已经联系了 KTV 的经理调查了监控，这两口子到现在还在包厢呼呼大睡呢，一夜都没有出过包厢门。"

一梯四户，其他三户邻居的嫌疑基本可以全部排除。凶手曾说出"向邻居借磨砂机分尸"这个线索，让我们把侦破方向放在邻居身上，这显然是错误的。但是截至目前，我们也没有接到发现尸体，更没发现凶杀案等信息的报警。

所有人都着急得团团转，采薇和陈星星更是催促我们赶紧破案，务必第一时间把凶手找出来，消除影响，不要影响采薇的创作。但是我们也很无奈，整个重案组都非常着急，可也没有办法，我们只能把全部希望放在门把手的痕迹检验上。

"凶手在外面试图撬开我的门，最终没有成功"这个线索，采薇给得非常清晰，这也算是目前唯一给我们留下的线索。

唐钰说："痕迹检验结果估计快有了，如果没有被撬动过，那么案件性质只能定义为恶作剧了。"

采薇听到唐钰这么说，疯狂地冲过来，瞪大了眼睛像是发疯了一样，眼神里充满着无助和楚楚可怜，哀求道："警察同志，这绝对不是恶作剧！这绝对不是我朋友的恶作剧！我根本就没有那么多朋友！求求你们，千万不要不管我，那是个杀人犯啊……你们如果不管我，我真的好害怕！好害怕啊……"

我赶紧扶住采薇的肩膀，郑重其事地告诉她："采薇小姐，你不要着急，我们肯定不会不管你的，但是我们也要根据证据和线索来调配警力，你能明白吗？至少截至目前，没有任何证据能证明确实发生了杀人案……"

"我的电脑记录被删除了，这还不是线索么？凶手一定进过我家，说不定我晚上睡觉的时候，他就在哪个墙脚躲着在盯着我看……警察同志，我求求你们了，救救我！求求你们救救我……"

说着，采薇号啕大哭，哭得撕心裂肺，可怜极了。我们所有人都没办法，只能慢慢哄她。

唐钰看了看她，若有所思，又把陈星星拉到一旁，小声问道："陈小姐，麻烦你如实告知……你的好朋友采薇……平时的精神状态怎么样？"

陈星星愣了一下，没明白唐钰说这话什么意思。

唐钰摇头，说道："别误会，我没有认为采薇小姐有精神病，只不过我们是靠证据办案的，这是我们必须要了解的情况，希望你能理解和配合。"

陈星星想了想，说："薇薇平时比较宅，基本上就是在家工作，画漫画，偶尔晚上出来和我们吃个饭，就这样子，精神状态绝对没有任何异常。而且她的生活习惯很好，从来不喝酒，晚上 22 点之前肯定回家，从来不在外面过夜……"

听了陈星星这么说，这问题就更一团迷雾了。对于一个社会关系、人际交往背景几乎是一张白纸一样的女人来说，如果发生了这样的事情，除了是恶作剧以外，似乎没有其他任何可能。

就在这时候，痕检组的同事过来报告说痕检结果已经出来了。

"情况怎么样？"

我们个个激动不已，全部围了过去，毕竟现在痕检鉴定的结果关系着整个下一步的侦破方向。

痕检组的同事说："经过我们的痕迹检验，门锁的确有被撬过的痕迹，锁芯从外向内受到过破坏。"

"你们看到了吧，真的有人！警察同志，你们赶紧出警！一定要保证薇薇的安全！"

陈星星听到这个信息，激动不已。

唐钰示意陈星星先冷静一下，问痕检组："有没有提取到指纹或者是任何有价值的信息？"

遗憾的是，他摇了摇头，道："没有指纹，也没什么痕迹遗留，我们现在只能确定门锁被破坏过，其他的，也就没什么了。"

"唉！"唐钰长叹了口气，"这就棘手了……"

"按照正常程序，我们可以移交给分管民事案件的同事的，这不是命案，也没有指向命案的证据，理论上来说，其实还不够重案组接管的标准的。"

"怎么不是命案？那通话记录里面的人明明说了要分尸，这说明已经杀了人了啊……"陈星星激动地强调道。

"陈女士，那只是一通通话记录，我们又没有找到其他相关证据，现在还不能下结论的……"

"那么门锁被破坏过，这一点你们怎么解释？"陈星星问道。

陈星星的话一出口，在场所有人顿时哑口无言。

这时候，我突然间想到了一个办法……

第五节 主动出击

"我有一个办法。"我说道。

所有人都看向了我。

唐钰问："什么办法？"

我把采薇叫过来，耐心解释道："采薇女士，你听我说，我们现在一定会根据现有线索全力侦察，争取抓住这个背后恶作剧的人，让他承担法律责任，为自己的行为买单。但是就目前的情况来看，我们不可能24小时保护你的安全，这一点，希望你能理解……"

"那我闺蜜的安全问题怎么办？"陈星星第一时间反驳道。

"因为近了年关了，我们所有同事基本上都被派出去巡逻了。而我的同事，就是这位一身正气的……"我拍了拍王剑飞的肩膀，"他最近每天都要在你住的小区附近巡逻，你可以随时联系他。另外，我也会把我的全部联系方式都留给你。最近两天，不管是QQ通话还是陌生人拜访，只要是你觉得不对劲的，你都可以第一时间联系我们。我们一定会在十分钟之内赶到你家，保护你的安全，请相信我们，好吗？"

陈星星顿时不满地说道："你们能保证十分钟之内赶过来吗？如果超过了十分钟怎么办？我闺蜜如果因为你们来晚了而遇害，你们承担责任吗？"

"我去……"一个同事看不下去了，嘟囔道，"我们是警察没错，但也不是你的私人保镖！这位姐姐，你不要这么盛气凌人好不好？"

陈星星也是一愣，道："也就是说，你口口声声'十分钟'，只是敷衍敷衍我们这小老百姓了？"

"不不不……"

我赶紧瞪了那个打抱不平的警员一眼，告诉陈星星："我保证！有任何问题，十分钟之内，我和我的同事肯定到！"

"你保证？"陈星星拿出了手机。

"嗯，我保证。"我点头说道。

"你把你的话再说一遍，我要录音……"

"……"

无语归无语，我还是把我的话全部录音了一遍。

唐钰也是无奈，可也是没办法。结果让我大开眼界的是，我的保证被录音之后，陈星星居然又问起我的警号，还要拍照我的警官证来做证据。这时，我不得不承认，我现在还是编外人员，没有警官证。

陈星星苦笑道："原来如此啊，怪不得现在都养这么多临时工，出事的时候可以让你这种临时工、合同工站出来当背锅侠是吗？你的话不可信！我要求你们不能撤离！否则我现在就投诉你们推诿扯皮、踢皮球不办事儿！敷衍老百姓！我一定会投诉到底的！到时候你们谁都跑不了！"

听了陈星星的话，唐钰几乎是要爆发了。

如果按照正常程序，这个案子我们根本就不需要管，调查到现在，直接移交民事案件部门就可以了。我现在这么做，已经是做出很大让步了，也已经把事情考虑到最严重化了。但是，陈星星显然对我们还是没有什么信任感。

"我有警号。"这时候，王剑飞拿出了他的警官证。

陈星星作势就要拍照，王剑飞却摇头道："陈女士，你可以拍照作为证据，但是我要提前给你明确一点，案件结束之后，你必须删除我的所有信息。如果出现信息泄露的情况，或者是你拿出去复制、刻印等等，你都要负法律责任的。"

"只要我闺蜜的安全问题有保证，什么都行！"陈星星说完，直接给王剑飞拍了照片，同时还让我们俩站在一起，给我们俩拍了照。

这个事情算是告一段落了。其实我们也没有必要为陈星星的态度和做法而生气，毕竟"立警为公、执法为民"这八个大字不是写出来闹着玩儿的，这是我们的工作，也是信仰所在。

临走之前，我提醒陈星星和采薇道："今天晚上，不要让采薇一个人待在家里，你既然是她的好闺蜜，这房子也够大，就先住在这里，有什么问题也能及时联系我，我也能尽快赶过来；其次，建议你们尽快找师傅在门口楼道里安装一下私人监控。这样的话，如果真的存在凶手，或者说，是不是恶作剧，一目了然！"

"好，我们会的！"陈星星点了点头，这才算是放我们离开。

回去的路上，警车上，夏兮兮多少还是有点怨气，不爽道："我还没见过这么难缠的人呢，好像她是甲方，我们要卖给她产品一样！"

王剑飞无奈地摇头苦笑道："我们不就是卖产品嘛，只不过是没有实物产品，我们卖的是形象，老百姓就是客户。"

"哼，没有实物产品的交易那叫传销！"夏兮兮翻了个白眼，"不过，你们俩现在可算是立下军令状了，最近两天可就没好了，老老实实地值班、巡逻，二十四小时轮换班，要做好心理准备啊。"

王剑飞点了点头说："我已经想好了，一会儿我去找局长申请一下，我的巡逻区域就放在就近的这几栋房子周围好了，我和小川轮换班，这样才能完成十分钟到场的要求。"

"可以。"我点了点头。

"这不就成了私人保镖了？"一个痕检组的同事嘟囔道。

"那没办法，我们本来就是人民的保镖和战士。"

夏兮兮苦笑道："来！伟大的人民战士！我这儿还有两桶方便面，我还要在精神层面支援一下你们，今天晚上，辛苦你们了！"

王剑飞接过泡面没说什么，叹了口气道："昨天晚上是万圣节，采薇又是公众人物，粉丝众多，其实很大程度上可能是恶作剧，只不过出现了'杀人分尸'这几个字，所以大家有点紧张。也许这四个字在我们重案组的眼里比较敏感吧，所以我们会慎重对待。应该不会出什么大问题，你们也不要太多心了，各忙各的吧，这边交给我和小川就行。"

"嗯，好。"

一天时间很快过去，局长那边的申请也很快到位。

晚上 6 点，王剑飞开着他的车先带着我去 24 小时便利店买了几包烟和一些零食、方便面之类的食物，然后，我们来就一块儿悄悄去了采薇居民楼附近。

天逐渐黑了下来，整座城市，进入了灯火辉煌的夜生活。

霓虹闪烁之下，觥筹交错。临近年关，好像人们的精神都兴奋了起来，街道上车水马龙，熙熙攘攘，从早上 6 点到晚上 11 点，人来车往，络绎不绝，纵横交错，热闹非凡。

我们俩坐在车子里，王剑飞坐驾驶室，我在后排。我打开车窗户抽烟通风，但整座城市的喧闹声音不绝于耳，关掉窗子之后，良好的隔音效果仿佛能让我们与世隔绝，外界的喧嚣跟我们再无瓜葛。这种感觉，倒是挺好的。

王剑飞拿起一包薯片扔到后排，道："吃点吧，吃点之后你先睡一会儿，保持精神，如果真的有凶手，前半夜肯定不会动手，后半夜才是重中之重。"

我拿起薯片，打开袋子，吃了两口，说道："现在这零食味道是真不错。"

"跟烟比起来呢？哪个爽？"王剑飞道。

"那当然是烟了。"我拿出烟盒，看着上面"吸烟有害健康"几个大字，无奈地摇头苦笑，"像我们这种老烟民，不吃饭都行，不抽烟绝对不行。"

"可以理解！"王剑飞长出口气，"不过你一天一包，抽得是有点多，身体是自己的，以后生了病还要自己受着，能少抽点就尽量少抽点。"

"噗……"我乐了，"你一个一天抽两包的人，劝一个一天抽一包的人少抽点烟，你不觉得这画面滑稽吗？"

王剑飞也是哈哈大笑，不知不觉又点上一根。

不抽烟的人，永远无法理解抽烟的人是什么心态。不过网上有一段解释我觉得很到位，女人累了可以哭可以闹，但是男人不能哭，闹也没人惯着你，你只能抽根烟顺顺气。如果抽一根解决不了问题，那就抽两根。

"对了，你跟咱们唐领导的事儿怎么样了？"王剑飞回头脑袋扭着问我，

"啥时候发喜糖？"

被王剑飞这么一提及，我又想起了昨天晚上打三个电话她都没接，今天也一句解释都没有这茬子事了，心里满满的不爽。

"没影的事儿，你就别瞎起哄了。"我摇了摇头。

漫不经心地回答他之后，我居然下意识地问自己：难不成，我真的喜欢上了唐钰了？网上说，如果一个女人的一举一动能够让你反复思量的时候，你很可能就已经爱上她了。想到这里，我自嘲地笑了笑，心想，或许哪一天，我就已经病入膏肓了吧。

"你可抓点紧，前几天我听说唐领导一个海龟大学同学回来了，回国第一件事就是请唐领导吃饭逛街，还主动提出见一见伯父伯母，这意思不是很明显了吗，人家这仗打得漂亮，知道不？"

我心里有些酸酸的，狠狠搓了把脸，不再去想这个事儿。

哪怕我再自恃清高又能怎么样呢，面包和爱情缺一不可，我要是真的主动起来，我拿什么追唐钰呢？

时间一分一秒地过去了，不知不觉，已经是午夜 0 点。

王剑飞说："睡吧，我估计今晚出不了事。"

邪气的是，我还没来得及说话，我的电话突然刺耳地爆响了起来。

第六节　古老的挂钟

我下意识心里面"咯噔"一声，脑门发热，就好像一道惊雷一般，响彻耳畔！

王剑飞将手里的香烟直接从车窗扔出去，立刻扭头看着我，大声道："谁的电话？"

"陈星星。"

我话音刚落，王剑飞二话不说直接下车，下意识地从腰间拔出了配枪。我也来不及做什么反应，第一时间接电话，

"喂！"我问道。

然而，对面却是一丝声音都没有。

我皱起眉头，脑袋贴着话筒贴得更近一点儿，想要努力地去听点儿什么。

之后，我好像听到了微弱的呼吸声，就好像是一个年迈老妪的声音，粗重而又夹杂着喘息，像是打电话的人受到了剧烈的惊吓，而此刻又不能发出声音，或者是发不出来声音一般。这种感觉很恐怖，很难想象出对方此刻正在经历着什么，或许她已经看到凶手了，或许她正躲在窗帘后面，或许凶手已经发现了她，正在一步步地向她靠近，所以她才不能开口，不敢说话……

车窗外静悄悄的，这座繁华的城市已经入睡，只剩下凛冽的寒风在夜色中肆虐地咆哮着，发出呼呼呼的撕心裂肺的声音，像是不安分的婴儿在哭闹个不停。

王剑飞边跑边瞪大了眼睛问我："情况怎么样？"

我摇了摇头，说道："不太清楚，对方一直没说话……"

"快快快！赶紧上楼！"

王剑飞说完便拉着我下车，连车门也顾不上锁，直接冲向了采薇的那栋房子。

因为这套公寓的入住率并不大，物业为了省电节能，过了23点，两个电梯停运一个，只有一个是开启状态。

采薇住22楼，电梯此刻便停在22楼！王剑飞眨眼间就着急得满头大汗，疯狂地摁电梯上行的按钮。

此刻仿佛时间定格一般，过得很慢很慢，每一秒钟都是煎熬。

几秒之后，电梯反应过来，开始从22楼下来。

这时候，我手上的电话突然间挂断了。我总觉得哪里不对，可是又分辨不出来不对劲究竟是哪里不对，这个时候只能暗暗祈祷采薇一定不要出事才好，千万不要出事，否则我们两个这一辈子都要活在悔恨当中了！

电梯是停在 22 楼的，也就是说，在我们来之前，有人上了 22 楼。整个 22 楼一梯四户，其他三户里有一个是在创业公司上班的姑娘，每天都是加班到凌晨才回家，按照她的生活习惯，这个点儿应该还没回来；另外一家住着一个退伍老兵，人家生活习惯极好，18 点钟准时上床休息，应该几个小时之前就睡觉了；而另外一家则是一对年轻男女……可我们一直就在楼下坐着，根本没看到有什么人上去。

我越想越着急，恨不得直接从消防楼梯爬上去，但是理智告诉我，这个阶段，我们一定要冷静，要不然就是欲速则不达了。

不知不觉，我的额头上也渐渐渗出了一层细密的汗珠，密密麻麻的，我擦了把额头，满手的汗。

王剑飞一脚踹在电梯上，骂道："可恶！越是关键的时候这电梯越慢！"

"稳住！"我看了看他手上的配枪，"不要着急，稳住！"

他没搭理我。这时候，电梯"叮"的一声，打开了。

一阵冷风吹来，电梯里面空荡荡的，空无一人，一道穿堂风在电梯里面打了个回旋，钻进我们的领口、袖口，冷得让我不禁打了个寒战。

我和王剑飞也顾不了那么多，直接走进电梯，迅速摁 22 楼，之后以一秒十次的速度摁下了电梯的关门键。可是电梯好像一点儿也感受不到我们的着急，慢悠悠地合上，之后传来一句机械的女声："电梯上行。"

王剑飞让我站在旁边，他深呼吸几口，然后直接拉开配枪保险，子弹上膛，对准了电梯门口。

我能理解他的动作。如果说凶手趁着我们不注意上去了，又不知道我们就在楼下埋伏着的话，肯定是要乘坐电梯下楼的，因为这种情况是最简单便捷、效率最高的逃跑方式。所以说，极有可能，等一下电梯到 22 楼以后，我们会和凶手打一个照面。

我的心跳，悄然加速着，双眼目不转睛地盯着电梯门口。人类的感觉有时候是很奇怪的，不管是乘坐电梯还是等待电梯来接的时候，只要周围的环境是安静静、空荡荡的，那么人的心里就总会生出一种紧张感和压迫感，因为你永远不知道电梯门打开之后你会看到什么……

电梯的数字在迅速变动，转眼间已经到了 17 楼。好在这个时间点已经没有人乘坐电梯，电梯中间并没有停下。

我盯着上行的红色数字，等待着它从 1 变成 22。

"叮！"大概一分多钟之后，电梯门打开了。

王剑飞握枪的手抓得更紧了，不过，很遗憾，电梯门口并没有人。

我们俩谁都没有松懈，冲出电梯，直接冲向了采薇家的门口，迅速敲门！

砰砰砰！

敲门声响起，可是里面没有任何动静。

砰砰砰！

王剑飞敲了第二次门，还是没有任何动静。

情况紧急，来不及考虑那么多了，王剑飞猛然间向后退一步，一脚直接将门踹开。

一道强劲风"呼"的一声吹出来，房间里面一片漆黑，伸手不见五指，一盏灯都没有开，窗帘也拉着，黑乎乎的，什么都看不见。

我总觉得这环境诡异得有些不正常。我也没有配枪，只能下意识地握紧拳头，做好准备随时进入战斗状态。

王剑飞身子向后微倾，一步步往前探测着走路……

"采薇？"

"陈星星？"

"你们在哪儿？"

王剑飞一边问，一边往里面小心翼翼地挪动。

就在这时候，我听到了不远处有喘息声，我长出一口气，保持冷静，第一时间直接打开强光手电，打开。

一秒上百次的爆闪频率灯光直接照向了门后，闪得我自己都跟着眼花缭乱！

这时候，只听到一个女声"嗷"的尖叫一声，这个人直接站了起来，急切地说道："警察叔叔！警察叔叔！别动手别动手，我是陈星星……"

我皱了皱眉头，直接冲到门口处"啪"的一声打开灯！

客厅内骤然明亮了起来，陈星星捂着脑袋站出来，满脸古怪和诡谲的笑容。

"什么情况？"

王剑飞没有放松警惕，端着枪迅速冲到各个房间门口踢开门枪口对准里面，谨防意外的发生。

这时候，陈星星惨叫道："别别别！你别乱开门，薇薇还在洗澡呢，她刚刚画完漫画，你别开门，非礼勿视啊……"

"什么？"

听到陈星星这么一说，我和王剑飞都是双眼一黑，差点儿没一头栽倒在地上。

"搞什么啊？"我问陈星星。

这时候，陈星星才神秘一笑，古灵精怪，满脸崇拜和敬仰之情。她看了看王剑飞，又看了看我，表情语气明显十分夸张，说道："哇！原来你们真的可以这么快赶过来啊，这还不到十分钟呢！看来是我错怪你们了，我真的想不到你们真的在我们附近埋伏着，太棒了！我突然间特别有安全感，你们真的是人民的守护神，真是爱死你们了！"

说着，陈星星还一脸花痴地盯着王剑飞说："剑飞哥哥，你有女朋友了吗？我决定了，我想找个警察哥哥当男朋友！"

我差点儿没一口老血直接喷在陈星星脸上，敢情我们白紧张一场了，根本就是陈星星在耍我们！

我看了一眼王剑飞，他的表情不仅木讷，还加了几分愤怒和无奈，他上下打量陈星星一阵之后，问道："怎么？你想让我当你男朋友？"

"对呀，哥哥，可以吗？"陈星星嗲里嗲气的说话风格听得我直起鸡皮疙瘩，也不知道她作为一个网络主播，开直播的时候说话是不是这个样子。

"可以个屁！"王剑飞道，"我记得你昨天晚上还去找你那异地恋的男朋友约会吧？这么快移情别恋，你没病吧？"

说完，王剑飞气还没消，又指了指陈星星的眉心，说道："我告诉你，报假警、耍警察，按照《民事治安管理处罚法》，你可是要被拘留的！这次就算了，下次再这样，别怪我不客气！小川，咱们撤！"

这时候，我的目光落在了墙上那扇大笨钟上面。

"别着急，我还有件事儿……"

采薇之前说过，那座钟是她家里面祖传的传家宝，祖奶奶辈儿就有了，学名叫座钟，后来她拿来用，为了美观，就改造成壁挂式了。这个座钟浑身都是大红漆木做成的，和房子里粉红色的装修画风格格不入，看起来特别突兀，甚至还有点儿诡异。

我问陈星星："这个座钟挂在这儿多久了？"

陈星星一愣，说："这个你得等采薇洗完澡之后问采薇。"

"我能看一眼这个座钟吗？"我说道。

陈星星听到我这么说，忽然紧张起来，盯着我问道："怎么……这个挂钟……是、是有什么问题吗？"

第七节 血案

我没搭理她，让王剑飞继续给她做思想教育工作。

王剑飞也很配合，立刻道："我告诉你，现在是非常情况，也是紧急情况，我们说了就一定会做到，你们有危险我们肯定会拼尽全力保护你们的安全，你不需要玩'狼来了'这种把戏来试探我们，明白吗？再者说，假若什么事情都没发生，自然是皆大欢喜，我们也没有什么损失。但是，倘若凶手真的出现了呢？倘若因为你报的一个假警给了凶手可乘之机，延误了最佳救助时机，导致了你的闺蜜采薇出事呢？谁来承担这个责任？"

陈星星低着脑袋，像是被老师教育的孩子一样，一边嘟嘟着嘴，一边听着挨骂。

而我，则小心翼翼地摇晃了一下这老式大红漆木的挂钟……

"叮咚……"

机械的声音，伴随着颤音和共振，瞬间弥漫了整个房间。

说实话，这钟声音量之大是我完全没有心理准备的，钟声一响，吓得我一个激灵，头皮发炸，猛然间浑身都冰冷冷的。

王剑飞下意识地回头看我。

我尴尬地长出口气，回头看了一下这个挂钟，说："这种老式挂钟很少见了，至少也存在上百年时间了，已经算是古董了，再过个几百年，就是宝贝了。"

陈星星嘟囔着说："这座钟有问题吗？要是有问题，我就让采薇赶紧拆下来。我总觉得这挂钟挂在房间里有些诡异！你想啊，传家宝传家宝，说好听点儿是传家宝，说不好听点儿……不就是遗物吗？第一任主人死了，没带进棺材就叫遗物，要是带进了棺材，这就叫冥器了……"

"呸呸呸！"王剑飞赶紧摇头，"瞎说什么话呢陈星星？你闺蜜现在受了刺激，不能这么吓！你怎么说话呢？"

陈星星吐了吐舌头，小心翼翼地说了两句"对不起"。然后，像是个挨了骂的孩子一样，瘫坐在了沙发上。

王剑飞没好气地晃了晃他的手机，再次警告道："就这样吧，你不要再报假警了。有问题第一时间给我们打电话。"

"好咧！"陈星星点头。

"等等，"我赶紧提醒陈星星，"你不是想做你剑飞哥哥的女朋友嘛？一会儿再有什么麻烦，你给他打电话，好吗？别扯上我。"

陈星星冲着我翻了个白眼，道："哼，我刚才原本就是打算给剑飞哥哥打电话的，没想到把你俩的手机号给弄错了，就打到你那里去了，你以为谁稀罕给你打电话似的……"

"好好好，"我简直谢天谢地，"那就这样，千万别再给我打电话了，否则我拉黑你，再见！"

说完，我拉着王剑飞赶紧走人。

出门之后，世界终于清净了。

我长出口气，看着王剑飞，一个没忍住，彻底笑了起来。我拍了拍王剑飞的肩膀说道："哎我说，剑飞哥哥，艳遇来了哦，不错嘛……"

"你快别恶心我了！"王剑飞避之不及，"这个陈星星，什么话都往外说，我是个警察！刚才她居然还悄悄用脚趾划拉一下我的鞋，这女人，她简直太放肆了。"

"啊，真的啊？"我吃惊地看着王剑飞。

"是啊！"王剑飞叫苦不迭，"我还没谈过恋爱呢，虽然说我脸皮也不薄，可是刚才那画面，我是真受不来！"

"她这是看上你了啊，"我忍住笑意，"我听说现在做主播的女孩子都很主动，你说不定还真有机会……"

"打住！她有男朋友的！再说了，我的择偶标准也是很高的，就算她看得上我，我还看不上她呢。"王剑飞说道。

我抬脚就要走，这时候，我突然间踩到了不少碎渣子，打开手电一看，居然是墙壁的土渣。

我下意识地抬头看了一下，没想到，楼道里面已经安装上监控了，显然是今天白天的时候装上的，红外线在一闪一闪地亮着，显然已经进入工作状态，投入使用了。

我说："看来这个陈星星工作效率也是挺高的，虽然爱开玩笑了点儿，但是这么快装上监控，也算是给我们的工作带来了很大的方便。"

"嗯，是效率挺高的。"王剑飞点点头。

说着，我走进了电梯，王剑飞也赶紧跟了上来，说："哎对了，你刚才说采薇小姐家的挂钟怎么回事儿？我看你那会儿表情不是很对，你瞒得过陈星星这个外行，可瞒不过我干了多年的刑侦队长，说吧，你干什么了？"

"没什么，"我摆了摆手，之后不自觉地打了个哈欠，"行了，赶紧回车上吧，该睡一会儿，我眯两个小时，然后换你。"

"行。"

王剑飞也没再多问，电梯下行，我们俩迅速下楼，回到了车上。

回车上之后，我躺在后排，闭目养神。身上没有了手机以后，我倒是很快觉得有些犯困了，时间一点点过去，我的困意越来越浓，最后无论我怎么努力地想要睁开眼睛，眼皮却已经不听使唤，一个劲儿想要闭上。最后的最后，不知道什么时候，我算是彻底睡着了。

也不知道过了多久，我突然间被惊醒，是王剑飞从前排冲下来把我拍醒的。

我瞪大了眼睛，一个激灵，看着王剑飞问："怎么了？"

我刚醒来，觉得有点儿冷，我打了个寒战。现在已经是凌晨2点半了，我已经睡了一个多小时。

"快点儿，采薇那里出事了！"说着，王剑飞指了指正在通话的，他的手机。

我一愣，揉了揉眼睛说："怎么了？说的什么？"

"一直没说话，但是我听到有喘息声，很害怕，也很惊恐……"王剑飞再次拿出了配枪。

"该不会又是恶作剧吧？"我说道。

王剑飞看着我，道："同一个恶作剧，同一种方式，应该不会用两次吧？"

我心里紧张了一下，盯着王剑飞看了一眼，下意识地从他手上接过电话听了起来。

我仔细地听，话筒中是女人的抽泣声、疯狂的喘息声、在地上爬行蠕动的声音，还有手指甲抓着地板发出的"咯吱咯吱"的声音，让人听起来耳朵发毛，浑身难受。

如此种种，不绝于耳。

"不对劲，肯定出事了！快点！"

我下意识地扔了手机直接从后排冲下去，仿佛浑身一震精神头儿瞬间恢复到了原状。

"快快快！上楼！"

王剑飞见我这么笃定，也顾不上什么了，直接端着枪上楼。

这次，我们俩的上楼速度比上一次还要快得多，而电梯好像也比较配合我们，一分钟之后，我们已经到了22楼。

然而采薇家的门是开着的，整个22楼充斥着一阵刺鼻的血腥味儿，房间里面的灯忽明忽暗，诡异无比……

"救……救命！救命……"听到我们上楼的动静，黑暗中，有人用微弱的声音朝我们呼救……

我迅速打开强光手电，眼前出现的一幕让我浑身颤抖，简直不敢相信我的眼睛。

采薇浑身全都是血，头发黏糊糊的，沾满了血液，盖住了百分之七十的脸庞，惨白的脸蛋儿毫无血色，苍白得像是一张蜡纸……地上拖出了一道长长的血痕，她分明是从房间里面遇害之后又一点一点地爬了出来，爬出来求救……她的呼吸已经很微弱，眼球上面都是血，看起来恐怖至极。

"陈星星呢？陈星星！"看到这一幕之后，王剑飞下意识地喊了一句。

陈星星也浑身都是血，此刻正倒在里面客厅里，眼睛瞪得老大，像是看到了什么恐怖的事情一样，此刻已经浑身瘫软，目光呆滞，大小便失禁，夹杂着血腥味儿和尿骚味儿，手里拿着手机，指尖疯狂地颤抖，看到我们到来，她竟然毫无反应，就像是被吓疯了一样……

王剑飞立刻拿出手机打电话，说道："呼叫支援！呼叫支援！快点儿！立刻通知辖区民警，封锁整个德化小区！快！"

同时，王剑飞又打通了120的电话，说道："喂，这里需要一辆救护车，我的位置是德化小区4期3栋22楼！快点儿！快点儿！"

随后，王剑飞迅速端着枪，用脚踹开了这三室两厅两卫各个房间的门，搜查凶手。

但是，就目前情况来看，现场没有任何凶手的痕迹，家里也没有找到杀人凶手，可是从现场状况来看，陈星星和采薇都是受害者，凶手一定来过。

"该死！"王剑飞双眼血红，青筋爆裂，仿佛全身上下的血管都要直接爆炸了一样，"凶手！凶手怎么可能这么快跑掉！不可能的！"

这时候，我走到那大红漆木的挂钟旁边，从隐藏的钟摆盒子里面拿出了我的手机。

王剑飞吃惊地看着我，似乎疑惑我的手机怎么在挂钟里面。

我看着他，坚定道："凶手不管是谁，都跑不掉……"

我藏手机做监控的灵感，来自于上个案件中的犯罪嫌疑人黄之磊。他利用废旧手机制作成简易监控，实时监测邻居白露的私密生活。而这次采薇的案子，我总觉得哪儿有点不对劲，和以前的案子都完全不同。所以在第一次上楼之后，我把手机悄悄打开录像，藏在了挂钟后面。为此我还特地吩咐陈星星，再出事的时候，务必打王剑飞的电话。

所以此刻，不管凶手是谁、做了什么，我的手机都已经全部拍下。

第八节 凶手本体

十几分钟之后，特警冲锋车已经重重包围现场，整个德化小区范围内，红蓝警灯疯狂地闪烁着，几十名特警将小区包围得水泄不通，就连一只苍蝇也飞不出去。

想要在这么短的时间内撤离，凶手一定办不到。几乎是同时，救护车也在第一时间赶来，陈星星、采薇两个受害者迅速被送往医院。

唐钰和夏兮兮帮忙处理好了救护车上的事情，迅速来到了现场，痕检组的同事迅速到位。

王剑飞问夏兮兮："伤者怎么样了？"

夏兮兮摇了摇头，说道："具体情况还不知道，但是采薇的小腹破裂了，内脏也受到了极大的损伤，浑身都是血，只能看抢救结果了……"

"陈星星呢？"王剑飞着急地问道。

夏兮兮说："我们初步检查过，陈星星身上并没有外伤，血很有可能是采薇的。不过为了保险起见，她也已经被送去医院了，我们暂时留下来现场勘察。"

唐钰指示道："这凶手的杀人手段简直令人发指，太可恶了！这种人，枪毙一百次都不过分！"

这时候，我无奈地摇了摇头，问唐钰："可是，如果凶手是……她自己呢？"

听到我这么说话，所有人的脑袋全部齐刷刷地转向了我。

"什么意思？"

"小川，你的意思是……"

这时候，我把手机录像打开，放在了桌子上。

所有人面面相觑，也来不及问什么，谁也来不及解释什么，目光都转移到了我手机上。

视频画面还是很清晰的。视频显示，在我们第一次上楼又离开之后，陈星星一直在沙发上玩手机，采薇披着浴巾从卫生间里出来，头上还戴着一顶白色的干发帽。

时间一分一秒地过去，陈星星似乎在沙发上玩手机玩累了，哈欠连天，道："薇薇，你也早点睡吧，这都快凌晨 2 点了，你不是不敢熬夜吗……"

采薇的眼神中多了点无奈，又多了点恐惧。想想也可以理解，陈星星在这里陪着她已经很好了，总不能再要求她跟自己睡一张床吧？

于是，采薇点了点头："好，你去睡吧，我吹干了头发就去睡。"

"嗯，放心吧，警察们就在楼下，我们很安全的。等抓到了那个恶作剧的人，我一定狠狠地帮你揍他一顿！"

采薇满足地笑了笑，之后去吹头发。两个姑娘谁都没说出心里的恐惧，但是心里多多少少还是有些慌，所以谁都没说要关灯的事儿，也正因为如此，我的录像才如此清晰。因为手机放置在钟摆盒子里，距离钟摆很近。当夜幕降临、万籁俱寂的时候，钟摆滴滴答答的声音，在手机里显得异常清晰……

时间过得很慢，大概十几分钟之后，采薇的房间没了动静，陈星星的房间同时也没了动静。视频还在继续播放，但是画面定格，一动不动，就好像卡住了一样。

可是我们谁都没有松懈，只要视频看完了，案子也就破了。

所有人都在等。

而我，则是在等一个凶手的出现。倘若出现了一个凶手，拿着凶器，穿着黑衣黑裤，戴着面具，悄悄潜入进来，我也会好受些。可是，我最怕最怕的就是——没有凶手。

然而，事实往往天不遂人愿。

在视频播放到五分之四的时候，采薇的房间忽然有了动静。

卧室门被人从里面推开，采薇疯狂地拿着吹风机砸、砍、劈，就好像她身边有什么人一样，她一边疯狂地挣扎反抗，一边发出撕心裂肺的惨叫，嘴里喃喃自语："走开……滚开！滚开啊你……不要过来！"

我们所有人都瞪大了眼睛，看着视频画面，面面相觑，浑身上下冷飕飕的，因为采薇身边……根本就没人。

在她出现异常反应之前，也没有任何人潜入她的卧室。

就在这时候，陈星星的房间门开了，可能是陈星星听到了外面的动静，睡眼惺忪地走出来。这时候，采薇疯狂地冲向了陈星星，瞪大了眼睛，疯狂地叫喊道："星星，快走快走！你赶紧逃！我是逃不掉了，你赶紧走……"

陈星星原本睡意朦胧，可是采薇的异常反应实在是太吓人了，陈星星一个激灵，惊恐地蜷缩在角落，她可能以为真的有人潜入了房间……

紧接着，采薇一个人蹲坐在地上，摔烂了茶杯，用玻璃水杯的碎片割破了自己的手指，疯狂地在自己的脸上划！忽明忽暗的灯光中，杂乱无章的客厅里，采薇那原本白皙的脸上瞬间被划出了密密麻麻的血道，鲜血喷涌而出……

陈星星目睹这一幕，顿时吓得浑身颤抖。她想要帮助采薇，可手足无措，又完全不知道自己能做什么，她似乎思考了几秒，然后又冲进自己房间。按时间推算，她现在应该是打算给王剑飞打电话……

而就在这个时候，采薇在客厅里面忽然间哈哈大笑了起来。她笑得诡异而又无常，就好像是一个精神病人，此刻已经完全失去了本我，变成了另外一个人。然后她趴在地上疯狂地颤抖，满头大汗，最后，她居然用玻璃杯碎片，硬生生自己划开了自己的肚脐……

"我的天！"

看到这一幕，在场所有人一个个都瞪大了眼睛，眼珠子差点儿从眼眶里直接喷出来。

下一刻，陈星星冲出房间，手上拿着手机，可是冲出来的时候，她看到采薇的内脏都已经从小腹处流出来了，腿一软，一头栽在了地上……

采薇全身各处都在出血，她的眼睛还一直在瞪着，可她似乎依然还有意识，正一点一点地向外面爬，甚至是蠕动……地上被拖出了一道长长的血迹，她的指甲狠狠地扣在木质地板上，发出让人极度不舒服的声音……

接下来的画面，就是我和王剑飞破门而入了。

采薇，是自杀。

"怎么会这样？"唐钰一边惊叹一边叫来痕检组的同事，"外面楼道里的监控调查得怎么样了？"

痕检组同事说道："除了王队和小叶哥两次上楼的记录之外，没有任何人上楼。"

语毕，所有人，情绪都很低落。

这一次，真的有受害者，也真的不是恶作剧，因为案子中出现流血，出现了死亡。

这时候，唐钰迅速收拾情绪，挥手道："马上联系医院，无论如何也要将她们两个抢救过来。"

"是。"

之后，我们对采薇家里里外外进行了全面的痕迹检验。

这时，我发现了一个很严肃的问题。采薇最近的漫画作品，写的居然是一个杀人分尸案，凶手是主角的邻居，而故事的主角则一直在主导着杀人分尸案的全过程。

我把未完成的漫画还有大纲交给王剑飞的时候，王剑飞吃惊地看着我。

"这……也就是说，从她接到 QQ 语音通话，到有人撬门、报警……这些剧情，是她想象出来的，是她作品里面的，可是她却误以为这是现实存在的？"

"可以这么理解，"我说，"采薇很有可能有精神上的疾病。她已经迷失了本我和自我，没办法分清现实和自我。她真的很可怜，从视频里面那凄厉的惨叫声可以听得出来，她当时应该很恐惧，很无助。但是我们永远无法感同身受，也永远无法理解她在精神层面上饱受着怎样的折磨……"

夏兮兮说："历史上就有这样的典故。庄周梦蝶，蝶梦庄周。蝴蝶是我，我就是蝴蝶。"

"是这个道理，不过具体的情况，我们可以回去听一下吴教授的意见，他可是顶级心理学专家。"我说道。

"好，详细案情我们会汇报给吴教授，到时候再看看是什么结论。"

"先去医院看看吧。"我挥了挥手，"我想赶紧去看看采薇和陈星星的情况。"

"好。"

然而，就在这时候，采薇的电脑上，还在登录的 QQ 忽然间闪烁了起来，是个陌生的号码。

王剑飞一愣，说道："这，怎么回事儿？"

我们所有人，刚刚松下来的一口气，瞬间再次提了上来。

第九节 被忘却的记忆

我立刻打开采薇的 QQ 消息。

遗憾的是，发来消息的并不是那个"戴着面具"的人，而是一个粉丝发来的催更消息。

我又往下面翻了一下其他的消息，发现百分之九十九的消息都是狂热粉丝的催更，甚至还有直接开骂、攻击家人的。还有一些粉丝因为作者更新得太慢或者是更新不及时，就破口大骂，甚至说希望明天作者就出车祸被车撞死的……

我苦笑了一声，无奈地摇摇头。这些画面，似曾相识。

王剑飞长出口气，问我："画漫画跟你写小说比起来，哪个更费时间一点？"

我说："搞创作的其实都一样，不论是写小说还是画漫画，都需要时间，需要灵感，需要状态。等方方面面的基础条件协调统一之后，才能创作出读者喜欢的作品。有时候作者真的不是不愿意更新，假若灵感枯竭、突发急事，总不能乱写乱画一通就放出去放读者看吧？"

"这倒是。"王剑飞给我递了根烟，"理解万岁。"

"你们俩也理解一下痕检组的同志吧，这是犯罪现场，烟就别抽了好吗？"夏兮兮没好气地提醒我们一句。

我们尴尬地挥了挥手，迅速收起了烟。

现场被封锁了，一部分同事留下来在做进一步的检查工作，我、王剑飞、唐钰、夏兮兮，则开车去了医院。

医院的抢救工作一直进行了三个半小时。我们就坐在医院的走廊里疯狂地抽着烟，沉默着，等候了三个半小时。最终，手术室的门打开了，医生满头大汗地走出来，摘下了口罩，擦了擦脑门儿上的汗，走向我们……

唐钰和夏兮兮第一时间站起来，紧张地问道："医生你好，情况怎么样了？受害者情况怎么样？"

医生叹了口气道："你们通知家属吧，这个病人……我们已经尽力了，但是因为失血过多，加之脏器被大面积划伤，所以采薇女士，最终还是去了……"

沉默。

窗外没有下雨，可是，我的耳畔，却好似一道炸雷响起。我浑身发软，眼前发黑，几乎要跌倒在地上。我们第一次上楼的时候，采薇还是一个活泼开朗的姑娘，在卫生间里面一边洗澡一边唱着歌，我甚至现在还记得她唱的歌词："我们去大草原的湖边，等候鸟飞回来，等我们都长大了，就生一个娃娃。他会自己长大远去，我们也各自远去……"

这首歌的名字叫《如果有来生》。

从浴室唱歌，到此时此刻，几个小时的时间，一个鲜活而年轻的生命就这么香消玉殒了。

我闭上眼睛，熄灭香烟，暗暗为采薇祈祷：如果有来生，希望你能做一个健康开朗的姑娘……

现实真的很残酷，生命真的很脆弱。这句话，我们听到了太多太多次。可是，如果不是亲身经历，却根本不知道这"残酷"究竟是多残酷，"脆弱"又究竟有多脆弱。

案情，到此结束。

悲剧，会不会到此结束？

"陈星星呢？陈星星怎么样？"

医生说："那个女孩子身体并无大碍，身上也没有外伤，但是精神……好像是有些不太好，这个需要看以后的恢复程度。所以我建议等她稳定下来以后，找专门的心理专家介入治疗一下……"

回到警局以后，我们迅速开展了案情总结会议。

吴教授说："这次的案件，初步判断，受害者应该是精神分裂。其实我们并不能单单认为她是精神分裂症或者是双重人格其中一种，其实是两者都存在的。在心理学中，精神分裂和双重人格往往被分为两个课题来讲解，但事实上，患有精神分裂症的患者，本身也是双重人格的表现。多重人格障碍，它有一个更加正式的名字，叫'分离性身份识别障碍'，通俗来说，就好像一个人体里面住着好几个灵魂，好莱坞的电影里面很常见。但是在临床方面，多重人格还是很罕见的。根据以往的数据分析来看，多重人格多出现于从事艺术创作型的人群，比如作家、漫画家、画家或者是诗人等等。他们往往会脱离恶俗的自我，内心形成一个纯净的本我，两个精神状态，一个躯壳，共同存在……"

吴教授说这个事儿的时候，夏兮兮总是有意无意地往我这边看。

我狠狠地瞪了她一眼，用眼神回复她："看我干吗？"

夏兮兮用手机回复我："你会不会也是多重人格？坐在这里听课的是自我，书里面的主角是你的本我，变态、黑暗、血腥、暗黑……"

我再次瞪她一眼。

吴教授说："多重人格在国外的临床表现有很经典的例子。1815 年，在美国，一名女子被诊断为多重人格。十八岁时，她成长成为一个性格孤僻、忧郁、不喜社交、不善言辞的姑娘。她没有朋友，没有亲人，还将所有人都拒之门外，发病的时候，谁都看不见，也听不见。但是，经过两年的康复治疗以后，她连续昏睡了五个礼拜，医院方面已经判定她属于'病理性植物人'——存在呼吸，存在生理机能，但是不存在意识。可是，五个礼拜之后，她又神奇地醒了过来，仿佛一觉之后换了一个人一样，变成了一个活泼开朗的姑娘，出入于各大社交场合游刃有余，并且丧失了对之前的记忆……你们万万想不到这个女子是谁，她的一生，创作出了一部又一部伟大的文学作品，在全球范围内狂销数百万册。如果说凡事皆有两面性的话，这双重人格的病理，也并不是坏事……"

随后，吴教授又解释了精神分裂。

相比于双重人格，精神分裂的病症要可怕得多。它是一种严重的精神疾病，发病的时候，病人的思想和情感趋于崩溃，出现幻觉、妄想、胡言乱语的症状。严重的时候，病人还会出现自己伤害自己、攻击别人的行为，或者觉得有人攻击自己，甚至是以自杀这种极端的方式来摆脱"凶手"的迫害，但事实上凶手根本就不存在。

回到这次案件中，采薇便是典型的存在双重人格和精神分裂症两种疾病的病人。她将自己幻想成漫画作品中的主角，进而经历了一系列的杀人分尸……这是双重人格的典型表现。而精神分裂症又让她以为真的有人敲门、撬门，有人要杀了她，谋财害命……

可笑的是，经过通讯和电信部门的证实，那天晚上，采薇的电脑 QQ 上根本就没有接通过任何 QQ 语音通话。门锁上的撬痕，最后也被证实是采薇自己所为。也就是说，一切都是她自己一个人幻想出来的。

到了这里，本案算是彻底结束了。

半个月之后，唐钰叫上我、王剑飞和夏兮兮，去了东阳市第一精神病康复医院。在这里，我们见到了穿着病号服的陈星星。

整个精神病院里，有的人坐在走廊里玩儿蚂蚁，一玩就是几个小时；有人对着镜子傻笑，用屎尿给自己化妆，浑身散发着恶臭，所到之处，身边的人掩着口鼻呈作鸟兽散，病人自己却兴奋得手舞足蹈；还有病人趴在绿化带里面对着一只蟑螂号啕大哭，哭得撕心裂肺，如丧考妣；更有病人自带 BGM，跳着最炫民族风，沾沾自喜……

陈星星看到我们的时候，目光呆滞，面无表情，好像根本不认识人，又好像根本看不到人一样……

王剑飞着急了，问她："陈星星，你还记得我吗？记得吗？"

陈星星完全没有意识。

我制止了王剑飞，晃了晃王剑飞的手机，道："这是你剑飞哥哥的手机号，打个电话试试行不行？"

果不其然，陈星星瞪大了眼睛看着我，又看了看王剑飞，好像想起来什么了一样。

不过，就在我们都兴奋的时候，陈星星嘀咕着骂了一句："傻子！"而后，蹦蹦跳跳地走了。

"唉！"

我们齐齐叹了一口气，无话可说。

世事无常，珍惜眼前。

第三案 山间腐尸案

第一节 腐败巨人观

东阳市外围的半环城山脉是个人迹罕至的地方，尤其在冬季和冬季与春季交接，乍暖还寒的这个时间段，更是不可能有任何人去这种地方探险或是旅游。可是今年，偏偏有些爱冒险的年轻人，带上帐篷，带上食物和酒水，开上越野车，踩着积雪上山，一边在网上直播平台直播自己的所见所闻，一边在朋友圈晒自己的"英雄事迹"。当这些哥们儿打到野鸡和兔子的时候，还会将野鸡和兔子的尸体当成战利品，拍成照片，组图放在朋友圈或者是社交网站上，供网友们浏览点评……

我们破获了天才漫画少女采薇一案之后，市局并没有给重案组和红 S 组放假，而是把我们抽调去省厅，参加了一场盛大的"内部表彰大会"以及为期半个月的"刑侦探案方向交流切磋座谈会"。

这一次，唐钰、王剑飞、我、夏兮兮，包括吴教授，谁都没有拒绝这个绝好的机会。在这次交流会上，我们有幸见识了国内外的刑侦专家、心理学专家、痕迹学专家、心理画像师、法医学专家等各位刑侦学科的顶级宗师们。对国内外五花八门的大案要案也有了更多的见识和了解，甚至可以说是大开眼界。不过，总的来说，所有的罪犯，究其原因，不论是变态凶杀还是杀人分尸，都逃脱不了"心理变态"和"反社会人格"几个字。

在我们回到东阳市市局以后，我们几个人还以市局刑侦骨干力量的身份，对东阳市全体一线刑警、普通民众进行了一系列普法教育宣传工作。

一时间，我们忙得如火如荼，每天马不停蹄地跑前跑后，后脚跟几乎不着地。但是累归累，这种荣誉感和使命感却是其他工作绝对无法比拟的。

就在普法教育宣传工作进行了三天之后，市局却突然叫停了我们的全部工作。负责跟踪采访的媒体和八卦小报，也都因为工作突然被叫停而怨声载道。可是市局领导的态度却十分明确：要求各类媒体必须立刻删除我们红S组几个核心成员的曝光照片。

据说，由于红S组是特殊类案件调查小组，所以就免不了要接触凶手、接触受害者。红S小组的破案率必须高，破案效率必须神速，所以身份必须严格保密。试想，如果我们红S组的成员将照片曝光于大庭广众之下，假以时日，如果我们进行秘密行动，比如对凶手进行秘密抓捕，这个时候如果我们之中有人被凶手认出来，那抓捕工作一定会受到严重影响。

所以，普法工作不能停，但我们几个必须退出。

这个理由，听起来虽然合情合理也合法，但是我总觉得有那么一点不同寻常的味道。

果不其然，在我们红S组核心成员"退居二线"以后，不到三个小时，市局领导就带着邻市公安局的一队人马风风火火地赶来了红S组。

市局领导亲自介绍了这次参会的人。来者是一个中年男子，双鬓斑白，说话很客气，而且此次前来我们红S组，用的词是"拜访"。从他的言行举止上来看，这中年男子至少至少也是和我们局长同一个级别的市局领导。

可是从他对我们的态度上来分析，我估计……他有求于我们。

我用手机暗暗地给王剑飞发了条信息，表明了一下我的想法。果然，王剑飞和我的意见高度一致。

中年男子名叫赵英，是我们东阳市邻市的公安局局长。赵英局见到我们，还没来得及说明来意，便对我们一顿猛夸："你们红S小组这段时间在全省乃至全国范围内都名声大噪，今日一见，果然是名不虚传！你们破获的每一桩案子，我们市局拿到一手资料之后，都是以极其谨慎和崇敬的态度供我们的一线警员学习和研究的，正是你们的无私奉献加上高度敬业……"

"哎哎哎……"赵局长还没说完，直接就被我们局长给打断了，"哎，我说老赵，咱们这也没多久不见面，你怎么就养成了这溜须拍马的坏毛病了？

大家都是成年人了，别耽误时间，直接说正事儿。"

"好咧！"赵英嘿嘿一笑，直接把他带来的 U 盘插入电脑，投放在了我们办公室的投影仪上，"三天之前，我们市局接到报案，一群旅游者在 S 山上发现了一具女尸，女尸已经高度腐败，无法辨认。我们市局法医工作者和刑侦工作者能力有限，在此，我郑重向诸位请求帮忙，请将红 S 小组借调给我们市局联合展开工作……"

最近这段时间，他们辖区的巡山派出所民警接到报案，在我们东阳市和他们市的交界地带——也可以理解为分割地带——的那条山脉上，发现了一具尸体。经初步检验，死者是女性，年纪不大，但是进一步的检验工作却受到了很大的影响，因为死者的死亡时间已经相当长了，尸体已经进入了"腐败巨人观"阶段。

人死后，由于生命过程的终止，那些在人死前就已经寄生在人体内的细菌失去了人体免疫系统的控制，疯狂地滋长繁殖起来。这些数量惊人的腐败细菌可以产生出大量污绿色的腐败气体，气体充盈在人体内，形成高度腐败的尸体。有的尸体的手足皮肤甚至可以呈手套和袜状脱落，整个尸体肿胀膨大，有如巨人一般，难以辨认其生前容貌。简单来说，就是由于尸体的高度腐败膨胀，导致尸体的体积较之正常人膨胀了数倍不止，看起来就像是一个巨人。

这种现象，就被称为"腐败巨人观"。

在尸检过程中，处于腐败巨人观阶段的尸体，对整个尸检过程的要求都非常高，需要高度专业的法医来执行，同时还要有充足的尸检经验。而且因为尸体已经高度腐败，尸检过程中有很多很多细节稍有不慎就会被遗漏或者是破坏，进而导致案件细节丢失，线索中断，使得整个案件变成悬案，凶手逍遥法外，而受害者含恨而终，死不瞑目。

唐钰直接没搭理赵局长，拿起遥控器，往下翻看后面的照片。

果不其然，尸体高度腐败，照片上已经依稀可见蝇蛆虫卵，这显然是不正常的。冬季尸体想要出现腐败巨人观，至少需要两个月以上，这还是保守估计。而两个月之前正是温度极低的时候，根本不可能出现蝇蛆。所以，我们可以推断，发现尸体的地点并不是第一抛尸现场，而且尸体并不是在死后第一时间就抛尸山上的，而是死了之后还存放于温暖地带一段时间。这个时间，至少是七天以上甚至更久，这才导致了尸体身上出现了蝇蛆虫卵。

在冬季，温暖地带很少。初步估计，第一存尸地点一定是一个有供暖的地方，要么是受害人家里，要么是凶手家里。冬季供暖，合情合理。

夏兮兮看完图片，分析道："初步分析，尸体存储地点应该是一个充满着热量的地方，可能是鲜有人至的工厂废气排放地，也有可能是小区供暖锅炉房旁。"

夏兮兮说完，对面的赵英赵局长从椅子上站起来，瞪大了眼睛，长大了嘴巴，露出了崇拜的表情。

这时候，我们局长看着唐钰，又看了看众人，问道："你们几个，意下如何？什么时候能出发？"

唐钰站起来，郑重其事地说道："报告局长，服从命令是天职，况且，为人民服务不分你家我家，我们可以立即行动。"

赵英拍了拍随行人员，说道："瞧瞧！瞧瞧！瞧瞧人家这觉悟！这就是一流团队！这就是顶尖团队！我决定了，这次邀请红 S 组诸位精英们，除了破案之外，我回去一定要以此为典型，给我们的刑侦工作同事上一堂生动的思想教育课！"

在场所有人一脸无奈地看着赵局长。

赵局长随后看了看唐钰，问道："唐队，你们什么时候能出发？车子都已经在外面备好了……"

唐钰想了想，伸出两根手指，道："二十分钟之后出发。"

"好好好。"赵局长多次感谢之后，表示去外面等我们。

客人出去之后，红 S 组办公室只剩下我们几个人。王剑飞看着局长，问："怎么样领导？这赵局长是你同学吧？我们这次给你长脸了吧？你打算怎么表示表示？"

局长努力想要保持严肃，但发现根本忍不住，最后还是得意地笑出声，挥了挥手："行了！别耍嘴皮子！去了之后，立刻破案，不得延误！回来之后……给你们准假。"

"就放假而已，真抠。"

"可不是嘛！"

"别啰嗦，快去干活！"

"知道了，出发！"

我们双双击掌，之后，迅速出发。

三个半小时之后，S市，S山，命案现场……大风呼啸，温度极寒。

尸体被发现之后已经被移送市局尸检中心了，但是吴教授说，抬回去的尸体只能进行尸检，现场的勘查始终是刑侦第一生产力，所以我们直接来了现场。

果然，来了之后，夏兮兮观察了五分钟，直接摇了摇头，说："不对劲儿！不对劲儿啊！"

吴教授显然也看出问题了，冷笑一声，道："看来，我们之前的推断，全都是错的……"

第二节 尸检

我也看了一眼，立刻明白了夏兮兮和吴教授说的是什么意思。

听到他们两个这么说，王剑飞急道："什么意思？之前的分析都是错的？赵局长已经去全面排查他们全市的供暖小区了啊……"

"也不排除我们推论是正确的，只不过也很有可能是错的。"说着，夏兮兮戴上手套和脚套，走进了抛尸的地点。

"什么？"王剑飞依然一脸不解。

山上狂风呼啸，可是抛尸的地点却是一个凹槽，三面都有天然的阻风墙，凛冽的穿堂风根本不可能从这里掠过。

夏兮兮将王剑飞喊了过去，道："你过来，蹲下来，感受一下温度。"

王剑飞将信将疑，走过去一尝试，还真是区别很明显。

我们身上没有带空气温度计，但是好在山上有风，我们不知道明确的温度变化，但是能够清楚感觉到风的存在，而抛尸的那个点恰恰是无风的，因为风根本吹不过来。

夏兮兮看了我一眼，道："风吹不过来，这个山体凹槽的地方，平均温度其实是高于山峰的整体温度的，而且没有寒风。一般情况下，蝇蛆在8摄氏度以上就可以生存且产卵了，而且尸体腹腔内的温度是高于8摄氏度的，尸体被抛弃在这种地方，显然符合蝇蛆的生存基本条件。所以尸体由内而外出现虫卵，进而大量繁殖蔓延……"

我点了点头，认同了夏兮兮的看法。

唐钰问道："那这里是不是可以视为第一抛尸现场？"

"不一定，但是可能性很大，这个还要回头尸检了以后才能说得准。"夏兮兮说，"还有一种可能是凶手杀人以后故意把尸体放在这里，想要让尸体尽早腐烂、降解，最终消失于无形，达到毁尸灭迹的目的。"

这时候，向来沉默的小猛开口了，问道："如果想要快速腐烂降解，为什么不埋掉呢？如果埋进土壤里面，腐肉岂不是降解得更快？"

吴教授摇了摇头："冬季土质结构没什么变化，表层没有青草，且冬季空气干燥少雨，如果动土了，隔得很远就能看到这里的土被翻动过，反而更加容易被人发现尸体；其次，在通风、湿润的情况下，虫卵和寄生虫滋生得更快，埋在土壤里面反而会拖慢分解速度，所以我们可以确定，抛尸的凶手具备一定的物理学、生物学知识。"

唐钰指挥痕检组的同志道："现场多拍点照片，全部都带回去，回去之后我们进行尸检。"

这时候，S市市局的几个同志提醒道："这些地方我们都已经拍过照片了呢……"

夏兮兮摇了摇头，说道："请不要见怪，你们拍的照片未必是我们想要的，我们切入案情的角度向来刁钻，理解一下吧。"

那人先是一愣，旋即点头道："好，那你们重新拍吧。"

拍好了现场照片以后，我们回到 S 市市局刑侦中心。

赵局长已经在这里等候多时了，同时在这里等我们的除了 S 市的刑侦人员，还有清一色的领导。

看到我们回来，领导表示已经备好了酒席，不如先去吃饭，为我们接风洗尘，案子反正都已经拖了这么多天了，先吃完饭再去工作也不着急。

唐钰却是一点面子也没给，摇头道："案子都已经拖这么多天了，要是能早一分钟破案就早一分钟破案，饭什么时候都可以吃，案子过了那个点儿，可就未必能破了。"

S 市的这位领导尴尬地摸了摸后脑勺，摆手道："唐队不要误会，我们只是觉得你们舟车劳顿，需要休息一下，并不是不重视案子。如果你们不介意，咱们就立刻可以展开工作。"

"理解。"唐钰长出口气，看了吴教授和夏兮兮一眼，"走吧，先别吃饭了，尸检完了再说。"

吴教授点点头，夏兮兮也同样没反对。

小猛和王剑飞在尸检中心门口站着，我、夏兮兮、吴教授三个有法医经验的人对尸体进行首次尸检。

赵局长说："能不能让我们的法医跟着，顺便学习一下？"

夏兮兮笑了笑，说："咱们都是同级单位，说学习真的太不敢当了，应该说是一起商讨、探究案情才是。"

"好的，好的好的……"赵局长朝着身边的一个男法医招了招手。

这个人看起来是个慢性子，举止慢吞吞的，长得带着几分娘气。但是见到夏兮兮时候，他的眼中却突然间绽放着精光。不过，夏兮兮可没工夫跟这哥们儿搭话，戴上手套和口罩，拉开了尸体身上盖着的蓝布。

"我去……"

当这具高度腐败的尸体零距离呈现在我们面前的时候，别说是我和夏兮兮了，就连从事法医工作多年的吴教授都下意识地皱起了眉，扶了扶口罩。

尸体全身上下软组织充满了腐败气体，面部五官疯狂肿大，眼球特别突出，嘴唇变大变厚而且天然外翻，舌尖向外伸出，胸腹高高隆起，腹壁紧胀，四肢也和肢体一样同步增粗，小腹更是膨胀到呈现出球形，皮肤呈污绿色，腐败静脉网多处可见，皮下组织和肌肉呈气肿状，手和足的某些部位，皮肤已经呈现出手套和袜状脱落，整个尸体肿胀膨大成巨人，难以辨认其生前容貌。

这具尸体送入尸检中心之后已经放置了六个小时左右，由于还没有进行尸检，警方担心尸体形态遭到破坏，所以并没有把尸体放进冷冻的停尸房，而是直接放在了解剖台上。相比于山上的抛尸环境，尸检中心的温度更高，所以尸体上的蝇蛆加速繁殖开来，尸体的脸上、脖颈处、胸口、小腹、四肢、脚趾等地方都出现了白色的蛆，房间里面充斥着一股子无可比拟的恶臭，经久不散。

看到这个模样，我们三个人纷纷皱眉，下意识后退两步，努力去适应这个味道和现场的画面，但一时间根本适应不了。

我努力扶正了口罩，戴上橡胶手套，咬紧牙关，慢慢靠近……没办法，答应了来这儿协助破案，那就是立了军令状。来了尸检中心，那就是上刑场！况且我本就是这方面的作家，只有近距离接触尸体，才能近距离知道案情真相，我才能更好地告诉我的读者我看到了什么，发生了什么，事实真相又是什么。所以，我不怂，也不能怂。

夏兮兮见到我的反应，冲我竖了竖大拇指，说："勇士啊！"

我没搭理她。

一会儿，夏兮兮给自己打气道："我也是勇士！干活！"说话间，她已经站在了我对面，我们俩相对站在了解剖台两边，而吴教授则是站在了尸体头部一端。

我们先对尸体进行了初步的皮肤表面伤痕检验。尸体着地的一面因为不通风，所以腐败程度并不严重，甚至还有尸斑的存在。但是从表皮组织的颜色和状态分析，山上应该是第一抛尸现场，但并不是第一凶杀现场。

根据法医学尸体形态准则可以判断，受害人在死了之后，在尸僵初步产生又消散以后的这段时间里，尸体曾经被人移动过，身上还留存有因为移动产生的淤青和勒痕以及皮下出血的状况，应该就是把尸体拖到山上抛尸过程中留下的。

这时候，S市市局那个男法医过来了，吴教授指了指旁边的笔和尸检报告单说："麻烦记录第一个关键信息，发现尸体的地点是第一抛尸现场，但不是第一死亡现场。"

"我……我是个法医，不是助理，我怎么能……"那法医顿了顿，似乎觉得自己做记录工作有些屈才了。

这时候，夏兮兮笑了笑，把手术刀递给他，说道："那你来解剖，我来记。"

听到夏兮兮这么一说，那哥们儿顿时大惊失色，眼珠瞪得老大几乎要从眼眶中飞出来，疯狂地摇头，脑袋像个拨浪鼓一样，说道："不不不不，我来记，我来记，你继续……"

夏兮兮翻了个白眼，理都没理他，继续进行尸检第二步——确定死因。

已经开始腐败的尸体，确定死因是最难的。我们原本第一步要检查胃溶液，用来判断死因是否是毒杀。可是时间过得太久了，胃部食物变质且腐烂降解，甚至还会因为发酵产生一定含量的乙醇成分，很难判断是否为毒杀。就算死因是中毒，毒性物质也很可能已经不复存在，所以胃溶液的检查结果很可能没有意义。我们如果检查肢体、头部、颈部、腋下动脉等处有没有大量出血形成的致命伤，也有很大难度，毕竟皮肤已经高度腐烂膨胀，很多伤口肉眼已经无法判断长度、深度和宽度，但是没有这些数据，就无法判断凶器。所以，我们必须要用手术刀一刀一刀把皮肉割开，甚至是完全割掉，才能判断清楚。

吴教授见我有些犹豫，说："这是我们的工作，没有什么比查明真相给受害者一个交代更重要的了，割吧……"

我点了点头，说道："好。"

就在这时候，夏兮兮忽然尖叫一声："喂喂喂，有发现！"

第三节 庖丁解牛

夏兮兮话音未落，用镊子翻动了一下尸体的右手无名指。

尸体全身上下都被膨胀泡大，如果不仔细看的话，其实很难发现问题。但是在专业的法医眼中，有受伤或者是存在痕迹的地方，还是可以精准分辨的。

"戴过戒指？"我愣了一下。尸体右手无名指上有圆圈凹陷的痕迹，但是因为极度腐烂，皮肤肿胀，导致戒指内陷，几乎已经看不到戒指的存在了。

"不是戴过戒指，而是戒指还在。"夏兮兮说，"只不过，由于紧贴指骨，戒指已经下陷，深入皮肉了。我们必须把指关节上的腐肉全部割掉，才能把戒指拿下来。这是个很有价值的线索，如果尸体手上戴的是品牌戒指，或许我们能够通过这条线来确定死者身份。"

吴教授点了点头，说道："割吧。"

夏兮兮得到了应允，点了点头，随后我们俩合作，用镊子和手术刀，一点一点割掉了无名指上的腐肉。无名指的粗度已经超过了原本的三倍左右，腐肉割起来像是肉松面包，同时还散发着怪异的臭味，令人作呕。

半分钟之后，森森白骨初步显现，腐肉和白骨被剥离，一枚戒指被摘了下来。

"戒指上还有编号啊……"我用镊子把戒指取下来。

"那就太好了！死者身份信息或许可以确定了！"夏兮兮解释道，"大品牌的铂金钻戒都是有编号的，每个人一生只能购买一只，也只能送给一个人。在品牌钻戒官方授权店里面都是有客户的身份信息记录的，据说买钻戒还要拿结婚双方的身份证，身份信息被登记之后，这辈子都买不到第二枚了。"

"真的假的？"我不以为意，一边仔细地观察这枚戒指，一边问道。

"至少广告是这么宣传的，一生只送一人。"夏兮兮说完，看向我，"戒指的编号能看清楚么？"

"能。"我点了点头，"这戒指是真货，估计价格不菲，几个月的肉体腐烂都没有对它产生侵蚀，甚至根本没有影响钻石和戒托的光泽度……编号是 DA968749，品牌我就不懂了，你看看吧……"

说着，夏兮兮用镊子夹起这枚钻戒，只看了一眼，就笃定道："这是戴维钻戒，国际品牌，最近两年才流入国内，但是知名度很高，一跃成为网红钻戒。很多青年男女都非常信奉'一生只送一人'这个广告语，所以这个品牌也是迅速在国内打响了名气，大红大紫，我们东阳市就有官方授权直营店，我估计 S 市应该也少不了。"

吴教授扶了扶眼镜，说："那是不是说，我们拿着这个钻戒的编号去找这个品牌钻戒的直营店，就可以确定购买人的身份？"

"原则上是这样的。戴维钻戒的营销推广就是一生只送一人，就算是花钱都买不到第二枚，所以可以理解为……每一枚钻戒，都是独一无二的。"夏兮兮显然对这些很是了解，说得头头是道。

"你了解得还挺多啊？"我疑惑地问道。

夏兮兮耸肩道："哪个女孩子都有一个白马王子拿着钻戒单膝跪地求婚的美梦，我为什么不能有啊？"

"也对，也对，哈哈哈！"

不过，工作是工作，聊天是聊天，夏兮兮解释完之后，第一时间挥了挥手，朝着那个男法医道："麻烦你出去通知一下王剑飞，立刻去你们 S 市戴维钻戒官方直营店去查一个编号为 DA968749 的钻戒买主，速度要快！"

"是！"

之后，我们的解剖工作继续进行。

有了确定死者身份的线索，外面刑侦队可以立刻去着手调查，而我们就要回到对尸体死因的调查上面来。

夏兮兮对死者的肝脏、胃溶液、大肠和小肠中的化脓液体进行了提取了检验。初步排除了死者是中毒身亡的可能，但是细心的吴教授发现了死尸上面的腐肉有点不同寻常。腐肉泛黄的同时又有点轻微发黑，尤其是腐肉和骨头被剥离之后，死者骨头的表层多了一层灰黑色的物质，这一点不符合正常腐败巨人观阶段尸体的骨骼变化范围。

其实也正是因为我们一开始看到腐肉发黑，才第一时间怀疑死者是中毒身亡的。但是现在检验结果显示死者并非中毒身亡。可是这发黑是什么情况？

"会不会是有毒物质已经被分解了？"夏兮兮疑惑地问道。

吴教授摇了摇头，说道："可能是，但很大可能不是。因为人在死亡之后，生命体征会随同身体的停止而停止，就算是胃里面存在微酸环境会持续发酵和侵蚀生前吃下去的食物，但是物质成分本身不会被分解掉，最多会转移，基本不会消失……"

我想了想，道："死者生前极有可能吃过某种药物，且持续了很长一段时间。这种药物有极强的副作用，虽不是毒药，但是有毒。"

"慢性投毒？"夏兮兮瞪大了眼睛看着我。

"没错！"我点头，"真正的致命死因未必是中毒身亡，但是慢性投毒一定存在，而且受害人很有可能根本不知道，但是行凶的人一定知道。"

吴教授看了我一眼，表示同意我的看法。

这时候，S市刑侦队的男法医又回到尸检中心，上下打量了一下膨胀成巨人的尸体，小心翼翼地问道："那，咱们下一步怎么确定致命死因呢？"

夏兮兮饶有兴致地回头看着这位法医："按照你的意思，你觉得应该怎么确定？"

"既然中毒不是第一死因，当然要从尸体本身找外伤。可是我们之前也研究过，尸体膨胀到这种程度，想要从皮肤表层找到外伤几乎是不可能的事，除非……"

"除非怎么样？"夏兮兮问道。

"除非我们能够把尸体的腐肉和骨头全部完好无损地剥离开，但是这需要很强的刀工和超一流的技术水准，我们刑侦队法医组不敢妄下决定，就想着请教一下你们，看看能不能有更好的方法……"

吴教授摇头苦笑道："小伙子，我们虽然是红S小组，但是不是神仙小组。你们是不是把我们当成神了？"

"是啊。"那哥们儿扶了扶眼镜，"您就是吴教授吧？传说您能够和尸体对话，是一位了不起的大人物！这位是夏警官吧？这位是神探叶警官，我猜得没错吧？外面那位一身正气的就是王剑飞王队长，至于那个风风火火的女警官肯定是你们的领导唐钰了，嘿嘿，你们的破案手段我们都了解过，我们局长都说了你们肯定有办法。这次就是让我跟着你们好好学本事呢……"

吴教授苦笑一声之后摇了摇头，说道："小伙子啊，你被骗了……"

"被……被骗？什么意思？"他一脸懵懂，一头雾水地看着我们几个。

吴教授摇头道："哪有什么神乎其神的尸检办法，你记住，法医工作者和其他任何行业都不同，没有捷径可以走，也没有什么玄之又玄的技艺。要真说有，那就是无限近距离地接触尸体。见的情况多了，经验老到了，你的判断会变得更加准确，基本功也就更加扎实，明白了吗？"

那人将信将疑地看了看吴教授，又看了看我，疑惑地问道："那……那就是说，必须要把骨骼和腐肉一点一点地全部分离骂？"

"不然呢？"夏兮兮皱了皱眉头，"你还真以为有捷径啊？"

那哥们儿有些为难，最终搓了把脸，道："我也觉得是没有的，但是剥离尸体这工作还得你们来，这对刀工要求太高了，我是真的不敢下手……"

"这个你还真不能下手。"吴教授毫不客气地说，"对这种高度腐烂尸体的解剖检验，没有大量经验的法医工作者是不能参与尸检的，很有可能，一个细节的遗漏就破坏了关键信息和线索。"

说着，吴教授摆了摆手，说道："行了，我们也不耽误时间了，我主刀，你们协助，咱们赶紧动手处理，争取两个小时之内把骨骼和腐肉全部分开来。"

夏兮兮点了点头，表示没问题。我也出了口气，小心翼翼地拿起了手术刀和镊子。

这种办法虽然并不常见，但是对于腐败尸体检验，这却是最实用的办法。致命伤在腐肉层已经无法分辨了，但是骨骼上面的损伤是不会改变的。所以，面对这种情况，除了骨肉分离，还是骨肉分离，没有其他任何办法。这种工作，有点儿类似"庖丁解牛"，下手的法医必须要对人体骨骼的位置、骨骼之间的间距把握相当精准。只有如此，才能完整地将皮肉和骨骼分离开来，去观察一具尸骨。

随后，分离工作开始进行。吴教授负责尸体头部的分离，我和夏兮兮协同合作，负责胸腔位置和四肢。

头部和胸腔的完整分离是重中之重，因为致命伤往往存在于这两个位置。剥离工作开始之后，整个尸检中心恶臭难闻。膨胀的肉块儿被锋利的手术刀一片一片割下来放进装尸袋，露出白森森的骨头，看起来要多恐怖有多恐怖。

我们虽然谁都没说什么，但是我明白，其实我们都在拼命在忍着。

骨肉分离工作进行了两个小时之后，腐肉被全部剥离，原本满满登登的解剖台，如今也已经变成了一具骨架，只占了解剖台二分之一的宽度。

我们不敢停留片刻，分离之后，又对尸体骨架进行了周全的检验。

果然功夫不负有心人，十五分钟之后，我们便找到了致命伤……

第四节 狸猫换太子

此次跨市侦破行动，我们从中午 13 点半出发，17 点才抵达 S 市，到达之后并没有歇息，直接投入到案情侦破工作中。尸检工作进行了整整三个小时，晚上 8 点 10 分，当我们拿着尸检报告站在 S 市市局刑侦队办公室的时候，整个 S 市市局上到领导，下到一线警员，纷纷露出一脸不可置信的表情，为我们的工作效率而震惊。

赵局长激动地说："国之利刃！国之利刃啊！你们这个工作效率简直是让我们大开眼界，为之叹服！在短短半天时间内，你们舟车劳顿，滴水未沾，粒米未进，还能够迅速展开工作。我们 S 市公安局真是自愧不如！我代表市局感谢你们的到来，感谢你们的协助！谢谢……"

这时候，唐钰站了起来。

我很了解她的性格，她不喜欢这种场面话，对待工作认认真真一丝不苟是常态，没案子的时候可以闲聊可以睡大觉，但是有案子的时候，她就是个彻头彻尾的工作狂。

"王剑飞，说一下你下午对戴维钻石的侦查结果。"唐钰干脆利落地说道。

"是。"

王剑飞点了点头，迅速在投影仪大屏幕上放出了一组照片。

"根据我的调查，整个 S 市，该品牌的钻石官方直营店只有一家，我们找到了该钻石经销商的最高领导，以重案调查小组的身份要求核查编号为 DA968749 的钻石对戒。但是结果很遗憾，本市范围内一共查出了 12 对同样编号的戒指，也就是说，这种钻戒共计有 24 枚……"

"什么？"夏兮兮听到这个消息之后目瞪口呆，"这……怎么可能？不可能的！这是国际品牌的高端钻石对戒啊，戴维的每一枚戒指都是独一无二的，这个编号怎么会有 12 对呢？你是不是弄错了？"

王剑飞摇了摇头，说道："如果真弄错了，该编号的对戒就只有一对儿了，可恰恰就是因为没出错，所以才出现了这么多。"

我清了清嗓子，问王剑飞："这话是什么意思？"

王剑飞继续说道："根据我们的调查，这个编号可以分段理解，'DA'代表着该钻石戒指的品牌，即戴维的音译首字母；后面的几位数字，分别代表着购买戒指男女的出生年月和生日。比如戒指上的 96，则代表着 1996 年出生。87 代表着男方的生日是 8 月 7 日，49 代表着女方的生日是 4 月 9 日。该钻石品牌的宣传口号是'每一枚戒指都是独一无二的'，都拥有独一无二的编号。但是 S 市拥有上千万人口，在这些人口中，拥有相同年份、相同日期出生的男女，又恰好买了这个品牌钻戒，所以一共有 12 对。"

"我的天……"夏兮兮听了这个解释之后瞬间茫然了，"这岂不是欺骗消费者吗？买钻戒的人还以为自己代着的是独一无二的钻石呢！"

"是啊，每个人都以为自己戴的钻石独一无二，全世界仅此一枚。但事实证明，单单本市同一编号的钻戒都有 10 枚以上。"话音未落，王剑飞强调道，"如果我今天下午不是以重案组身份去核查，恐怕这个钻石直营店根本不会承认他们的虚假宣传行为。"

"真不要脸！"夏兮兮直接爆了个粗口，"这么说，要不是这个案子，我恐怕到现在还和那些天真无邪的小女孩一样，被所谓的'一生只送一人'的口号蒙在鼓里呢……"

赵英赵局长当即表示道："这还真是有意思了，我们会通知有关职能部门去处理的。欺骗消费者的行为一定要严肃处理，严惩不贷！"

王剑飞点了点头，道："这件事是挺有意思的，但是你们怎么也想不到，接下来的还有更有意思……"

所有人都瞪大了眼睛，洗耳恭听。

王剑飞也不啰嗦，直入正题："我们回到案件本身。我们对购买了该品牌、该编号钻戒的 12 对夫妇进行了筛选调查，从他们的出入记录、社会关系、身份证使用记录、银行卡、通讯方面等方面进行锁定和详细排查，最终发现，这 12 对夫妻，个个家庭和谐和睦，家庭成员完整，没有失踪人口，没有失踪报案，没有异常情况。也就是说，这 12 家里都没死过人，也没失踪过人……"

"什么？"

这一下，整个办公室内瞬间炸开了锅。办公室内，瞬间针对这个现象，展开了激烈讨论。

"怎么会这样？"

"那这具戴着该编号戒指的尸体是哪儿来的？"

"就是啊，难不成凭空多了一具尸体出来？"

"谁家都没少人，那死的是谁？"

说来说去，大家讨论得热火朝天，也没能猜想出个所以然来。

唐钰皱了皱眉头，道："看来凶手是要跟我们玩儿一次捉迷藏啊，这局设得漂亮。"

王剑飞点了点头，说："不过，突破点还是很显而易见的。根据戴维品牌钻石直营店提供的鉴别办法，我们已经对尸体上的这枚戒指进行了成分检验和真伪鉴定。我们确定，尸体手上的这枚戒指，是真货。也就是说，死者一定在戴维购买过戒指，而且就在这 12 个家庭之中。最后……尸体的 DNA 检验结果出来了，通过公安系统 DNA 数据库的比对，刚好有 DNA 序列完全一致的情况，据悉，死者名叫林岚。"

"拥有这枚戒指的 12 名女性中，有没有叫林岚的？"赵局长问道。

"有，二十二岁，是本市一所私立幼儿园的保育老师，身高、年龄、身体状况完全符合死者的基本情况。"

赵局长问："我们的数据库里怎么会有林岚的 DNA 序列记录呢？"

"因为林岚曾经做过多次不孕不育检查，她的 DNA 记录，在大型三甲医院进行过不止一次记录和备案，所以，数据库里存在她的 DNA 完整记录。"王剑飞解释道。

唐钰问道："和林岚这枚戒指配对的男方是谁？"

"周浩然。"

王剑飞迅速拿起遥控器，大屏幕上立刻显现出了周浩然的身份信息。

"周浩然，男，1996 年生人，是林岚的丈夫，二人两年前在 S 市民政局登记结婚。周浩然在本市开了一家高端美容院，其中涵盖 SPA、鱼疗、水疗等高端美容养生项目，场子生意做得很大。随着他的生意越做越大，赚钱越来越多，后来他的生意不仅仅涉足美容行业，还包括餐饮、美甲、奶茶等行业。

而且，周浩然曾经有过打架斗殴被拘留罚款的作案前科……"

"此人有很大作案嫌疑，"赵局长立刻下令，"立刻进行批捕，带回审问！"

然而，王剑飞摇了摇头说道："暂时还不行。"

"为什么？"所有人都疑问重重。

"这恰恰就是最有意思的地方。"王剑飞冷笑一声，在大屏幕上播放了周浩然最近两周之内出入酒店、酒会、行业座谈交流会等场所的监控录像。监控显示，他身边是有女伴的，且这个女伴就是她的原配妻子林岚。

最有意思的是，那个陪他出入各大重要场合，以来宾身份参加酒会，还有各种请柬上的签名，甚至是入住酒店的身份证等信息，全都是林岚。

"有意思，太有意思了！这就是现实版的狸猫换太子，还是真假美猴王？"唐钰一边赞叹一边拍手鼓掌，"难不成死了一个林岚，又出现了一个林岚？这世界上存在两个林岚，还都是周浩然的妻子？一个死掉了，所以另一个马上替补了？那这也太巧了吧？"

"这人做美容行业可惜了，应该去当编剧啊！"夏兮兮说道。

虽然人们常说"小说源于现实"，可是我不得不说，小说都没有这事儿精彩。如果背后的杀人凶手是周浩然的话，那周浩然真的可以称得上是策划了一出好戏。

"现在下结论还为时过早，"吴教授补充道，"去交涉一下看看吧，如果这个男人身边的女伴是冒充的林岚，就一定存在破绽。世界上没有相同的两片叶子，再好的编剧，也只能把剧本写得天衣无缝，却无法让演员演得滴水不漏……"

"同意！"我冲吴教授打了个响指，抬手看了看时间，"这个时间点正是都市女白领夜生活开始的时候，周浩然的美容院正开张呢，事不宜迟，现在就去见见这个'天才编剧'……"

"行动！"唐钰挥了挥手。

"是！"

第五节 不好对付

半个小时之后，我、王剑飞、唐钰、夏兮兮四个人，开着赵局长私家车来到了周浩然的美容中心——嘎嘎美呀美容休闲会所。

"我的天……"看到这美容会所的名字，夏兮兮一阵鄙夷，"嘎嘎美呀？这谁给起的名字，也太土了吧？这名字简直 low 到爆！"

唐钰摇了摇头，解释道："土到极致就是潮，你没发现这儿生意还很不错吗？"

这家美容院已经形成规模了，占地面积很大，装修设施很是豪华，营销推广也很到位，晚上 9 点钟之后依然有人陆陆续续进店，人来人往，络绎不绝。

"这小子生意做得挺大啊……"王剑飞皱了皱眉头，把车子停在美容院不远处的绿化带旁，打开车窗，点了根烟。

夏兮兮打了个寒战，说道："就冲这个名字，我这辈子都不会来的，与其在这里花钱，还不如躺在家里敷面膜呢……"

唐钰无奈地耸耸肩，没再说什么。

我也抽了一口烟，道："根据调查，周浩然的车子是一辆玛莎拉蒂，我留意了一下，暂时还没看到这辆车。"

唐钰说："这辆车得一百多万呢吧，挺漂亮的一辆车，很抢眼的。"

夏兮兮说："如果凶手真的是这个周浩然的话，那我们就不能掉以轻心了，必须十拿九稳，这周浩然可不是个好对付的角色。"

"嗯。"王剑飞点头表示同意，嘴角上扬道，"不过嘛……咱们红 S 组也不是吃素的，呵呵……"

"小心为上，这种人很危险，如果真凶是他，那他真的不简单。"夏兮兮提醒道。

"嗯。"

我们俩一直抽着烟守在美容院外面的停车场处。大概等了二十多分钟的样子，一辆玛莎出现了。我眯起眼睛看了一下，车牌号是 SA68669。

"没错，就是这辆车！"王剑飞瞬间紧张起来，"周浩然出现了！"

"不用着急。"我摆了摆手，示意他们稍安毋躁。

大概两分钟之后，停好了车子，驾驶室下来一个青年男子，二十来岁的年纪，穿着小西装，九分裤，豆豆鞋，穿着打扮看起来非常潮。按照周浩然的企业规模和收入水平，他完全可以称得上是同龄人中的佼佼者、青年才俊了。

下车之后，周浩然抽出一根细烟点上，然后进入了美容会所。

进门之后，我们远远看到会所前台的姑娘们纷纷跟他打了招呼，周浩然不予理会，直接上楼去了。

"可以了，"王剑飞推门下车，"走吧，咱们去会一会这个周老板。"

"好。"

之后，我们四人一行迅速下车，进入了嘎嘎美呀美容会所。

进门之后，前台一个穿着包臀裙职业装的妹子迅速迎了过来，面带微笑地说："你好，先生女士，请问你们有预约吗？"

夏兮兮问道："不预约还不能来的么？"

"那倒不是，"服务员妹子摇头道，"如果没有预约的话，就需要美容顾问帮你们检测一下皮肤状态，为你们制定专属的美容养护方案了……"

唐钰清了清嗓子，直接叫停了服务员的介绍，拿出警官证，亮明了身份，说道："我们没有预约，也不需要做皮肤检测，麻烦你通知一下这里的老板，警察办案，有些事情我们要找他聊聊。"

女服务员愣了一下，看到我们是警察，便不再介绍产品，摆了摆手道："不好意思警察同志，我们老板今天不在这儿啊。"

"不在这儿？"唐钰愣了几秒，收起自己的警官证看了一眼，又重新在服务员面前晃了晃，"这位小妹妹，你是不是觉得我这警官证是假的，是我吓唬你呢？"

"不不不……"服务员摇头否定，"绝对没有，警察同志，我相信你们是真的警察，但是我们老板确实不在这儿，我可以给你留一张老板的名片，你们联系一下问问看……"

说着，服务员转身就要去拿名片。

"站住！"唐钰看上去也想不给服务员什么好脸色了，收起警官证，一脸严肃，"既然你知道我们是真警察，那你知不知道欺瞒警察、阻碍警察办案也是重罪？"

"不……这位姐姐，我没有那个意思，我们老板真不在这儿，我可没有欺瞒你的啊……"服务员面露惊恐之色，就好像是害怕什么一样，她一边摇头还一边看前台的另外两个同事，看上去不知所措。

唐钰开门见山道："我们跟你们这里的老板周浩然是前脚后脚进来的，他刚上楼，我便进了门。结果你跟我说他不在这儿，你好像问题不小啊？"

"我……"女服务员张了张嘴，一句话也不敢说。

我皱了皱眉头，觉得有点不对劲儿。

夏兮兮跟我的想法差不多，拦住唐钰，上前一步问道："是不是你们老板周浩然跟你们事先说过什么，比如不让你泄漏他的行踪？尤其是警察来询问的时候，必须说他不在这儿，对不对？"

女服务员疯狂地摇头，说道："没，没有……"

"你是打算继续知法犯法？"夏兮兮吼了一声。

服务员吓得打了个寒战，惊恐地看着我们，浑身颤抖，但是一句话都不敢说出来。

我跟王剑飞相互看了一眼，心照不宣。

从个心理学的角度来分析，很明显这个服务员已经被夏兮兮说中了。周浩然一定特别交代过，不允许任何人说出他本人的行踪，尤其是警察。

如此一来，反倒能说明问题了。一个正常人，如果心里没鬼，如果不是心虚的话，为什么要隐瞒自己的行踪？为什么要刻意躲开警察的视线？

我打算观察一下这个美容会所的情况，就在这时候，我看到二楼楼梯口拐角处不知道什么时候已经站着一个青年男子，男子一边抽着烟一边盯着我们，悄无声息，如同捕食之前的恶狼。

我下意识打了个哆嗦，心说，这家伙怎么神不知鬼不觉的？

可能是察觉到我发现了他，周浩然冲我挥了下手，然后下了楼。

夏兮兮等人立刻回头，之后低声道："是周浩然。"

这时候，周浩然已经换了一身休闲服装，抽了一口烟，踩着木质地板走下来，站在了我们面前。

"干什么的你们？"说完，周浩然冲着前台服务员摆了摆手，"你过去工作吧。"

"好的，周总。"服务员怯生生地点了点头，又回到了前台，似乎有些害怕。

我们都察觉到了不对劲儿，虽然我们没有证据，但是这种种异常情况，足以证明这个周浩然身上藏着不少秘密。或者说，这小子就是我们要找的凶手。

这时候，王剑飞直接拿出了警官证，"我们是警察，想要找你了解点情况，你就是周浩然吧？"

"没错，是我。"周浩然点点头，上下打量着我们四个人，"但是你们要找我就找我，为难我的员工干什么？玩恐吓？你们是警察还是黑社会？"

我们早就料到这个周浩然不是个好对付的角色，心中有数，所以对于周浩然的表现，我们都有充足的心理准备。

王剑飞摇头，笑了笑说："我们是警察，当然不是黑社会。不过，周先生，我很想知道为什么你前脚上楼，后脚你的服务员就说你不在这里，你们究竟想隐瞒什么？"

周浩然转身坐在了大厅的沙发上，翘起二郎腿摇头，冷笑一声道："隐瞒？隐瞒什么？呵呵，几位警察同志说话也未免太上纲上线了……我们没什么好隐瞒的，我的服务员刚刚夜班交接班，我也是刚到店里就上楼换了一件衣服。这眨眼的时间，她没看到我上楼，自然不知道我在这儿，有什么问题吗？"

"如果是这样，自然没问题。"王剑飞摇了摇头，收起警官证，毫不客气地坐在了周浩然的对面，"我们来找你，也不是来为难你的服务员的。"

周浩然点了点头，把烟屁股摁进烟灰缸，帅气地搓了搓手，道："好，有话快说吧，我还很忙，能留给你的时间不多。"

说完，周浩然还有模有样地抬手看了看手表，道："我就给你们十分钟吧，十分钟之后，请你们离开。"

"你……"夏兮兮这么暴脾气，看到周浩然这个态度，瞬间就火冒三丈，"周浩然！这就是你配合警察办案的态度？请你听清楚，我们现在怀疑你和一起重大杀人案有关系，麻烦你注意一下你的言辞！"

"你再这么大声，你连十分钟都没有了。"周浩然看起来一点也不畏惧，语气里甚至带着几分戏谑，"你们开什么玩笑？重大杀人案？那你们怎么不去抓凶手，找我做什么？怀疑我？"

"你说呢？"夏兮兮冷笑一声，问道。

"好。"周浩然直接伸出了双手，"如果我是凶手，那麻烦你们拿出证据来抓我，到时候让我怎么配合都可以。但如果没有证据，麻烦你们立刻离开，不要打扰我做生意，好吗？警察也不能随便扰乱别人做生意吧？我可以向天发誓，我是一名堂堂正正、合法经营的商人！我还很忙，先失陪了……"

说完，周浩然转身就准备走人。

"站住！"

就在这时候，王剑飞暴喝一声，迅速按住了周浩然的肩膀。

第六节 两个妻子

王剑飞毕竟是专业的，擒拿手、军体拳都是业内佼佼者，随便一出手，周浩然根本就不是对手。王剑飞不想让他走，他就走不了。

周浩然瞬间被遏制，他激动不已，双眼血红，停顿了好一会儿之后，这才慢悠悠地瞪大了眼睛，转过头来和王剑飞对视，说道："怎么？警察请求老百姓协助查案，还可以动手打人？"

王剑飞清了清嗓子，道："抱歉，麻烦纠正一下你的用词，这不是打人，这叫'强制执行'，你如果继续拒不配合，我们只能依法采取进一步措施了。"

"哼……"周浩然晃了晃脑袋，紧握的双拳最终还是松开了，之后盯着王剑飞搭在他肩膀的手，"松开我！"

王剑飞松了手。周浩然满脸不爽地抖了抖领口，再次抬手看时间，道："我说过了，我很忙，时间有限，能给你们的只有十分钟。现在还剩下八分钟，你们要问什么，麻烦快点问，我没时间陪你们玩。"

王剑飞坐了下来，正色道："麻烦你简单介绍一下你的家庭成员。"

周浩然点了一根烟，道："我和我妻子两个人生活，没其他人，怎么了？"

"你的妻子叫什么名字，现在在不在美容院？"王剑飞问道。

周浩然摇头道："不在这儿，她在家里呢。这事儿跟我妻子有什么关系吗？"

"回答我的问题：你妻子叫什么名字？"

"林岚。"

"你家住哪儿？"

"天山路 658 号蓝调街区 6 号楼 8 层。"

"你的妻子从事什么工作？"

"在家赋闲，没有工作。"

"以前做什么工作？"

"大自然幼儿园的保育老师，怎么了？"

"什么时候辞职的？"

听到这里，周浩然再次皱了皱眉头，说道："我说警察同志，你们要调查的事情跟我妻子有关系吗？你这么打听我妻子干什么？难道你们别有用心？"

"周浩然！"王剑飞抬高了音调，"我希望你能老老实实地配合我们工作，别耍花样！"

"好吧，"周浩然点了点头，换了个姿势道，"我妻子三个月之前就辞职回家备孕呢，一直休息到现在。还有什么要问的？"

"麻烦你给你妻子打个电话，让她过来，我们还有些问题要亲自问她。"王剑飞说道。

"不行！"周浩然直接给否定了，"绝对不行！"

"为什么？难道你的妻子出事了，来不了？"王剑飞不动声色，等着周浩然露出马脚。

不过显然这个周浩然没那么简单，他说的每一句话似乎都经过深思熟虑，甚至提前演练过，算得上是天衣无缝。

周浩然摇头苦笑一声："我不知道你说的到底是什么意思，也请你不要再说什么'出事了'这样晦气的话。关于我妻子的问题，我已经跟你们说得很明白了，我妻子现在处于备孕阶段，备孕，明白吗？她受不了惊吓，尤其是像你们这样的，跟土匪没什么区别……明白吗？"

"你！你说谁是土匪呢？"夏兮兮几乎要发火。我冲她使了个眼色，示意她不要冲动。

王剑飞问话的时候，我一直在悄悄观察着周浩然的表情和动作。我发现，凡是涉及他妻子的问题，他回答得总是顺畅无比。但越是顺畅，就越发证明他的可疑。而且，整个询问前后不超过五分钟，但是周浩然在几分钟之内连续换了五次坐姿，手上的香烟也来回换手来夹，抖烟灰的动作更加说明问题——没有烟灰的时候，他也要刻意地在烟灰缸上转一转烟头……

这是典型的掩饰谎言的动作。不过，我并没有直接点明什么。要定一个人的罪，要让一个人开口，是需要拿出实际的证据的，心理学、动作分析，只能作为辅助存在。

王剑飞看了我一眼，询问我的意思。

我示意他可以停止了。

王剑飞心领神会，整理了一下记录，道："好，周先生，今天的询问到此为止了，但是随后如果我们有需要还会随时来找你的，希望你能配合我们的工作，谢谢。"

周浩然直接没搭理王剑飞，"滋啦"一声把烟屁股摁进烟灰缸，整理了一下领口，冲着前台服务员说了一声"送客"，起身直接上楼，离开了。

然后，两名女服务员走了过来，小心翼翼地说："几、几位警察……警察同志……麻烦你们离开吧，我们还要做生意呢，谢谢。"

我摆了摆手，说道："走吧。"

"可是……"夏兮兮咬了咬牙，满脸的不爽。

我拍了拍她的肩膀，示意她稳住。

五分钟之后，我们回到车上。

夏兮兮再也忍不住了，上了车之后直接破口大骂："什么人啊！还给我们十分钟？以为自己是谁？要不是穿着这身警服，我真想当场就狠狠地揍他一顿！"

唐钰眉头紧皱，说道："小川，你有什么看法，说说吧。"

"我觉得我们应该趁着周浩然在美容会所的时候，去他家里，见见他的妻子，林岚。"

"这……"听了我的话，夏兮兮迅速冷静下来，"小叶哥，你说话别这么吓人好不好，林岚的尸骨还在尸检中心解剖台放着呢，我们怎么去见……"

"正因为如此，我们才要去看看这个林岚是不是有易容术。甚至……我们可以实地求证一下，看看这个周浩然家里是不是真的住着另外一个林岚……"

"这样真的好吗？"王剑飞问道，"人家不都说了在备孕吗，看这周浩然伶牙俐齿的模样，我们要是真去了，弄不好他得起诉我们……"

我还没说话，唐钰直接挥了挥手，说道"怕起诉我就不干刑警了！再说了，备孕是很重要，但也不至于尊贵到不能见人的地步！更何况我们是警察，不是土匪！出发！"

"得咧！"王剑飞点了点头，点火，掉头，一脚油门，车子直接开了出去，直奔天山路蓝调街区。

路上，唐钰问我："小川，你刚才有没有注意到周浩然的手指？"

我点点头说："戒指没了，但是有戴戒指的痕迹。"

"没错！"唐钰说，"这就说明他的婚姻出现过问题，虽然也不绝对，但这绝对不是巧合。"

"嗯。"我点了点头，不再说什么。

半个小时之后，我们来到了蓝调街区。

这是一个高档富人小区，进小区有门禁，我们刚下车，保安就过来询问了。王剑飞拿出警官证，保安这才放行。

进门之前，我特意问了一下保安："6 号楼 8 层住着什么人，你知道吗？"

"知道。"保安接过我的烟，咧嘴一笑，露出一口大黄牙，"那户住的是个大老板，车可贵了，也经常给我烟抽呢！"

"你知道他叫什么吗？"我问道。

保安想了想，摇了摇头，说道："好像是姓……周吧，那小伙子人不错，具体叫什么我就不知道了。"

"他妻子呢？性格怎么样？你见过吗？"

"见过，见过见过。"保安小心翼翼地点上烟，抽了一口，说道，"他媳妇儿挺漂亮的，不过最近不怎么出门。你们这么一说，我想了想，倒是有几天没见到她了……"

"今天在家吗？"夏兮兮问道。

"那肯定在家啊！"保安大叔点头，笃定道，"我就没见她出过门，我们这里门禁很严的，出入都有严格限制，所以她出门我肯定知道。"

"好，谢谢。"我点点头，朝王剑飞他们说道，"走吧。"

随后，我们迅速上楼，五分钟之后，乘电梯抵达门口。

这小区是一梯两户的楼层设计，三面通透，环境非常不错，监控设施也非常齐全，是典型的高档小区，密码和指纹双保险的门几乎成了这里的标配。

"这儿住的都是有钱人啊……"夏兮兮上下打量了一下，盯着楼梯拐角处的 360°旋转监控摄像头,感叹道。

王剑飞没吭声,迅速摁了门铃。

"叮咚……"

"叮咚……"

室内的隔音效果很好,我们只能依稀听到里面的门铃响声。

不过,奇怪的是,王剑飞连续摁了三次,里面都没有任何动静。

我们突然间都觉得心跳快了起来。

夏兮兮忍不住自言自语道:"不会真的如我们所料吧?林岚已经死了,周浩然是凶手,他为了掩人耳目而抛尸荒山,对外却宣称妻子在备孕,不能出门……该不会,家里根本就没人?"

我们不约而同地打了个激灵。

唐钰摆手道:"有这个可能,但是根据我们的调查,真林岚死了之后的一段时间内,假林岚还跟着周浩然出双入对,事情应该没这么简单,敲门吧……"

"好。"王剑飞放弃了按门铃,直接开始敲门。

然而,就在这时候,我们身后的电梯间传来了"叮"的一声。

夏兮兮提醒道:"有人来了……"

第七节　夜半家暴

这栋楼是一梯两户的建筑设计,如果本楼层的电梯门开了,要么是隔壁的邻居回来了,要么是周浩然回来了。

我和王剑飞,几乎是下意识地上前一步,夏兮兮和唐钰后退。如果说周浩然跟了上来,以那小子的性格,保不齐还真敢朝我们动手。

很快,脚步声从电梯间传来,鞋子和地板的摩擦声很是柔软,而我们在嘎嘎美呀美容休闲会所见到周浩然的时候，周浩然是穿皮鞋的。从脚步声判断，来人应该不是周浩然。

没多久，一个胖乎乎的中年男子走了过来，他戴着文玩手串，穿着棉麻服装，约莫得有两百多斤，满身的肥膘肉，模样看起来像极了电影《叶问》里面的肥波。

住在这里的人非富即贵，走起路来都有些鼻孔朝天。

胖子看到我们好几个人站在楼道里，显然有些意外，回头看了我们一眼，又四下看了看没其他人，朝我们问道："你们干什么的？"

王剑飞立刻拿出了警官证，说道："你好，我们是市局重案组的。"

"哦……"胖子看到警官证之后瞬间变了一副脸面，满脸笑容，一看这家伙就是八面玲珑的主儿，"呵呵，原来是警察同志，失敬失敬。哎，不过，你们在这层楼是……"

说完，胖子打量了一下周浩然的家门。

"你是这一层的住户？"王剑飞收起警官证，问道。

"对对对，这边就是我家，来吧警察同志，来家里喝口水。"说着，胖子赶紧掏钥匙开门。

王剑飞眼神询问我的意思。

我点了点头，道："或许我们能从邻居家了解到一些情况也说不定，走吧。"

唐钰跟我的想法差不多，用眼神示意我们过去。

"好啊，那我们就不客气了……"

"客气什么，这俗话说得好，警民是一家，咱们都是一家人嘛！"胖子一边说话一边开门，之后赶紧收拾沙发让我们坐下来，之后，他又开始自我介绍，"警察同志，我叫刘萌，是开服装厂的，家里就我自己一个人。你们随便坐，我给你们倒杯水去……"

"不用了，刘先生。"王剑飞拦住了他，"我们刚好有几个问题想要找你了解一下，咱们坐下来聊聊，聊完了我们就走。"

"那……也行。"刘萌点了点头，坐在了我们对面。

"警察同志，你们想知道什么？我一定知无不言，言无不尽。"刘萌问道。

"你对你隔壁这家人了解多少？"夏兮兮问道。

"你们是来调查隔壁家的？"刘萌脸色一变，神情有些不正常。

"是的，有些小问题。"王剑飞说得很随意，并没有透露什么信息。

"这家人……"刘萌咂咂嘴，作冥想状，之后一拍大腿，"我想起来了，这家男主人叫周浩然，女主人叫什么我就不知道了，好像是做美容院生意的，不过我跟我老婆离婚了，现在一个人过，家里没女人，就没去他家美容院光顾过。那小子脾气不太好，我跟他不对付，没说过几句话……"

"他们家这段时间有没有什么异样？"王剑飞皱眉问道，"或者你仔细想想，有没有听到过或者是见到过什么反常的事情？"

刘萌想了想："你要说最近两个月，其实反倒正常了。但是要说以前，不正常的情况就多了……"

我们所有人都眼前一亮。原本我们今天只是打算会一会这个林岚呢，没想到从邻居这里问出了不一样的东西。

"有什么不正常？"夏兮兮一边问一边拿出了纸和笔准备做记录。

"家暴啊！警察同志，这家人有严重而疯狂的家暴行为！"刘萌清了清嗓子，义正辞言地说道，"警察同志，我跟你们说，隔壁那小子脾气坏得很，一言不合就打老婆，我们这房子算是隔音效果比较好的高档小区了，但是我在我家都能听到锅碗瓢盆被砸的声音，有时候连打骂声都能听得见，可见打得多凶了……"

"你怎么确定是家暴？"王剑飞问道。

刘萌换了个坐姿，说道："我老婆跟我离婚以后，小儿子判给了我，现在还在上幼儿园。隔壁的女主人刚好也是这家幼儿园里面的保育老师，我不知道她叫什么，但是我认识她。几个月前，我每天早上送我儿子去上学，然后我发现一个现象——只要是前天晚上我听到了晒东西或者打骂的声音，第二天，这女老师必定戴着口罩上班，因为她的脸上、身上、胳膊上全都是伤，看一眼就知道有多惨……"

"这么严重的家暴，这家女主人就没有报警过？"夏兮兮吃惊地问刘萌。

刘萌摇头，整张脸上的肉都动了起来，道："这我就不知道了，白天我也不经常在家，没见到有派出所的人来过，估计是没报过警吧。这年头，怎么说呢，虽然说家暴违法，但在现实生活中还是忍气吞声的多，毕竟清官难断家务事，谁家还没有个矛盾不是？这些矛盾也不是外人能处理的……"

王剑飞再问："家暴的原因你知不知道？如果是频繁家暴，肯定有具体原因的吧？"

刘萌摇头道："这我就不知道了。"

"或许那男人就是个变态，工作生活中一有不顺心就打老婆，拿老婆撒气呗！家暴还要什么原因，心理变态就是原因！"夏兮愤愤不平道。

我没搭理她，赶紧问刘萌："那你刚才说的不正常的情况，具体是怎么个不正常法？"

"最近两个月，我似乎没听见打斗声了，"刘萌认说，"我其实睡眠不是很好，以前经常听见他们家发生争吵，烦得不行。可是最近两三个月，这个吵闹声了消失了，我反而睡不着了。所以我很确定，他们家至少两三个月都没有动手了，我还怪不习惯的……"

唐钰皱着眉，道："一个男人，家暴的次数要么是零次，要么是无数次，不可能突然间停止，除非——女主人换了。"

"是这个道理。"夏兮兮举双手赞同，"这家伙就是个畜生！我看他也不像什么好人！"

王剑飞继续说道："好，这个情况我们都记录下来了，刘先生，你这儿还有没有什么其他的信息？"

刘萌仔细地想了想，之后就摇头了，说道："其他的倒是也没什么了，毕竟我们不怎么熟。警察同志，我给你们倒杯水吧？"

"不用了，谢谢。"王剑飞婉拒之后站了起来，"这样吧，你方便的话留个联系方式给我们，回头我们如果还有什么需要的话，随时给你打电话，好吧？"

"没问题，没问题。"刘萌又拿出了一张自己的名片，"警察同志，这是我的名片，生意人，还请多多关照……"

"好，那我们就告辞了。"

"打扰了……"

"不打扰不打扰……警察同志慢走，呵呵……"

刘萌一直把我们送到楼梯口，这才回去关门。

到了楼梯口，王剑飞问我："怎么样？觉得这个刘萌的话可信吗？"

"不确定，"我点了根烟，狠狠地抽了一口，"不过我觉得他说的应该是实情。但是，如唐钰所说，一个男人如果有家暴的行为，那他就不可能突然间转性。这个情况，恰恰也符合我们现在掌握的信息。极有可能，被家暴的林岚就躺在市局尸检中心的解剖台上，而那个大门不出二门不迈、在家备孕的林岚，不是真的林岚。"

"那我们还要不要去见见这个假林岚？"夏兮兮问道。

"见，当然见！"我抽了口烟，"来都来了，不见见怎么行，敲门吧。"

"好。"王剑飞点了点头，直接过去敲门。

"砰砰砰……"

这次，他直接没有摁门铃。不过，和刚才一样，里面还是没什么声音，也听不到什么动静。

夏兮兮叹了口气，道："要是小猛在就好了，这小子能隔着墙都听到里面的动静，这样我们就能确定里面是不是有人了。"

"即使他没来，我也可以肯定里面有人。"我笑了笑，"先不说保安说这家的女主人就没出去过这一情况是不是属实，单从门口这鞋子看，这里也有女人常住。"

王剑飞点点头，继续敲门。

大概敲了七八次之后，里面终于传来了动静。应该是拖鞋的声音，拖鞋摩擦木质地板，声音不大，但是却很特殊，一下就能听得出来。

我们终于松了口气。

夏兮兮瞪大了眼睛，说："还真有人在里面！我的天，这也太有问题了吧！敲了这么长时间的门都不开，该不会是在藏什么吧？"

唐钰看了夏兮兮一眼，说："很有可能。"

很快，门从里面打开。

我们都惊呆了。

第八节 提取 DNA

眼前的这个女人，几乎和林岚的身份证件照长得一模一样！

人人都说，这世界上没有相同的两片叶子，哪怕是双胞胎，都不可能完全一样。可是这个女人，却和林岚太像了。

女人开门之后一脸疑惑地打量着我们，问："你们是？"

王剑飞一边拿出警官证一边说道："你是林岚吧？我们是警察。有些情况想要找你了解一下，麻烦你配合调查……"

王剑飞说出这话的时候，我密切关注着这个女人的动作和微表情。如果她是冒充的，那么她第一次听到"林岚""警察"这几个关键词的时候，她一定会有所反应，哪怕很细微……

让人讶异的是，这个林岚好像真的没什么异常，就好像她真的就是林岚本人一样。

这就奇了怪了，如果解剖台上的林岚是真的，我们眼前站着的是假的，她不应该是这个反应才对。就算是要演，也演不出这种本能的细小反应。可是，如果这个林岚没问题，那么，解剖台上躺着的又是谁？

唐钰显然也发现了这种情况，小声叮嘱我道："找一个合适的机会，看看能不能拿到这个林岚的水杯或者是私人物品，比如掉落的头发之类的。到时候我们带回市局，提取 DNA，做比对。"

"好。"我点了点头。

林岚点了点头打开门，说道："你们进来吧，不过我老公不在家。"

"没关系，我们就是找你的。"唐钰说完，径直走进去，坐在了沙发上。

"我给你们倒水，你们等一下……"

"好啊，"唐钰笑着冲林岚点点头，"谢谢。"

"不客气。"

我们四个人谁也没闲着，坐在客厅沙发上，四下观察。

客厅的陈设很是复杂，但是摆放和设计都非常科学，看起来很舒服。这个房子很大，足足有一百七十多平方米，有种恢宏大气的感觉。有钱人住的地方就是不一样，看起来跟个小别墅一样，妙不可言。

我努力想要找到点儿林岚的"私人物品"，不过，不管是桌角还是沙发缝，里面都是干干净净的，几乎一尘不染。我如果想不借助任何设备取找到一根头发，几乎难如登天。我只好放弃，寻找其他机会。

很快，林岚端着四杯水出来。

这个女人看起来非常文静，她没有伶牙俐齿，也没有针锋相对，对我们既配合又尊重，跟周浩然完全是截然相反的两种情况。她这么一来，反倒显得我们有点突兀。

实话说，这个情况是我们始料未及的。越是这种情况，越是难以发现问题，几乎没有任何破绽和突破口可以寻摸。

"警察同志，你们要问什么？"林岚小心翼翼地坐下来，平静地问道。

"你叫林岚是吗？"唐钰问道。

"是。"林岚点头。

"能不能让我们看一下你的证件？什么都行，护照、身份证之类的。"

"呵呵，我没有出过国，哪有什么护照啊。"林岚笑了笑，起身从包里面拿出了身份证，双手递过来，"这是我的身份证。"

唐钰接过来，拿着照片进行了比对，还对身份证进行了简单的真伪验证，完全没有问题，似乎是本人。

"我们要拍张照片做个记录。"唐钰说道。

"没问题。"林岚点头。

夏兮兮去做记录和拍照了，唐钰则继续询问。

"你之前在什么地方上班？"

"大自然幼儿园，保育老师，不过现在已经辞职赋闲在家了。"

"为什么辞职？"

"我在备孕，都已经辞职好几个月了。"

"现在有身孕吗？"

"还没有，哪有那么快啊，我们这也算是响应国家号召，优生优育，至少要备孕半年以上的。"

这时候，我突然想起来，在尸检工作完成之后，我们在公安系统的数据库里面找到了林岚的 DNA，而数据库里面之所以有 DNA 的存在，是因为林岚曾经去大型公立医院做过不孕不育的检查和治疗。这说明，林岚在生育方面可能遇到了一些问题。虽然她一直在积极地接受治疗，可是效果不是很理想。我们之前也联系过医院方面，也对病人的病例进行过验证，判定结果是林岚很有可能终身不孕。

而现在眼前的这个林岚虽然没有任何破绽，可是，一个终身不孕的人，拿什么备孕？

想及此处，我也不想再循序渐进了，插嘴道："据邻居的反应，说半夜经常听见你们家发出吵架的声音，怀疑你丈夫有严重的家暴行为。林女士，如果你需要法律援助或者是警察帮助，你今天大可以全部都说出来，我们一定会帮你讨回公道。"

"家暴？还严重家暴？"林岚听到这个词儿，显然非常震惊，然后摇头苦笑，"警察同志，这是 8 楼，你们是不是走错楼层了？"

"只要你是林岚，我们就没有走错。"唐钰说道。

"那我想恐怕是举报的人搞错了，我们家从来没有家暴过，我老公很爱我，在我备孕的这段时间，什么都不让我干，家里里里外外的事情都是他来处理。回到家后，他甚至都不抽烟了，怕影响我。其实呢，你们四位警察同志中，两位男同志都是抽烟的吧？你们一进门我就闻到焦油味道了，这其实对我的备孕有很大影响的。所以，麻烦你们要问什么赶紧问，不然等我老公回来了，他估计又该生气了，他的脾气可不怎么好。"

"他脾气不怎么好，所以对你家暴过？"王剑飞的话里下了套。

谁料，林岚很淡定地摇头，说道："没有家暴过。"

继续照着这个问题问下去也不会有什么结果，那么带走眼前这个林岚的DNA便是重中之重了。我们要么拿到她的血液样本，要么毛发指甲，或者是口腔内壁的白色附着物，甚至她喝过水没有被洗刷过的水杯。

"好吧。"唐钰从盘子里端起一杯水，"林女士你不要着急，我们也是接到群众举报，例行过来询问的，没有别的意思，你喝口水冷静一下……"

"我在备孕，不喝茶水，谢谢。"林岚拒绝了。

唐钰脸一黑。人家不喝，那就无解。

我看此路不通，便赶紧站起来，问："林女士，我能不能在你家里四处看看？"

"可以，"林岚做了个请的手势，"随便看。"

"谢谢。"

随后，我迅速站了起来。

我的第一站就是他们家卫生间。一般情况下，卫生间的地漏缝隙、马桶、窗台、梳子等等地方，一定存在女主人的毛发组织。

可是，这家人却完全不同寻常，什么都没有。甚至连垃圾桶都是新换过的。

看到这个情况我根本不敢相信自己的眼睛，怎么会这样？怎么会打扫得这么干净？正常的家庭都不会这样吧？

只能说，越干净便越是有问题，这里极有可能在我们到来之前专门打扫过，里里外外清理个干净，什么痕迹都没有留下。

我摇了摇头出去，唐钰立刻问我找得怎么样。

我无奈地耸肩，表示没有收获。

唐钰揉了揉太阳穴，说道："兮兮，你带工具了吗？给我生理盐水、棉签、防水袋、橡胶手套……"

"带了。"夏兮兮点头。

林岚有些紧张，惊恐地看着我们，问道："你们想干什么？"

唐钰直接说道："林女士，我们想要提取一下你的DNA。这个流程并不是很复杂，你只需要张开嘴巴，让我的同事用棉签在你的口腔内壁刮一下就可以了。麻烦你配合我们……"

"可是……"林岚摇了摇头，"警察同志，我这是犯了什么案子了吗？还是说你们认为我有什么嫌疑？这种事情没这么随便吧？你们要进来询问，我可以配合你们，但是提取DNA，抱歉，我没办法配合你们……"

"我们这是正常查案，而且公安系统的DNA数据库是最安全的地方了，你不用担心数据或者隐私被泄漏。还有，协助我们提取DNA也是你配合调查的一种方式。林女士，请你配合。就算是你现在不配合，等我们回去申请强制执行之后，你还是得配合我们，到时候结果还是一样的。我们何必闹这个不愉快呢，对不对？"

"我……"林岚张了张嘴，无话可说，但是从这一刻开始，她那种发自内心的抗拒已经说明一切了。看起来，她非常担心自己的DNA数据信息被警方拿到。

全世界范围内所有人口的DNA重复率在千万分之一的比例，几乎可以忽略不计。所以可以说，每个人的DNA都是独一无二的。这些年，自从DNA检验用于刑侦之后，收效甚大。

这次的杀人案里出现了两个林岚，她们的所有信息都可以伪造，可以相同，可是DNA却不会说谎。现在我们已经有了其中一个林岚的DNA数据，现在，只要能拿到另一个林岚的DNA数据，真相自会立刻大白于天下。

然而，就在这时候，门外传来了敲门声。

林岚抬手看了看时间，说道："我老公回来了，麻烦你们稍等一下，我去开门……"

林岚似乎遇到了救星一样，慌张地去开门。很显然，周浩然是她的主心骨，周浩然回来了，她的紧张情绪刹那间一扫而空。

开门之后，来人果然是周浩然。

林岚一见到周浩然，立刻道："老公，家里有客人，几个警察过来要提取我的 DNA，我好害怕……"

"什么？他们还来家里了？这些人，简直是土匪！"

这时候，周浩然抬头看到我们，立刻瞪大了眼睛，也不换鞋，直接疯狂地朝我们冲了过来……

第九节 从死人下手

周浩然是个典型的反社会人格，防备心特别重，特别喜欢掩饰自己，不想把自己的任何信息暴露给任何人。唐钰之前就提醒过，这种人看似健康，事实上多多少少是有问题的。

我和王剑飞都早预料到这个周浩然会情绪激动，所以在周浩然冲过来的时候，立刻站起来，一左一右，一个反手擒拿，简单粗暴，周浩然被摁在了沙发上。

当然，我们并没有动手，只是把他给压制住了。此时此刻，气氛特别诡异且紧张。

王剑飞吼道："周浩然！希望你能配合警方调查，冷静一点，不要再冲动行事！如果你没有问题，警方绝对不会冤枉一个好人。"

"放屁！"周浩然突然间情绪暴躁，被摁在沙发上还是疯狂地想要挣扎，鬓角处青筋崩裂，胳膊上的血管都高高地隆起，看起来非常吓人，"你们办案都办到我家里来了，你让我拿什么冷静？我跟你们说过了，我甚至一再强调，我的妻子正在备孕。备孕你们懂吗？她受不起惊吓！但是你们这群人偏偏要来家里闹！我在公司的时候已经全力配合你们调查了，你们还想怎么样？"

"你有没有真正配合，你自己心里有数。周浩然，我已经给足你面子了，你不要再顽固不化。"

"放开我！"周浩然疯狂地抖动着胳膊，歇斯底里地说道，"你们是警察还是土匪？啊？"

王剑飞看了看唐钰，征求唐钰的意见。在这里，唐钰是领导。

但是这种情况下，唐钰也是无可奈何的，嫌疑人不配合，手里又丝毫没有证据，这本来就是最棘手、最麻烦的。

几秒钟之后，唐钰点了点头，示意我们放开他。

放手前，王剑飞咬牙提醒了一句："我告诉你，别耍花样，我们不会冤枉一个好人，但是你也要记住，我们不会放过一个坏人！"

随着我们松开，周浩然直接从沙发上跳了起来，双眼血红，盯着我和王剑飞，晃了晃脖子，一边盯着我们摇头晃脑，一边拿出手机道："好，好啊！你们有种！"

说完，王剑飞直接拨通了一个手机号。

"你想干什么？"王剑飞问道。

"干什么？呵呵，我当然是投诉了！"周浩然冷哼一声，"就你们这种土匪式的询问，我不投诉你们投诉谁？哼，我就不信天底下还没有王法了！"

"就是因为有王法，所以我们才找到你头上来呢。"夏兮兮愤愤不平地说。

周浩然就没搭理夏兮兮，电话已经打通了。

"喂，你好，是警务督察办公室吗？"周浩然一边讲电话一边打量着我们，"我要投诉！我要举报！他们的警号是东A00007、东A00008、东A00016……"

王剑飞无话可说，也不打算解释什么。

几分钟之后，周浩然挂断了电话，点了一根烟，狠狠地抽了一口，吐出一口浓浓的烟，指着王剑飞道："你不是要我配合你调查吗？走，出去说。"

"好啊！"王剑飞点了点头。

我一直在紧密观察着旁边站着的林岚的动作和表情，发现林岚对此刻发生的一幕似乎有点诧异，就好像是不习惯周浩然现在的表现一样。按照隔壁邻居刘萌的说法，他们家可是屡次有过家暴行为的。但经历过家暴行为的女人，怎么会不清楚丈夫的脾气？

况且，自己的丈夫在冲动之下要当着警察的面儿投诉警察，甚至要和警察动手，按照常理来说，当妻子的都会出手拦着的吧？

但是林岚没有。她一直站在旁边，脸上很平静，看不出任何变化，甚至……有一丝距离感。

我隐隐觉得，这个周浩然和这个林岚，关系似乎并不是那么亲密。或者说，我还可以大胆地按照我的猜想分析一下——他们俩认识的时间根本就不长！

但这也只是一个猜想，并没有切实的证据佐证，我只能暂且放在心里。

很快，周浩然拉着王剑飞出了家门，我们几个随后跟了出来。

"我该说的可都告诉你们了，你们还想问什么？警察同志，这是我家，你们就这么风风火火地闯进来，有没有想过这是私闯民宅？我投诉你们都是轻的，我都可以去告你们了！"

"是吗？"唐钰当仁不让，"周浩然，如果你真以为自己懂法的话，你不如先去了解一下妨碍公务、干扰警察办案、袭警这些都是什么罪行吧？"

"我不想跟你们耍嘴皮子！"周浩然不耐烦地挥了挥手，"总之，我还是那句话，你们查案，可以，要配合调查，随时来公司找我。但是我的家属于私人场所，我有我自己的隐私，我有我自己要保护的人。你们再这么强行闯入我家，我一定会请律师，一告到底！还有，你们所说的什么杀人案，我是真的不清楚，也不知道，更没兴趣知道。你们要是有证据，就带着逮捕令来抓我。要是找不到证据，麻烦别再一而再再而三地做这些无谓的工作来浪费我的时间、骚扰我！当然了，我相信你们是拿不出证据的，因为我根本就没做过。"

话音落地，周浩然转身回家，门轰然一声关上了，仿佛整栋楼都因为这疯狂的关门声给引发了共振。

"我……"王剑飞被吼得一愣一愣的，双拳紧握，发出咔咔的声音，半天才憋出一句话来，"我……要不是我有职责在身，就这种人，我见一次打一次！"

"注意你的用词！"唐钰挥了挥手，"这种情况虽然棘手，但也不是没见过。你们不是新人了，不要闹情绪。"

"我倒是不想闹情绪，但是……"王剑飞翻了个白眼，"算了算了，不说了，唐领导，你给安排一下吧。下一步，我们怎么办？"

"先回去吧。"唐钰叹了口气，"周浩然这种人，如果我们不能把证据摆在他面前，他是不会承认自己做过什么的。"

"关键是这个林岚，也伪装得简直完美。"夏兮兮咬了咬嘴唇，"这种天衣无缝的剧情，要是放在电视剧里，活脱脱就是一部宫斗剧嘛。"

"嗡……嗡……嗡……"就在这时候，唐钰的手机忽然响了起来。

"走吧。"唐钰一边接电话，一边示意我们先离开。

回到车上，唐钰接了电话，摁了免提。居然是市局领导打过来的。

我们所有人都是心头一震。

果不其然，周浩然的投诉已经被处理了，警务督察室的工作人员直接联系到了市局红S组直属领导。

"小唐，怎么回事儿？刚刚是市局督导组的同事打来电话，说你们被投诉了？"领导问道。

唐钰咬了咬牙，只能实话实说，点头道："是。"

"怎么回事儿？"

"具体的情况太复杂了，局长，等我回去再跟您说吧，好吗？"

"别，你就现在跟我说！"局长义正辞言道，"我可提醒你们，要不是你们是红S组特别行动组身份特殊，执行的任务也是重中之重，督导组的同志就不会把电话打给我，而是直接处理你们了，明白吗？我不止一次强调过，办案的时候，一定要注意方式方法，一定要注意措辞和行为。怎么，这么快就把我的话当耳旁风了？"

"没有，局长，情况是这样的……"唐钰迅速把周浩然这边的情况以及刚才发生的一系列矛盾冲突，和盘托出，跟局长汇报了一遍。

局长听完了之后，在电话另一端叹了口气，说道："小唐啊，我能理解你们的不易，但是我们是人民的守护神，不是行刑官，更不是刽子手，明白吗？说到底，只要接到投诉，投诉事实存在，那就是我们的错，没有理由，没有原因。我们就要认，挨打要立正，明白吗？"

"是！"唐钰无话可说，"等到这个案子破获以后，我第一时间写检讨，第一时间放到您的办公桌上。"

"算了……"局长长出口气，"现在案情重大，情况特殊，尸骨和腐肉还摆在尸检中心呢，迅速破案才是正经事。检讨书，你暂时先不用写，我可以网开一面，但是投诉的事儿，你不要以为就这么算了，以此为戒，下不为例。给我记清楚了！"

"是！"挂断了电话，唐钰愤怒到不行。

其实不止唐钰委屈，我们所有人都委屈。

但是没办法，委屈过后，我们还要咬着牙继续干活。这是工作，是职业，也是信仰。

王剑飞点了一根烟，抽了一口说道："那下一步方向呢？当事人都是戏精，我们怎么办？"

唐钰轻撩起鬓角凌乱的长发，看向了我，问道："小川，你怎么看？"

"总会有蛛丝马迹的。"我回忆了一下，"比如刚才，周浩然在愤怒之余还点了一根烟抽了起来，这是完全下意识的行为。换句话说，他口口声声说他妻子在备孕，可他却全然不顾，在家抽起了烟。可见妻子备孕不能打扰，只是他的一个冠冕堂皇的说辞而已。他一直都在掩饰，撒谎！"

"但是我们拿不下他，又能怎么样？在特殊情况下，人家在自己家里抽根烟，这不能当罪证吧？"夏兮兮看着我反问道。

"这当然不能当罪证，呵呵，不过，既然从活人下手受到阻碍，我们不如试试从死人下手吧……"

所有人听到我这么说，都瞪大了眼睛看着我，说道："从死人下手？什么意思？"

第十节 新的突破

我还没说话，夏兮兮打住我，义正辞言地问道："诸位，这案情根本没有那么复杂好不好，只要我们能拿到两个林岚的DNA，我们就可以确定谁是真的谁是假的。我现在就想知道，如果我们回市局找局长申请强制执行，请求提取林岚的DNA，这样行不行？只要可以解决这个难题，所有问题就全部都迎刃而解了。"

唐钰摇了摇头，说道："要是真能这么简单，天底下就没有那么多永远无法破获的悬案和奇案了，DNA是一个人的隐私，我们没有权利强制执行的。"

"为什么？这玩意儿有什么隐私不隐私的？"夏兮兮翻了个白眼，一脸的不爽。

"这你就不懂了吧……"唐钰皱了皱眉头，"有钱人，尤其是像大富豪，或者是大财团中占主导地位的人，他们都为公司、为自己买了巨额的保险或是其他类似的项目。现在的科技手段日益发达，如果保险公司拿到了他们的DNA，在理想条件下，保险公司能够根据DNA序列排序，分析出被保险人未来患重大疾病的概率，这样的话，保险公司就能从中获利了……所以，有钱人都很保护自己的隐私的，别说是DNA，甚至血型都是秘密。牵扯到重大利益和基本权益的事儿，任何一个公民是有权拒绝配合且保护自己的隐私的，我们也没有权利强制执行。"

"还能这样？"夏兮兮瞪大眼睛，"人心好复杂啊……"

"人是高级动物，也是世界上最复杂的生命体。"唐钰整理了一下情绪，再次把目光投放在了我身上，"小川，还是说说你的看法吧。你说说看，怎么个从死人身上入手法？"

我笑了笑，道："上警校的时候，老师曾经跟我说过，任何案子到了无法继续侦破的程度的时候，就要回到案件本身。"

"别说废话！"王剑飞抽一根烟不过瘾，又抽了一根，同时递给我一根儿，提醒了我一句。

我点上，抽了一口，说道："不管尸检中心的林岚和周浩然家里的林岚哪一个是真的哪一个是假的，两个多月以前，这世界上总还有一个林岚在吃饭喝水、工作生活，对吧？现在，我们的想法既然侧重于周浩然有问题，不如直接拿出证据证明那个活着的林岚是冒充的。这样的话，我们的侦破方向就会很明确。"

"你的意思是……"唐钰似乎已经明白了，"我们去从死去的那个林岚的社会关系入手，暂且不去管眼前这个林岚是不是真的？"

"对。"我点了点头，"她不是在大自然幼儿园做保育老师吗？明天一大早，咱们就去会会她曾经的领导和同事，或许会得到点有用的信息也说不定。"

"好。"

"或许还真能有点儿突破了。"

听我这么一说，大家都觉得可行。戏演得再像也终究是演戏而已，只要是演戏，那就一定有破绽。就好像哪怕长得一模一样的双胞胎兄弟，他们的父母也能一眼认清楚哪个是大哥哪个是小弟，关键在细节。

"小叶哥，我是不是该叫你叶老师了？"夏兮兮笑道。

我打了个寒战，道："算了，你还是别跟我这么一本正经了，挺不习惯的。"

"哼，我严重怀疑你有受虐倾向。"夏兮兮翻了个白眼，不再搭理我。

之后，我们迅速开车回到市局，没下班之前，又继续对案情进行了反复研究，对我们目前已经掌握的信息和线索进行交叉对比，遗憾的是，最终我们也没有什么发现。中途局长还特别过来问过案情进展，对我们表示关切和关怀。唐钰顺便趁这个机会说了一下下一步的行动计划，局长当即表示同意。

第二天一大早，我们四个再度出发。

去的路上，唐钰已经向我们简单介绍了这所大自然幼儿园。虽然是私立幼儿园，但是在全市范围内，大自然幼儿园都是一流的幼教学院，不论是师资力量还是教学配备，都很先进和严苛。

我们去的这个时间点，小朋友还在学校内上学。所以，于公与私，我们都要走正常流程，不能硬闯进去，带来不好的影响。

抵达学校之后，我们先找到了校领导，在校领导办公室亮明了身份，校方领导也非常配合，立刻调出了保育老师林岚的资料。资料显示的情况和我们了解的情况差不多，林岚在两个半月之前辞职，辞职原因是要生孩子，回家备孕。林岚的社会关系非常简单，在学校的人际交往也没什么问题，跟同事和领导之间的关系都处理得非常好。要说朋友，那全校师生跟林岚都是朋友。

我们问校领导："她最要好的朋友呢？有没有？"

校领导想了想，点点头说："倒是有一个，不过今天刚好没来上班，生病请假了。她叫李梅，也是保育老师，之前跟林岚是搭档，后来林岚辞职离开了，我们暂时找不到合适的人选，李梅就独自把担子挑起来了，是很能干的一个姑娘。"

王剑飞问道："这个李梅住哪儿？"

"下面就是老师的住址和联系方式。"校领导指了指李梅的资料说道。

"好，麻烦校长，我要用一下你办公室的打印机，把这些资料全都打印一份。"夏兮兮说道。

"好，没问题，随便用。"校长挥了挥手。

在这个时间间隙，唐钰开始了解林岚和李梅一些生活细节。

果不其然，我们有了重大发现。

校领导说："这个李梅呢，之所以被林岚特别关照，是因为刚好她们俩是同乡，很早就认识，关系一直都不错。只不过李梅的家庭条件不是很好，但是成绩好、学历高，综合条件很优秀，我们学校就酌情聘用了，安排李梅和林岚成为搭档，她们有了这层关系，也算是配合默契，工作做得非常出色。"

王剑飞迟疑了一下，看着我，小声问道："这样的话，我们是不是可以理解为，李梅对林岚的生活习惯、点点滴滴，具体的细节方面，都有很深很大程度的了解？"

"嗯。"我笃定地点头，"李梅很关键。"

唐钰也点点头说道："出发，咱们去见见李梅。"

因为幼儿园的保育工作非常重要，李梅租房子的地方距离学校并不远，我们开车拐过了一个胡同口，就到了小区楼下了。

不过上去之前，夏兮兮提出了一个疑问："李梅作为校领导眼中的优秀员工，工作做得有声有色，这学校工作这么多，孩子们还都在上课，又不是礼拜天，她怎么请假了呢？"

"哎……"王剑飞摇了摇头，"这就没必要深究了吧？人吃五谷杂粮，谁还不能有个三灾六病的啊？况且刚才校领导不是说了吗，人家是生病请假的，合情合理也合规矩。"

"可我总觉得没这么简单……"夏兮兮道，"或许是我多疑了吧。"

说完之后，夏兮兮又立马改口："希望是我多疑了。"

我们几个人都没再说话。

小区外面，一条胡同横跨高架桥，车子没办法开到小区，只能远远地停在路边，我们得步行走过去。

我们下车之后，加快脚步，根据校方提供的住址，赶紧进小区。

小区内部空置面积很大，因为车子进不来，就算是改造成车位也进不来，外面的高架桥又是大工程，想要打通让业主的车停进来耗时耗材耗费人力，所以就一直被扔在这儿了。也正是因为如此，这里房租很是便宜。

这一片小区内的住户大多数都是在附近上班的工薪族，朝九晚五外带义务加班是常态。今天是工作日，这会儿又是大白天的，小区里的住户们全都上班去了，小区里面冷冷清清，一个人影都没有，平白多了那么几分诡谲的味道……

我们谁都没说，但是这种感觉不言自明。

"顶层，6楼西户，李梅。"唐钰仔细看了一下，确认没问题之后，我们直接上楼。

这都是小产权的房子，6层就是顶楼，不装电梯，我们只能步行上楼。上楼以后，我们很快确定了李梅的家，王剑飞上前敲门。

不知道为什么，从进入小区之后，我的心跳就开始越发急促，我自己都不知道是怎么回事儿，越是靠近李梅的家，心跳就越快。

"你好，有人吗？麻烦开下门，我们是物业的……"

王剑飞连续敲门好几次。遗憾的是，里面并没有什么动静。

"奇了怪了，不是说请假了在家养病吗？养病怎么家里没人呢？"王剑飞自言自语一番，下意识地晃动了一下门把手，"不对啊，这门是从里面反锁了的……"

王剑飞晃了晃，把手是可以晃动的，但是推不开，明显是反锁。

"反锁了？这不正好说明有人在家嘛！夏兮兮没好气地翻了个白眼，"起开，我来敲门。"

"砰砰砰！"

夏兮兮用劲儿很大，敲得墙壁都好像跟着震动了一样。可是，里面依旧鸦雀无声。

就在这时候，我心里骤然升起了不好的预感，下意识地打了个激灵，赶紧提醒王剑飞道："顾不了那么多了，王剑飞，破门！李梅很可能出事了，快点！"

"啊？"王剑飞愣了一下，"这样做会不会太激进了？人家说不定发烧生病睡着了没听见呢，咱们就这么踹门冲进去，万一再被投诉呢……"

这时候，唐钰挥了挥手，说道："再被投诉也有我担着，破门！"

"……好吧。"王剑飞咬了咬牙，向后退两步做了一个助力，猛然间一脚飞出。

下一秒，门后的画面，却是我们谁都预想不到的。

第十一节 凶案升级

"什么怪味儿……"夏兮兮立刻捂住鼻子，猛的一口呼吸，当即就是一阵干呕。

"是煤气。"我精神一振，也顾不了那么多了，第一时间立刻冲进去。

房子里面干净整洁，客厅里面没有被任何人动过，但是刺鼻的煤气味道已经充斥了整个房间。但是因为这房子的条件还不错，在外面我们居然一点感觉都没有，之前居然没有闻到任何味道。

"李梅！"

"李梅！"

我们四个人冲进房间之后，第一时间各个房间搜寻。

"人在这儿呢。"这时候，唐钰的声音从厨房传来，我们几个人直接冲向厨房。

此刻，一个二十来岁的年轻女子躺在地上，浑身瘫软毫无意识，已经陷入深度昏迷，嘴唇发紫，脸色苍白没有一丝血色，已经没有任何知觉了。我四处查看了一下，只见地上存在尿渍，衣服上还散发出恶臭，这是典型的大小便失禁反应。初步判断，李梅待在煤气浓郁的厨房一个小时以上了。

王剑飞目眦尽裂，震惊地看了看我："有人要杀她？这……简直是狗胆包天！"

唐钰迅速摸了一下她的颈动脉，立刻瞪大了眼睛，浑身吓得颤抖，大力地摆手道："快！快叫救护车！是煤气中毒，深度煤气中毒！打开门窗，快点！"

夏兮兮站起来立刻打电话，王剑飞第一时间打开房子内的所有门窗，又合力将李梅抬到室外，夏兮兮迅速做了简单的抢救措施。不过，从李梅的昏迷表现看，她的生命体征几乎已经逐步消失，脉搏微弱，聊胜于无。

我抑制不住愤怒和惊恐的情绪，努力给李梅做心脏起搏，但是就目前来看，并没有什么效果。

夏兮兮瘫坐在走廊地板上，惊恐地看着李梅，喃喃道："重型煤气中毒，就算是能抢救过来，恐怕也会有痴呆、记忆力和生理机能减退，甚至是瘫痪的后遗症……"

"先不管那么多，120 还有多长时间能到？"王剑飞吼道。

夏兮兮狠狠地挠了挠头发，说道："就近安排的，这会儿是上午 10 点半，应该不会太堵车，十分钟之内肯定会来。"

"哼！"王剑飞抑制不住内心的愤怒，咬紧牙关，一拳砸在了门框上，"这绝对不是意外！周浩然就是个疯子，我一定会抓到他！"

就在这时候，我注意到李梅的后脑勺处有血渍析出。

"怎么了？"看到我的表情不对，唐钰立刻问我。

我提醒夏兮兮道："来，帮个忙。"

夏兮兮小心翼翼地把李梅的脑袋搬动一下，果然，李梅的后脑勺处有一处严重淤青，我看了一下伤痕的形状，是弧形淤青，看起来像是厨房工具砸的。

想及此处，我立刻冲进厨房。

果不其然，液化气灶的圆形铁质底座被扔在一旁，并没有放在灶台上。

"如果我没猜错的话，凶器就是这个，凶手冲进来，把李梅一击打晕在厨房，然后关闭门窗，打开了煤气。凶手想要杀了李梅，同时给自己制造不在场证明。"我说。

"周浩然一定是想到了我们会来找李梅，所以提前对李梅下手了。我们还是来得太迟了。"唐钰抬头问王剑飞，"重案组的人怎么样了？到哪里了？"

"已经通知了，正在赶来的路上，应该能够和救护车同步。"王剑飞说道。

唐钰大口大口喘着粗气，闭上眼睛，根本就没有反应过来。

"我这就去调查小区监控，封锁全部小区出入口。"王剑飞说完，三步并作两步直接冲出了房间跑下楼。

大概又过了五分钟时间，救护车和重案组联合交警部门，一路绿灯，拉响警笛和警报直接冲了过来。重案组的特警立刻封锁小区，严查小区内任何人的进出记录。

李梅被送上救护车的时候，夏兮兮一再提醒，一定要拼尽全力抢救，千万千万不能出问题。但是，负责急诊的医生看了这个情况之后，还是皱着眉头道："从初步情况看，中毒太深，我们只能说一定会尽全力抢救，但是结果会不会理想，这个真的不敢保证。"

"快点儿！快点儿！"夏兮兮挥了挥手，让医护人员立刻担架抬走李梅，痕检组的同事也过来了，对室内进行严格的排查，第一时间进行痕检工作。

唐钰挥手指挥道："多拍点照片，任何细节都不要错过，注意细节，细节！"

我让鉴证科的同事特别从液化气灶台铁质底座上面查一查，看看能不能提取指纹，现场操作。

几分钟之后，鉴证科的人过来，摇头道："这底座上没有留下任何指纹，凶手应该是戴着手套行凶的，不过也不一定。现场提取，条件不够，我们可以立刻带回市局再次检测。"

"好。"我拍了拍唐钰的肩膀，"走吧，去找王剑飞看小区监控。"

我们马不停蹄地下楼，之后找到物业，直接来到监控室。

王剑飞此刻正在跟小区物业方面的人交涉，情绪很是暴躁。

"结果怎么样？"我问王剑飞。

王剑飞叹了口气道："暂时还没有线索，不过好在小区内监控比较齐全，也没什么死角，案发前后的几个小时内也没有遭到破坏或者是干扰，我们正在查。"

"一帧一帧地查！一个细节都不要错过。"唐钰大吼道。

"是！"

几分钟之后，终于有个发现。王剑飞看到了一个穿着液化气公司工作装的人走进了小区，上了楼，时间是早上 8 点半，距离现在已经是三个多小时了。

"找到了！"

"放大！"

"白云燃气公司。"

唐钰眯起眼睛看了一眼工装上面的字样。确定之后，她又当即联络市局，第一时间致电白云燃气公司，要求调查出今天上午 8 点半来这个小区的工作人员全部信息。

市局那边很快回复了消息，可是结果依旧不如人意。他们表示，今天他们没有派出任何员工对该小区的燃气住户进行检修排查工作。

唐钰烦躁不已，对王剑飞说："一会儿让夏兮兮把这张照片清晰度调整一下，传回鉴证科做锐化处理，看看能不能通过什么特征确定此人身份。"

"这小子分明就是周浩然！他胆子可真够大的，大白天的都敢行凶。"王剑飞握紧拳头，胳膊上青筋崩裂，双眼血红，几乎要喷血出来。

我仔细观察了一下这个监控画面，这个穿工装的人上楼之后就直接去了李梅的家，他帽檐压得很低，明显是有备而来。通过监控画面，我估计很难确定他的身份。即便从身高、体型、走路的姿势来看，他确实很像周浩然。

"那我们现在干什么？"王剑飞回头看了看我，目光落在了唐钰身上。

"去见见周浩然，把他拘起来再说，咱们只能等医院方面传回李梅的消息。这一次，老天一定会站在我们这边，周浩然的胆子实在是太大了，他跑不了！"唐钰说完，挥了挥手，"行动！"

"是！"

五分钟之后。唐钰、我、小猛，还有重案组的队长副队长全部出动，唐钰直接行使先斩后奏的权利，途中签署批捕令。王剑飞开车，直奔嘎嘎美呀美容养生会所，并提前通知辖区民警封锁该美容会所，驱散周围群众，遣散会所内的顾客。

等我们赶到的时候，周浩然正在美容会所大厅里一边抽烟一边喝茶，和民警对峙，远远地就听到周浩然在叫嚣："你们这是干吗啊？我真是越发觉得你们警察简直就是土匪和强盗！我是合法经营，合法公民，我在做生意好不好！诸位警官，你们又不抓我，又不让我走，又不让我做生意，你们想干什么？信不信我投诉你们啊？"

"又投诉？脸皮够厚的啊。"唐钰冷哼一声，"这次他可以心想事成了，直接拘起来！"

"你好，唐队。"民警看到我们过来，像是看到了救星，赶紧上前来握手。

唐钰问道："你好，现场什么情况？"

"很不配合，我们没有逮捕令，只能在这儿看着他等着你们过来了。实话说，这小子，是个硬茬子。"民警小声说道。

"他是个硬茬子，我就比他还硬！"王剑飞说完直接冲上去，拿出了逮捕令出示给周浩然看，"周浩然，你被捕了！"

话音落地，王剑飞一挥手，小猛等人冲上去，直接给摁起来戴上手铐。

"你们干什么！"周浩然疯狂地挣扎撕扯，"我严重怀疑你们冒充警察非法拘禁！喂！放开我！我要请律师，我一定要请律师！"

"到审讯室再请律师吧。"王剑飞收起逮捕令，握紧拳头盯着周浩然，差点儿就搂不住火，直接一拳揍上去了。

"周浩然，你胆子可够肥的啊，为了堵住李梅的嘴，还能赶在警察前面假扮燃气公司员工，打晕受害人，试图用煤气杀人，你这是故意杀人罪，懂吗？"

周浩然嗤之以鼻，冷笑一声，瞪大了眼睛盯着王剑飞道："阿 Sir，我想你还是搞错了，我都不知道你在说什么，李梅？谁是李梅？我不认识。"

"我会让你认识的。"王剑飞挥了挥手，"带走！"

"是！"

会所里里外外立刻围堵了不少围观群众，拍照的、录像的，干什么的都有。众人指指点点议论纷纷，什么说法一应俱全。

唐钰看到这个情况，跟我说："案子是兜不住了，媒体估计马上就赶来了，限期破案指令中午之前肯定会发下来，我们的时间不多了……"

王剑飞攥着拳头，说道："那我们怎么办？"

"去医院等消息。"唐钰说，"只要李梅醒过来，能够指认周浩然，一切都迎刃而解。"

我点点头道："只能这么办了……"

然而没想到，就在这时候，唐钰的电话忽然间急促地响了起来。

唐钰看了一眼，说道："是医院打来的……"

我心头一震，一种不好的预感瞬间袭来。

第十二节 又一次尸检

唐钰的想法几乎和我一样，她的手指颤抖，拿着手机，却不敢接这个电话。

"接啊！"王剑飞催促道，"说不定什么事儿需要我们配合处理呢。"

"好……好吧。"唐钰点了点头，轻咬嘴唇，接了电话。

"你好，是唐队吧？我是市第一人民医院的医生，我们查找受害人李梅的联系方式的时候，发现留的是你的手机号。"医生说道。

"我就是唐钰。"唐钰清了清嗓子，"李梅的情况怎么样了？"

对方沉默了几秒钟，最后说道："对不起唐队，我们努力过了，但是因为发现得实在是太晚了，送来的时候，李梅几乎已经处于休克状态，所以抢救几乎没有什么效果，现在，病人已经失去生命体征了。"

电话另一端的医生说话声音并不大，可是，我和王剑飞都听到了。

"这……已经死了？"

"是的唐队，该做的努力我们都做了，对不起。"

唐钰一个踉跄，差点儿栽倒在地。

李梅死了。这就意味着，没有人可以指认凶手。如果说痕检组和鉴证科在李梅租房子的地方找不到指纹证据的话，我们就无法证明周浩然是凶手。

唐钰悲愤无比，手因为太用力，把手机握得发出"咯吱咯吱"的声音。

"你好，唐队，你还在听吗？"几秒钟之后，对面提醒了一句。

唐钰收拾情绪，长出口气，说道："我在听，你说……"

"我觉得，因为案情重大，如果你们警方要做尸检的话，我们就不把尸体放入太平间了，毕竟太平间的低温会造成很多组织破坏，会影响尸检工作的"医生提醒道。

"我一会儿会找人去处理，不放太平间。"唐钰又说了几句，然后挂断了电话，"我去找局长汇报情况，你们马上回办公室，等我开会。"

"是。"

半个小时之后。唐钰汇报工作完成，局长给的指示立刻让法医组对李梅的尸体进行尸检，同时通知李梅所在工作单位的校领导，让校方通知李梅的家属到市局领回尸骨。

案子经过发酵以后，已经被媒体大肆地宣传，出现了很多无中生有的猜测，造成了恶劣的社会影响，领导们当即决议，案情重大，又鉴于本案线索和证据双双不足，从中午 12 点开始计算，一共给出了四天时间，让我们限期破案。这四天之内，全局的警力都归红 S 特别行动组指挥调度，同时，局里会尽力想办法，在合理合法的范围内，把最大的嫌疑人周浩然拘留四天。

而我们的工作，就是四天之内，抓到真正的杀人凶手，让凶手伏法。

全局的压力都很大。

原本便已经有一具白骨停放在尸检中心，就已经足够让人头疼了。现在又多了一具尸体，人人都心情压抑，气氛沉闷无比。

但是活儿还要干。吴教授和夏兮兮立刻对李梅进行尸检。这次的尸检工作，相对于上一次来说，就简单多了。

半个小时之后，尸检完成，死因是大量的一氧化碳与血红蛋白结合，形成碳氧血红蛋白，使血红蛋白丧失携氧的能力和作用，造成组织窒息。在李梅休克之前，曾经被重物击中后脑勺导致昏迷，进而吸入了大量的煤气，最终失去生命。

根据鉴证科带回来的灶台底座和李梅后脑勺的伤痕作比对，确定灶台底座就是凶器。

不过，二次指纹检验之后，警方还是没发现上面有指纹留存。这说明凶手要么刻意清理过，或者说，凶手根本就是戴着手套行凶，没留下什么痕迹。

凶手是冒充天然气公司员工，以例行检查煤气灶安全问题的理由让李梅给主动开门的，况且李梅遇害当天正发高烧，在发高烧的状态下，人的脑袋是不清醒的，被凶手一击砸晕在地，凶手又小心翼翼地开了煤气，甚至凶手还对现场做过伪装，想要伪造李梅是自己不小心忘关煤气导致的意外事故。不过，这个把戏依然被证据给推翻了。现在可以确定，李梅是被杀，不是意外。

"开会。"

所有人都坐在办公室沉默，抽烟的时候，唐钰拍了拍桌子，把所有人的思绪全部都拉回来。

"同志们，现在情况紧急，我们必须拧成一股绳，上紧脑袋里的那根发条，千万不能懈怠！接下来，我们来重新理顺一下思路，尽可能找到突破点，分工合作。"

话音落地，唐钰干净利落地打开投影仪。

"死者一共两位，林岚，李梅。我们的初步怀疑周浩然是凶手，林岚是冒充的，李梅是被周浩然杀的。但是我们现在没有证据，需要立刻去找。至于侦破方向，第一，对周浩然连续审讯，突击审问，这一块由王剑飞和夏兮兮负责，希望你们能尽量啃下这块硬骨头；第二，我们依然要把目标放在第二个林岚身上。既然我们怀疑她是冒充的，那她就一定会露出破绽。我不相信一个人模仿另外一个人能模仿得百分之百相似。既然侧面侦破此路不通，那我们就用最笨的办法……"

"什么最笨的方法？"我问道。

"别插嘴！"唐钰瞪了我一眼，"叶小川，一会儿你跟我一起去联合路政部门、市政部门、私人监控、大型酒楼前台等等，调出最近两个月之内周浩然和林岚所有出席过的地方的监控录像。不管视频有多少，一秒不漏，全部都给我找回来！"

"是！"我点点头。现在只能这么办了。

安排好了这些人的工作之后，唐钰看向了吴教授，问道："吴教授，您这两天在干什么呢？"

吴教授年纪大了，现在原本也已经是退休时间了，让他继续留在红S组本质上是市局的请求，也是吴教授对这个工作岗位的热爱。所以，于情于理，吴教授是不需要出外勤的。不过这么长时间，这么多案子下来，吴教授虽然每次都是坐镇大后方，但是从来没掉过链子。

听到唐钰的问话，吴教授扶了扶眼镜框，道："我还在研究那具腐败巨人观的尸骨，我需要检测出林岚的真正死因，而且已经有了一定的发现。等到回头我确定了，再写成报告统一交给队里。"

"没问题，辛苦了，吴教授。"唐钰点了点头。

"应该的。"吴教授点点头，不再说话。

"好，那就行动。出发！"

"是。"

分工合作，要效率的。

夏兮兮和王剑飞立刻去审讯室，提审周浩然。

我和唐钰则是细化分工，分别行动，对周浩然家附近的所有监控，包括超市、停车场、银行、菜市场等地方逐一排查，把最近两个月时间内，林岚所有出现过的地方的视频全都找出来。

科技越来越发达，如今很多地方的监控都能保存三个月以上，所以视频资料目前为止并没有丢失，这也算是个好消息，所以这个工作还算顺利。

完成了监控视频拷贝之后，我们开始对最近两个月本城上流社会、商人圈内的大型聚会、酒会，所有林岚出席过的宴会所属酒楼监控进行排查。

果不其然，有重大收获。

一下午时间，我们两个人几乎是跑断了腿，共计截取 127 段监控视频，时常六个半小时，将近四百分钟。

接下来，我们的工作虽然烦琐而低效，但是比团团转没有方向要好得多。六个半小时的监控视频，我们全都要一帧一帧、一个画面一个画面来检查，看仔细，看明白，找到漏洞，查明真相。

我们的工作一直持续到晚上 8 点 40 分。

王剑飞和夏兮兮气呼呼地从审讯室出来，破口大骂道："这个周浩然简直就是个疯子！审讯的时候居然睡着了！什么都不说，什么都不知道！我是真想揍他！居然还能打鼾，把我们当什么了？"

唐钰黑着脸，揉了揉酸痛的脖子，"没效果？"

"没有，死鸭子嘴硬。"王剑飞愤恨地把笔录扔在桌子上。

夏兮兮已经被磨得没脾气了，没好气道："怎么样唐姐？你们这边有结果吗？"

唐钰也是摇了摇头，说道："这出戏明显经过精心策划，简直堪称完美了，完全找不到头绪……"

"可以理解，这周浩然太精明。"夏兮兮晃了晃脑袋，"你呢，叶老师？有没有什么发现？"

就在这时候，我一根烟屁股摁进烟灰缸，火红的烟头瞬间熄灭，我站起身来，认认真真盯着唐钰道："找到问题了，可以立刻逮捕林岚。她是冒充的，我确定。"

"什么？找到线索了？"

"你可以确定了？"

"是。"

话音未落，他们几个人全部都像是打了鸡血一样，瞬间站了起来，瞪大了眼睛看着我，满脸的兴奋。

我点了点头："没错，我找到了……"

第十三节 可疑人物

他们几个纷纷凑了过来。

唐钰说："什么发现？别卖关子，直接说！"

我立刻把我手上的电脑连接上投影仪，投屏在办公室墙壁的幕布上，打开了我从监控视频上截取出来的不同时间、不同地点却拥有相同信息的几个画面。

"你们观察这几个地方。第一个是林岚出现过的地方，蓝调街区小区门口，一辆车帕萨特，车牌号东 A0788K。第二个画面，仔细看，也是林岚出现过的地方……"

我用红外线在画面角落一个花坛处晃了晃。

监控的角落无意间拍到了一对男女，跟林岚、周浩然的身型和年龄看起来差不多，身材算不上高大也算不上瘦小，从监控画面上看，这男子的眼神是一直盯着画面中的林岚看的。

"有林岚出现的地方，就有这辆车和这个男子的出现，两次了。"

"可能是巧合吧？你确定这不是巧合？"唐钰疑惑不解地问我。

"那你再看看这个是不是巧合。"

说着，我调整出同一时间、同一地点的视频，开始播放。视频播放到四分钟左右的时候，还是这种情况。画面中再次出现了一个青年男子，在林岚出现在画面中之后，该男子走向了花坛旁边公共停车位上开车离开，那辆车还是黑色的帕萨特，车牌号依旧是东 A0788K。

三次了。

这三个监控画面分别是上个月 26 号、本月 7 号和 14 号。

夏兮兮皱着眉头，暗暗思忖道："也就是说，这个车牌号和这个车主，在出现林岚的地方，同时出现过三次？"

"不止三次。"

说着，我迅速切换截取出来的照片。

后面，在一个酒会外面的广角监控里，在流动的人群中，这辆车以及这个穿皮夹克的男人再次出现。除此之外，我在菜市场门口的监控视频中，还能看到这个男人曾经找过这个林岚，只是两人接触的时间不长，具体说话的时间可能不超过一分钟。但是由于菜市场的监控不同于高端酒楼和酒店，只有大门口有监控，里面全都是死角，看不到这个林岚有没有和这个男人进行具体的交流，不确定他们有没有碰面。

但是这些监控，足以说明这两个人肯定有关系！而且时间都是最近一个多月之内——恰恰好是真林岚出事之后的这个时间段。

我关闭投影仪，道："我们现在假设真的林岚已经遇害了，活着的林岚是冒充的，那么，最近一个月，这个开帕萨特的男子频繁地跟踪她，会不会是这个男子是她的好朋友，发现了她的异常，这才去观察她？至少，我们能从皮夹克男子身上入手，调查一些什么。"

"好！"唐钰激动之下直接给我来了一个大大的拥抱，"叶老师，你真的很厉害！这是重大线索，这个男人频繁出现在这个林岚出现的地方，一定一定不是巧合！"

夏兮兮自告奋勇道："我立刻去联系交管部门，同时去查这辆车的车主。"

"好！"唐钰跟我说，"你找一张相对清晰的监控画面发给我，我立刻进行锐化处理，等到夏兮兮把车主照片拿过来之后，我们直接对接比对一下，只要这个人是车主，就可以把这个人带回来询问了。"

"没问题。"

截止到现在，案情终于算是有了阶段性进展，取得了阶段性胜利，算是柳暗花明又一村。

王剑飞兴奋地挥了挥拳头，说道："我倒是要看看，周浩然那小子还能撑多久！"

确定方向以后，所有人都迅速忙乎起来。二十分钟之后，夏兮兮急匆匆地拿着一沓资料冲进办公室。

"东 A0788K 黑色帕萨特的车主信息找到了，姓名张丰田，男，二十四岁，在一家汽车 4S 店工作，这是照片。"

"张丰田？"王剑飞黑着脸，"这名字怎么起得跟闹着玩儿似的？"

"拿过来作比对。"唐钰没工夫开玩笑，直接要照片。

"好。"夏兮兮点头。

我也赶紧过去看了一下，几乎是一秒钟，我就确定了，说道："不用比对了，最近一个月跟踪林岚的人就是他。"

"没错，"唐钰长出口气，"这很好辨认，从体型、身高、长相方面来说，这就是同一个人。"

王剑飞熄灭了烟，说道："也就是说，这个张丰田，在林岚遇害之后的一段时间内，频繁地跟踪这个冒充在周浩然身边的林岚，那我们是不是现在就可以把这个张丰田带回来询问一下了？关于林岚，他肯定知道一些信息。"

"是。"

唐钰挥了挥手，十指炫舞，在公安系统备案信息中查了一下这个张丰田的信息。

"此人案底干净，背景很清晰，不是本地人，不过是东阳市常住人口，三年前开始在 4S 店做销售，一直持续到现在。出警吧，带回来询问。"唐钰指示道。

"好。"王剑飞一个弹跳起步站起来，叫了我一句，"走吧叶老师，干活了！"

我摇了摇头，说道："这人跟凶手应该没什么联系，你去带回来就行了，我不过去了。"

其实，我和吴教授的想法一样，对法医办公室里那具林岚的尸骨还有不少的疑问，现在案情到了关键阶段，进一步的尸检就显得尤为重要。

"好吧，那我和小猛一块儿去了。"王剑飞耸肩说道。

"嗯，我一会儿还要去一下解剖室。"我点了点头，没再说话。

王剑飞迅速出发。夏兮兮问我："你也觉得林岚的尸体还有问题吗？"

"很明显有问题。"我说，"骨头发黑，明显是中毒迹象。只不过是人体组织和组织液都被严重破坏，暂时无法查明真相而已。可我总觉得真相一定不是我们想象的那么简单，我们不能草率。"

"好，我跟你一起。"夏兮兮说完，直接去休息室换衣服。

"嗯。"

却没想到，就在这时候，我们俩还没有离开办公室呢，王剑飞就已经风风火火地回来了，重新冲进了办公室。

"怎么了？"我们几个疑惑地看着他。

"你怎么又回来了？"唐钰愣愣问道。

"人已经抓到了。"王剑飞摊手道。

"这么快？什么情况？"

"我跟小猛刚刚下楼，就看到一个家伙在市局门口悠悠荡荡的，形迹可疑。原本我是打算通知值班室的人出来询问一下的，没想到，我仔细一看，又跟手上张丰田的照片对比一下，巧了，这不就是张丰田本人嘛！我就给带回来了，这次出警，不费吹灰之力，堪称有史以来抓捕工作最神速的一次！"

我们几个全都紧张了起来。

张丰田主动来到市局门口游荡，心里一定是知道什么事儿！看来，这一切果然跟我们心中的设想不谋而合。

"人现在在哪儿？"唐钰起身问道。

"带到外面的会客室了，小猛和两个民警在那边看着了。"王剑飞说道。

"走吧，过去看看什么情况。"

"是。"

几分钟之后，在会客室，我们见到了监控上频繁跟踪林岚的人，张丰田。

王剑飞给张丰田倒了一杯水，放在桌子上，说道："张先生，对吧？我们是市局重案组的，你现在可以说了，你站在市局门口做什么呢？是有什么情况要汇报？"

张丰田扶了扶眼镜，有些紧张，有些犹豫，手指一个劲儿地颤抖，目光扫过我们几个人，说道："几……几位警察同志，你们谁是这里的领导？我接下来说的这个事儿，看不起来不严重，其实是非常严重的。所以，我想直接跟领导交代……"

旁边的民警提醒道："这几位都是领导，你找到他们算是找对人了。"

"啊？"张丰田瞪大了眼睛，满脸疑惑之色。

这时候，王剑飞开门见山，拿出了张丰田的照片给他看了一下，说道："这就是你本人吧？张丰田，就算是你不来，我们警方原本就是要马上去找你的。你要说的事情和林岚有关系对不对？麻烦你把你知道的情况全部如实说出来，配合我们的调查。"

"你们……你们什么都知道？"张丰田听到王剑飞这么说，不可思议地瞪大了眼睛，完全没想到他的信息、名字，原本就已经进入警方的视线了。

"知道得不是很全，需要你把你所知道的信息给我们提供一下。"唐钰示意夏兮兮做笔录，直接坐在张丰田对面，"我就是这里的领导，你直接跟我说吧，关于林岚的……"

"好，好……"张丰田惊魂未定，点了点头，"警察同志，林岚跟我是一个地方的，我们从小学到初中、高中，一直到大学毕业都是同学。毕业了之后，我们俩都留在东阳市工作了，关系一直都很不错，是很要好的朋友。可是这段时间，我总怀疑林岚出事了，她好像变了一个人似的，很不对劲……"

"怎么变了一个人？有具体有什么表现？"唐钰赶紧问道。

第十四节 她不是她

"具体来说……"张丰田握了握拳头,"以前,她心里的不痛快都会跟我说的。我是她最好最好的朋友,也是唯一的朋友。她有不开心的事情,都会第一时间来找我跟我说。可是最近,她已经连续两个月没有联系过我了,我曾尝试找机会去找过她,可是她好像根本不认识我了!她的老公周浩然是个十足的暴力狂,动不动就大打出手,家暴!我担心因为那件事情……她会挨打,会出事,甚至我担心她会不会已经出事了。所以,我今天才尝试来找你们。警察同志,你们是不是也在调查这个案子,林岚到底怎么了?是又生其他病的,还是怎么样了?"

"停!"这时候,唐钰打住张丰田,问道,"又?你为什么要用'又'?她之前有什么病?还有,你说的因为'那件事',怀疑周浩然会打她,指的是什么事儿?"

张丰田长出口气,咬了咬牙,说道:"林岚她……不能生育,周浩然经常因为这个动手打她,每次都打得浑身是伤,可是她还是不肯离婚。我只能安慰她、关心她,可是我知道,这么下去,她早晚会出事的啊……"

根据我们现有掌握的信息,张丰田说的是实情。林岚的 DNA 来源,正是因为她曾经频繁去医院进行过关于不孕的诊治和手术。

唐钰点了点头,夏兮兮迅速记录在案。

唐钰问:"那你跟林岚又是什么关系?要说实话!"

张丰田叹了口气,说道:"我是她男闺蜜。警察同志,我们是非常好非常好的朋友,性格也很合得来,甚至原本我们都很有可能走到一起的。只不过后来,也算是命运弄人吧,她跟周浩然结婚了,我也接受这一切,但是我们俩一直保持朋友关系，没有逾越过。"

唐钰问："那周浩然你们俩认识吗？"

张丰田尴尬地点点头："认识，不过他对我很有意见，他这个人疑心重，总是觉得我跟林岚有什么不正当的关系，但是我们真的只是关系比较好的朋友，绝对没有超过朋友这个界……"

唐钰点了点头，眼前一亮，尝试性地问道："那么，如果现在有一个人冒充林岚的话，你能不能看出来？"

"能！"张丰田坚定地说，"我肯定能。我跟小岚是二十年的朋友了，从小就认识，我一眼就能认出来她。就是因为这一点，我才觉得她最近这段时间有些不对劲，才来找你们的……"说到这儿，张丰田愣了一下，"不是……警察同志，你们说这话是什么意思？林岚她到底怎么了？"

唐钰思考了片刻，似乎在犹豫要不要将实情告诉张丰田。

张丰田见到唐钰有些沉默，逐渐变得激动，更是一个劲儿地在追问。

唐钰说："极有可能……你的朋友林岚现在已经遇害了。现在你看到的林岚，并不是真的林岚……"

"遇害了？她……那她在哪个医院？我去看她！"张丰田站起来就要走。

"不……"唐钰拦住她，"林岚，可能已经死了。"

"什么？怎么会……周浩然这个禽兽！我就知道林岚不对劲儿！"张丰田暴躁地站了起来，双眼血红，握紧拳头，"我现在就去找周浩然那家伙算账去！他那么频繁地打她，她能不出事吗？那周浩然简直就不是个人！简直是个畜生！警察同志，你说，一个女人不能生育，这是她的错吗？她也不想的，对不对？她心里比任何人都要苦！她也被剥夺了做妈妈的权利了，她有什么错！为了生孩子，她一个人跑遍各大医院去治病，该做的努力都做了！那周浩然还想让她怎么样？一言不合就耍酒疯打她！每一次都把林岚打得鼻青脸肿的，哭着来找我诉苦！这个畜生！我去揍死他！"

张丰田忽然间变得暴躁无比。同时，他的话也证实了周浩然有过家暴行为。

这时候，案情似乎已经有些能理顺了。

因为林岚不能生育，周浩然没办法接受这个事实，心中有怨气，所以就频繁家暴。在一次强烈的家暴之后，周浩然失手打死了林岚。冷静下来之后，他发现林岚已经死了，为了防止事情败露，为了掩盖自己的杀人事实，周浩然选择了抛尸荒野。为了避免邻居和林岚的朋友发现异常，他又找来了一个跟林岚差不多的人，一起居住、生活，让这个冒充者替代林岚，进而有了正在备孕的谎言。

不过这些只是我的猜测，具体的情况，还要看下一步的情况。

王剑飞拦住张丰田，说道："张先生你不要冲动，冷静一下。周浩然现在已经被我们拘留了，案情我们会查清楚的。"

"什么？已经拘留了？那太好了！警察同志，执行死刑吧，立即执行！必须立即执行！这个周浩然一定是凶手，一定是！我敢肯定！他就是个疯子，你们知道吗？林岚很爱他的，为了给他生孩子，什么办法都尝试了！她还曾经因为吃坏了药，胃部痛苦至极，这个时候她还要忍受周浩然的暴打。他就是个牲口！"

唐钰摆了摆手，示意张丰田冷静下来，问道："张先生，我再问你一遍，如果现在把两个长相一模一样的人带过来站在你面前，你能不能准确地分辨出哪一个是你的闺蜜林岚？"

"能！"

第二次发问了，张丰田依旧无比坚信他可以认出真正的林岚来，可以。

唐钰点了点头，带着我们立刻离开会客室，同时她也交代 S 市的民警看好张丰田，让他留在市局哪里都不要去。

我们红 S 组立刻出动，出发蓝调街区，抓捕另外那个林岚。

二十分钟之后，大部队浩浩荡荡来到了蓝调街区，随后，我们直接冲上楼。

"砰砰砰。"

里面很快传来了动静，还是这个假林岚开的门。

见到我们之后，她略微有些慌张，不过心理素质还算不错，反过来质问我们道："你们怎么又来了？我、我老公说了，你们再来的话，让我直接报警的！你们等着……"

"呵呵，报警？不用那么麻烦了，我们直接带你去公安局吧。"

这次，我们没有给她什么面子，夏兮兮说完之后，直接展示逮捕手续，挥手直接带走。

"喂，你们……你们干什么！你们不能这样，你们这是非法拘禁！放开我！你们……"

林岚一个劲儿地在挣扎，但是，夏兮兮和另外两名女警个个都不是吃素的，架起她的胳膊直接带下楼，又送进了警车。

唐钰不苟言笑，打量了下这套房子，道："搜！"

十分钟之后，我们找到了一个钱包，钱包里面装着一张银行卡、一张身份证，还有一些会员卡之类。身份证上的人，长相和林岚真的很相似，但没有了妆容和头发修饰的证件照，还是有不小区别的。

这个女人身份证上的名字是罗冬瓜，非本地人。

"呵呵，这下证据可充分了。"唐钰晃了晃身份证，"这出好戏，是时候结束了。"

王剑飞兴奋之余，看着身份证上的名字忍俊不禁，悻悻道："这人名……怎么个个都起得跟开玩笑一样？"

我们把罗冬瓜带回市局之后，直接带到了张丰田面前指认。

哪怕到这个时候了，林岚——不，应该说是罗冬瓜——还在努力地冒充林岚的角色呢，似乎是察觉到了我们的意图，依旧没有任何慌乱，还叫嚣着我们非法拘禁，要投诉我们。

张丰田看到罗冬瓜之后，颤巍巍地站起来，指尖都有些颤抖，看着罗冬瓜道："小……小岚？"

罗冬瓜茫然地看着张丰田，似乎根本就不认识他。

即便周浩然给她做过所有的功课，让她百分之百地复制林岚的生活，可

是他也绝对接受不了林岚的"情夫"再次出现在他的生活里。周浩然一定
万万没想到，他让罗冬瓜认识了林岚认识的所有人，却独独不让她了解这个
男闺蜜张丰田。没想到，这小小的一个举动，却成了两人事情败露的最大隐患，
最终生根发芽，开花结果……

张丰田颤巍巍地站起来，盯着罗冬瓜，眼眶微红，喃喃念起了两人之间
的小秘密——是一首诗词。

"今夕何夕兮，搴洲中流，今日何日兮，得与王子同舟……"

张丰田深情地念，一句一句地念……

对面的罗冬瓜则茫然地站在对面，吃惊地看着张丰田，根本就不知道张
丰田在说些什么。

"你是假的！你一定是假的！你说，你为什么要冒充小岚？小岚在哪儿？
你告诉我小岚在哪儿！你们杀死了小岚，对不对！"下一刻，张丰田忽然情
绪激动起来，直接就要掐罗冬瓜的脖子。

"喂！住手！"

我发现了之后，迅速出手制止，王剑飞也同时冲上来，我们俩同时出手，
张丰田直接被砸回去，一头栽倒在沙发上。

"她是假的，是假的啊！警察同志，我的小岚，真的不在了？"张丰田
一击不中，浑身瘫软，悲怆而泪下，喃喃道，"这首诗，是我们俩初中的时候，
有一次朗诵比赛，我们搭档念的《越人歌》，小岚一定记得，她一定记得！
怎么会这样，为什么会这样，呜呜呜……"

一个大男人最后也哭了出来，趴在沙发上，哭得双肩乱抖，伤心欲绝。

这时候，唐钰拿出了罗冬瓜的身份证，大声道："罗冬瓜！你还想装到
什么时候？"

身份证被搜出来，罗冬瓜原本还想再度辩驳一番，却是没了力气，眼前
一黑，下意识浑身瘫软，惊恐地道："不是我，不是我！跟我没关系，都是
周浩然雇我的，这事儿跟我没有任何关系啊！"

"抓起来！"唐钰一声令下。

第十五节 来历不明的照片

"你和林岚是什么关系？"

"我不认识什么林岚，是周浩然找上我，给我钱，说让我冒充林岚的。从上上个月14号那一天晚上开始，我就是林岚。但是这会儿，我不是了，我叫罗冬瓜。"

"你说周浩然雇用你的，你和他是怎么认识的？你又是干什么的？"

"我……我就是跟着我男人到城里来打工的装修工人，那天，一个老板找到我，说要雇我一段时间，保证让我吃香的、喝辣的，还会给我一大笔钱。我、我就答应了……我也是后来才知道他叫周浩然的。"

"他给你多少钱？"

"一开始他说三个月给我五万，我老公让我说不同意，后来，他就说给八万……我们看挺划算的，比干装修挣钱多了，就答应了。"

"钱给你了吗？"

"给了，不过只给了一半定金，四万，我已经打回老家给我婆婆治病用了。警察同志，我说的都是实话，我没有犯罪，我没有犯罪！"

"他让你冒充林岚你就冒充林岚，你有没有问过真正的林岚去哪儿了？"

"问过，但是他让我别多管闲事，做好我自己该做的事就行了……"

"你们确认雇佣关系这段时间，他都让你干什么了？"

"学穿裙子、穿高跟鞋，必须说普通话，跟人讲话要用'我'，不能说'俺'……还有，如果有警察来，就说我在备孕，待在家里，哪里都不能去……"

"就这些了？还有没有？"

"还有，他……还让我……陪他睡……说一次额外给我五千。"

"你就陪他睡了？"

罗冬瓜没说话，这算是默认了。

"我的天……"王剑飞几乎张不开嘴，半天才再次开口，"这也是你老公同意过的？他也觉得这个比干装修挣钱多了？"

"不不……不是的，没有的。"罗冬瓜赶紧摇头，"这个我老公不知道，这是我的私房钱……不过，确实比干装修挣钱多了。"

"天……"

审讯结束。

随后，夏兮兮迅速对罗冬瓜进行了 DNA 采集。对比结果出来之后，罗冬瓜和受害人林岚的 DNA 相似度只有百分之五。换句话说，这两人没有任何血缘关系，也没有任何生活交集。只能说，这天下之大，无奇不有，两个没有任何关系的人，身高、长相、体重、身形等等居然会如此相似，又恰好让周浩然找到拿来冒充自己的妻子，想要混淆视听，躲过警察的追踪，听起来就像是虚构的小说一样。

在确定了这一切以后，我们又马不停蹄地对周浩然进行了审问。一开始，周浩然依旧拒不配合，叫嚣着嚷嚷着要请律师，要控诉我们的暴力执法行为。

不过，当他见到张丰田的照片的时候，立马就变了。

"这个人你认识，对吧？"王剑飞手里拿着张丰田的照片给周浩然看。

周浩然的眼神中，瞬间闪烁出浓烈的恨意和……杀意。不过，他依旧打算闭口，不说一句话。

"喂喂喂！"王剑飞敲了敲桌子，"周浩然！你还能装到什么时候？你以为你一句话不说就可以为自己脱罪了？我告诉你，罗冬瓜已经把你们之间的交易全都交代清楚了！你杀了人，妄想毁尸灭迹，同时花几万块钱雇佣一个跟你老婆长得像的人来冒充她的存在，想要掩人耳目，躲过警察的追踪，我说得对不对？"

"你们……"听到王剑飞这么说，周浩然眉角轻挑，吃惊地看着他，"你们……你们什么都知道了？"

"你觉得呢？"王剑飞冷笑一声，"你杀了你的妻子林岚，对不对？你屡次对她施暴，就因为她不能生育，对吗？"

"不！不对，不是的！"周浩然疯狂地摇头，"不是这样的！你们不要诬陷我！我不是因为她不能生孩子我才动手的，不是因为这个！原本她不能生育这一点，我是可以接受的！"

"那是因为什么杀了她？"王剑飞的声音抬高了分贝，审讯室的强光灯也打开了，照在了周浩然的头顶。强烈刺眼的灯光使得周浩然下意识地闭上了眼睛，低下脑袋。但是与此同时，他的情绪变得更加激动，更加的不安和难以控制。

这其实是审讯过程中常见的手段，强烈的灯光，密闭的空间，黑乎乎看不见外面的单向玻璃……身边有光明也有黑暗，一念天堂，一念地狱，这种感觉，在开灯之后尤为强烈。越是如此，他们就会越是不安，越是不安，心理防线越容易崩塌。一旦崩塌了，也就什么都交代了。

当然，利用这种心理战术需要很好的时机，并不是什么时候都可以用的，要把握好机会，再逐渐攻破。嫌疑人依旧打算再挣扎一番的时候开始，最为行之有效。

"说！你为什么杀了林岚！"王剑飞大声地问道。

"因为她有情夫！她是个贱人！她有情夫！她给我戴了绿帽子！我当然要杀了她！呵呵贱女人！不能怀孕，我不怪她，但是她为什么要出去浪？为什么！"

周浩然逐渐适应了头顶的强光，慢悠悠地抬起头来盯着王剑飞，浑身颤抖，双眼血红，握紧了拳头，他想要站起来，但是被身后两名警员死死地按住肩膀，疯狂的举动使得桌子上的手铐卡得他手腕渗出了丝丝鲜血。

王剑飞皱了皱眉头，问道："情夫？是谁？"

这一下，站在单向玻璃外面的我，心中也是疑窦丛生。

这案子，好像并没有我们想象中的那么简单。

根据我们之前对林岚的调查，林岚并没有私生活混乱的情况，这一点，大自然幼儿园的校领导还有和林岚搭档过的同事都可以作证，没有任何一个人提及过林岚不检点的行为。

"情夫？当然是你手上照片上的那个人……"周浩然忽然间冷笑一声，盯着张丰田的照片，而后就哈哈大笑了起来，"警察先生，所以你说，我杀了她，我有错吗？我杀一个给我戴了绿帽子的女人，我有错吗？她给我戴了十年绿帽子了！我有错吗？十年啊！整整十年！一年三百六十五天，十年就是三千六百多天！要是你，你能接受吗？你们在座的谁能接受？谁能接受自己的老婆给自己戴绿帽子戴了整整十年？"

王剑飞皱了皱眉头，拿起张丰田的照片，若有所思……

我也在疑惑，在审问周浩然之前，我们已经详细地问过主动来交代问题的张丰田了，张丰田一再强调他是林岚的男闺蜜，两人是正常的朋友关系。而且看他当时说话的表情，也不像是在说谎的样子。

这时候，王剑飞放下照片，盯着周浩然道："你说你老婆和这个张丰田有非正常男女关系，你有证据吗？"

"我当然有！"周浩然暴躁地握紧拳头，"在我家里！我有他们晚上厮混在一起的照片！我告诉你们地方，你们可以自己去拿……"

"在什么地方？"王剑飞问。

"次卧，我的书架上，第三排的一本书里面，我记不清具体是哪一本了，你们可以去找。但是我想问一问，警官先生，如果证实了她出轨在先，给我戴绿帽子戴了十年，我杀了她是不是情有可原？况且我也不是故意要杀她的……"说到这儿，周浩然更加激动，"我那天收到了照片之后，只是打她而已，没有想过打死她！可是却没想到，我打累了停下来以后，她居然没动静了。呵呵……该死。"

王剑飞起身站起来，出了审讯室。

"喂，你回答我的问题啊，你回答我！"周浩然疯狂地咆哮着。

我们在外面都听着呢，唐钰直接说："我带人去取照片。"

"嗯。"王剑飞点头看了看我，"案情好像跟我们料想的……不太一样啊。"

这时候，我突然间发现了一个问题，我没时间搭理王剑飞，直接进了审讯室。

"你刚才说你收到了照片？在哪里收到的？什么时间？谁给你的？"

"就是我杀林岚那天，上上个月，14 号。"周浩然冷笑着说道。

"照片怎么收到的？谁给你的？"我着急地问道。

"不知道！"周浩然摇了摇头，"是一个包裹，我不知道是谁寄给我的，但是内容嘛……你们自己看看就知道了。"

第十六节 案中案

大约二十多分钟之后，唐钰果然取回来了几张照片，照片在一个信封里面装着，一共有五张。五张照片明显不是在同一天拍摄的，地点也不相同：有的时候在咖啡厅；有的时候在 KTV，灯光昏暗；有的时候是随便一个路边；有时候则是夜晚的蓝调街区外面的路灯下。照片的内容则都是一样的，每一张照片的主角都是两个人，一男一女，男的是张丰田，女的是林岚。

我们立刻回到审讯室。

王剑飞问周浩然："你说的照片，就是这些？"

"是啊，这还不够说明问题吗？大白天的，大晚上的，又是 KTV 又是酒吧的，这还不够吗？"周浩然看到这些照片，立刻又激动起来。

王剑飞看了看我，满脸惑色，皱眉道："可是这些照片只能说明张丰田和林岚关系不错，他们一起去过酒吧，一起唱过歌，也在咖啡厅谈过话，可是没有什么出格越界的行为，这挺符合张丰田所说的'男闺蜜'的说法，虽然我不太认同什么男闺蜜，不过好像……单凭这些照片，并不能说明给林岚给周浩然戴了十年绿帽子吧？"

"什么狗屁男闺蜜！全都是放屁！"周浩然大喊大叫，"男女之间，一个单身汉，一个有夫之妇，能有什么纯洁友谊？啊？什么男闺蜜？可笑不可笑？这三个字，就是狗男女之间给自己拉的遮羞布！遮羞布明白吗？你们明不明白？"

唐钰想了想，没搭理周浩然，小声说道："看来我们得再审一审张丰田……"

我说："关键问题，是我们要查清楚周浩然收到的这些照片是谁寄来的，或许寄照片的人是别有用心也说不定呢？"

唐钰皱眉说道："这几个人之间的关系真的好乱啊。"

夏兮兮则见怪不怪，解释道："在这个年代，哪有什么纯洁友谊，我估计那个张丰田也不是什么好东西。"

"噗……"听到夏兮兮这么说，唐钰有点忍俊不禁，"你就这么不相信纯洁的革命友谊？"

夏兮兮耸肩道："我倒不是不相信，只是没见过罢了。"

王剑飞说："究竟什么情况，审一下这个张丰田不就知道了。"

"走，现在就去！"

很快，我们又对张丰田进行了盘问。

王剑飞拿出从周浩然家里取来的照片，递给张丰田，说道："看看这照片上的男人，是你吧？"

张丰田点头道："对、对的，是我，还有小岚……"

出人意料的是，张丰田一边抚摸着照片，一边把照片贴在脸上爱抚一番，搞得旁边站着的唐钰和夏兮兮一阵皱眉。

"哎哎哎……"王剑飞敲了敲桌子，"张丰田！这么多人看着呢，别这么猥琐行吗？"

"不好意思……"张丰田回过神来，小心翼翼地把照片放在桌子上，回头看着我们，"警察同志，我能问一下吗，这些照片你们是从哪儿来的？"

这个问题倒是把我们给难住了，这照片究竟是从哪儿来的，我们目前也不知道。我们只知道，这肯定不是周浩然拍的，他不可能发现自己老婆跟别的男人幽会还顺带着拍张照片回家仔细研究的。照片自然也不可能是张丰田拍的，张丰田就是照片里的主人公。

可是这个案件除了他们三人之外好像没有第三者，照片又是刻意被拍下来的……

这究竟怎么回事儿，实话说，我也想不明白。别说我了，这个情况，连吴教授这个心理分析专家听了恐怕也是一个脑袋两个大。

王剑飞问张丰田："你解释一下吧，这些照片出现的时间地点，你和林岚在干什么？"

张丰田点点头："这个很好解释。我们见面的次数多了去了，虽然我不确定这是哪一次被拍的，但是绝对都是小岚在家里被那个畜生周浩然打了之后跑出来跟我诉苦的时候。除了诉苦，我们很少见面。我也不会过多地去打扰她的生活。比如这张照片，在 KTV 里面的，是我带她唱歌发泄的时候拍的；这张酒吧里面的，是那次她非想要喝点酒，我要是不陪着她，她就自己去了。那次她挨打挨得特别凶，我记得特别清楚，我看到小岚的时候，她脸上都是伤和淤青。我想去找周浩然理论，她拦着我不让我去，非说要喝酒。我那天心情也不好，她一个人去我不放心，索性就去陪着她一块喝了；至于其他的几张……"张丰田看了一下，摇了摇头，"其他的这几张都很正常，我也想不起来这是在哪儿了。但是绝对都是林岚挨打了之后联系我，我才出来找她的……"

王剑飞点了点头，说道："你这个解释倒是也说得通。但是，如果我说周浩然杀林岚的原因就是因为看到了这些照片，以为你们做过对不起他的事，冲动之余，激情杀人呢？"

"不，我们没有！真的没有！"

张丰田摇头，说道："警察同志，我跟林岚只是从小到大的同学、玩伴。

我们做过同桌，做过搭档，但是我们绝对没有做过任何越界的事！"

"在林岚结婚之前和之后，你们都没有发生过任何男女关系？你确定？"王剑飞敲了敲桌子，"张丰田，这个问题，你想清楚再回答我！"

"没有，"张丰田很笃定，"绝对没有发生过。"

"你怎么证明？"王剑飞问道。

"我……"张丰田张了张嘴，可是话到嘴边却咽下去了，停顿了老半天，这才握紧拳头，咬了咬牙说道，"好吧，既然是警察办案，我也没什么不好说的。我那……那方面有问题，根本就不可能跟任何人做什么事儿。这一点，你们可以去第一人民医院查我的病例，我做过检查和治疗的，只不过治疗无效而已。这样，可以证明我和林岚是清白的了吧？"

说完之后，张丰田羞愧地低下了脑袋，红着脸，恨不得找个地缝钻进去。

王剑飞跟我，同一时间皱眉。

张丰田说："正因为我有这方面的问题，所以我能理解小岚不能生育心理所承受的压力和痛苦，加之我又是她最好的朋友，所以她经常找我来诉苦。警察同志，你们要相信我啊，我真的没想到周浩然会因为这个误会我们，但是……这照片又怎么会到周浩然手上呢？谁拍的呢？"

随后，因为事关重大，我们打电话向 S 市第一人民医院核实了张丰田的病例和就诊记录，事实证明张丰田说的是实话，他是阳痿，而且是先天性阳痿。

证实了这一点之后，唐钰说："我就说嘛，纯洁的革命友谊还是有的。兮兮你还是个没谈过恋爱的大姑娘，不要什么事都往歪处想，这样思想可就不健康了，小心以后嫁不出去。"

夏兮兮脸一黑，说道："得了吧，张丰田出现这种情况，他想不纯洁都办不到啊！形势所迫而已，他如果是个正常男人，他们俩说不定早搞到一块去了。"

我和王剑飞听完，面面相觑。

唐钰沉默了一会儿，道："有什么说什么，男闺蜜这个事儿，不能说不对，可有时候还真挺容易造成误会的。哪个男人都无法接受自己的老婆有个男闺蜜，就好像是女人都接受不了自己男朋友跟自己闺蜜走得近，这是一个道理。"

"可不是吗？夫妻之间平日里都有个小吵小闹的，这男闺蜜要是一直潜伏着，简直就是个定时炸弹，指不定哪天就乘虚而入了呢！但是，回归到法律层面，这也不能成为周浩然杀人的理由。我看可以结案了。"

"还不行！"这时候，我摇了摇头，"这案子疑点还多着呢。"

所有人目光都看向了我。

我说："我帮你们捋一下。第一，林岚因为不能生育，经常遭到周浩然的家暴；第二，林岚因为遭遇家暴，找到她的男闺蜜诉苦；第三，有人拍了林岚和男闺蜜幽会的照片，寄给了她那个暴力狂的丈夫周浩然……"

说到这儿，我停顿了一下，看着他们，问道："所以，我们是不是可以理解为，周浩然是杀人凶手没错，可是，假如没有人给周浩然寄照片，那这个悲剧是不是不会发生呢？这个案子，显然不仅仅只有周浩然一个人在搞鬼，那个给他寄照片的人，行为也极其可疑。说不定……真正的凶手，玩了一出借刀杀人的好戏！"

"说得没错！"王剑飞点了点头，"真正的杀人凶手，说不定是这个拍照片的人！拍照片的人对林岚的家庭情况一定很熟悉，知道她的丈夫存在暴力倾向，知道林岚有一个男闺蜜，所以利用了这一点，借刀杀人，害死了林岚。"

听完了我的话，夏兮兮疯狂地挠了挠头发，说道："道理是这么个道理，但是，林岚的社会关系干净得就像白纸一样，不跟任何人有摩擦和矛盾，也没有什么仇人，谁会这么处心积虑地想要害死她呢？"

"林岚的社会关系简单，但那个张丰田可就不一定了！你别忘了，造成误会的源头——那些照片，里面可是有两个人……"我说。

唐钰看了我一眼，说道："你的意思是，或许是有人想要假借周浩然的手除掉……张丰田？只不过没想到的是，周浩然对妻子林岚动了手，张丰田却活得好好的？"

"不排除这个可能。"我点点头。

然而，就在这时候，吴教授过来了，他手上拿着一沓报告，脸上的表情严肃而认真。

"林岚的真正死因查到了。她的致命伤不是被打，而是中毒！"

第十七节　真正死因

"中毒？"

听到吴教授的话，我们所有人都无比讶异。

在此之前，虽然我们曾经一度被受害人林岚的尸骨表层表现出一层灰黑色而困扰，但是毒检过程中并没有什么收获，所以这方面的检验只能作罢。同时我们又在林岚的头骨上发现了深度5厘米、创口面积较大的伤痕，所以在尸检报告里面，致命伤是头部受到钝器重创，导致头骨碎裂，进而导致死亡。

这个说法，合情合理也合法。可是，不论是我、吴教授还是夏兮兮，始终都对尸骨表层发灰这一中毒迹象耿耿于怀。这就好像是悬心窝正中央的一块石头，不把绳子割断，让石头落下来，心里永远都不会踏实。

现在看来，吴教授这几天的研究，收效显著。

见到我们这个表现，吴教授点了点头，说道："没错，是中毒。"

之后，吴教授不再多说，把毒性成分检验报告分发给我们每个人。

"一开始我们都怀疑林岚曾经中过毒，但是因为找到了理论上的致命伤，就提交了尸检报告。可是这两天，我做了大量的毒理实验，综合分析之后，我确认尸体中存在强心甙的成分。"

"强心甙？什么是强心甙？"王剑飞茫然地看了看吴教授，又看了看我，问道。

我熄灭了烟，说道："强心甙也叫强心苷，是一种医用药物，对心脏衰竭的病人有帮助。但是强心甙这种东西就是一把双刃剑，如果往好的一方面利用，它可以用药。但是往不好的方面用，这是一种典型的毒素。"

"没错。"吴教授点头，"就是这样。"

唐钰皱了皱眉头，说道："强心甙的来源渠道多吗？"

"不多。"吴教授摇头，"正是因为这种药物的双面性，所以医学界现在已经很少用了，甚至已经被禁止用以入药。不过，这种毒素，如果懂得提取方法的话，其实很容易得来。换句话来说，唾手可得。"

所有人一愣。

"夹竹桃吗？"我盯着吴教授问道。

"没错！就是夹竹桃！"吴教授叹了口气，"夹竹桃属常绿直立大灌木，最高可达 5 米，常用于城市绿化。如果我没记错的话，我们在来到 S 市的路上就看到过人工种植的夹竹桃。想要在夹竹桃上面提取强心甙的话，不用等到花期。这种植物的根、茎、叶、花等，全部都可以提取出这种毒素，而且不需要很复杂的设备和操作技术……"

"也就是说，周浩然在打死林岚之前，他本人，或者是另有其人，也想要害死林岚？"

"没错，但是我觉得下毒人是周浩然的可能性不是很大。"吴教授点了点头，"根据调查资料显示，周浩然是小学毕业，并不懂得夹竹桃的毒素原理和提取方法；其次，既然他已经使用暴力打死了林岚，那他怎么会多此一举，同时选择两种方式去杀人呢？杀人方式越多，暴露的可能就越大，隐患也就越多，但凡有点脑子的都不会这么做的。这相当于又砍头又砍脚，脱了裤子放屁！如果一开始周浩然打算毒杀林岚的话，他可以不使用暴力，只要长期给林岚服用强心甙，就可以让她的心脏甚至是各个器官衰竭。且同时，如果说周浩然在杀人方面做过功课，那么他又何必冒着被发现的风险，抛尸荒野呢？要知道，能提取强心甙杀人的人，应该也知道如何使用加速腐化的药剂，不必这么麻烦……"

"也就是说，还有人打算用强心甙杀了林岚，但是在强心甙还没有导致林岚死亡的时候，周浩然失手打死了她？"王剑飞分析说道。

"没错！"吴教授点头，"这个想法是最合情合理的，同时，给林岚下毒的人应该就是给周浩然寄照片、想要刺激让周浩然快速动手的人，这就是一出典型的借刀杀人的戏！"

唐钰点点头，说道："那么我们现在就要从林岚最近两个月接触的人入手了，但是这些只是我们的想法而已，现在依然不能排除周浩然下毒的可能，继续提审周浩然！"

"是。"

案件再次陷入了僵局。按理说，周浩然已经承认了杀人的事实，犯罪证据充分，犯罪事实清楚，我们可以结案了。甚至按照正常的办案程序，我们已经找到了整个案件中的所有关键因素，受害者、死因、凶手和杀人动机，一切都应该结束了。

可是，我们无法给自己交代。所以，这件事情不弄清楚，谁都没打算班师回朝。

王剑飞再一次提审周浩然的过程很不顺利，当周浩然得知林岚曾经中过毒以后，原本态度消极的他，如今瞬间来了个三百六十度的大翻转。他极力表示，妻子中毒这一情况他本人一无所知，且强烈要求警方一定要将凶手伏法。

周浩然这种积极态度，无非两个原因。第一，他想要知道自己妻子究竟得罪了谁会被下毒；第二，如果有人试图下毒杀人，那他说不定可以为自己脱罪——不过，无论怎么看，后者都是最重要的原因。

可是，无论我们怎么审，周浩然始终拒不承认自己有过下毒的行为。根据吴教授的分析，周浩然说的是实话，他的确不知道在自己动手之前，林岚已经中毒。

第二日，我们重新开会，研讨案情，我们再次将案件回到原点。

唐钰说："我们可以从林岚是怎么中毒的这一方向下手，大家都说说想法，我们再汇总一下线索。"

吴教授说："林岚的中毒迹象已经很深，至少是连续服用了一个月以上的强心甙，才会导致骨骼表层出现灰黑色。"

夏兮兮说："那么我们就可以调查林岚遇害之前的两个月吃过什么、触过什么人，还可以看看她都在什么地方吃过饭……"

大家伙商量很久，决定分头行动。根据我们的综合调查，林岚生前的生活既规律又简单，她在大自然幼儿园做保育老师，生活节奏再正常不过了。

唐钰拿出资料，说："林岚是一个典型的家庭妇女，早餐都是自己在家做，做饭的食材都是每天早上在菜市场买的，不会出现问题，这也是周浩然证实的；中餐她一般都在幼儿园跟小朋友一块吃的，和小朋友的食物一样。我们对大自然幼儿园的学生进行了部分抽血化验，没有发现任何强心甙成分；晚饭周浩然从来不在家吃，林岚一般都自己在家做饭，食材依旧来自于菜市场。"

所有人都黑着脸皱着眉头，案情再次举步维艰。

"那也就是说，林岚根本就没有被下毒的条件啊……"

这时候，王剑飞道："此路不通，那就换一个方向。我们可以查一下林岚最近都接触过什么人。"

唐钰耸了耸肩，道："这就更简单清楚了。在家里面，她只能接触周浩然。到学校，她接触学校领导、同事和孩子们，但学校方面肯定是没有任何问题的。其他的，她不接触任何人，哦对了，还有张丰田……"

"难不成是张丰田下毒的？"王剑飞反问道。

夏兮兮说："张丰田没有得到林岚，得不到的就毁了，这是电视剧中大反派最喜欢用的招式。"

吴教授摇头，道："存在，但不合理。"

"那就有第二种可能。"夏兮兮说，"还有可能是张丰田觉得林岚过得并不好，经常被打，苦苦地劝说林岚跟周浩然离婚。但是林岚不能生育，不论是因为负罪感，还是为了所谓的爱情，林岚拒绝跟周浩然离婚。张丰田劝说无果，索性就杀了她，帮助她脱离苦海，摆脱痛苦……张丰田是大学学历，虽然现在在4S店做销售，但是我调查过，他有同学就念的化学系，他只要想，就具备从夹竹桃中提取强心甙的能力条件……"

吴教授再次摇头，说道："存在，但依旧不合理。至少从张丰田被审讯的时候对林岚的表现方面看，这不合理，除非他是一个彻头彻尾的戏精！"

我们的分析没有任何头绪，王剑飞调侃道："这个案子如果写成小说，简直精彩无比。"

我没说话。

这时候，唐钰说："不管张丰田会不会因为某种原因杀林岚，目前都不能排除他的作案嫌疑，我们要继续提审张丰田。"

"我去提审张丰田！"王剑飞拍了拍我的肩膀，"走吧，你跟我一起，这小子要真是杀人凶手，那他的演技绝对是影帝级的，一起去看看！"

"行，我也去看看。"

说完，我跟着王剑飞再次来到了审讯室。

"什么？毒杀？你们开什么玩笑？小岚是被毒杀的？你们还怀疑是我杀了她？我绝对没有！我怎么可能杀小岚！如果可以，我宁可代替小岚去死！反正我活着也是罪……"张丰田的情绪明显很激动，"人绝对不是我杀的，如果小岚真的是被毒杀的，你们或许应该调查拍照片的人，拍照片的人才是别有用心，还恶意挑拨林岚和周浩然的夫妻关系！我没有理由找小岚……"

这时候，一直留心观察审讯室情况的吴教授拿起话筒，冷笑一声，盯着张丰田，问道："那……如果是你雇人故意为之，那又该怎么说呢？"

第十八节 神医

吴教授冷哼一声，推门进来，盯着张丰田，说道："你喜欢林岚，但是林岚太爱她的丈夫周浩然，即使被家暴也不肯离婚。你雇人拍了照片，想要挑拨他们的关系，但是并没有成功。你一辈子都得不到林岚了，你索性一不做二不休，杀了她！对不对？"

吴教授虽然年纪大了，但是说话字字铿锵有力，掷地有声。

张丰田的情绪立刻激动起来，瞪大了眼睛，疯狂地摇头，说道："不，没有！我没有这么做！她的确是很爱她的丈夫，甚至她觉得自己很对不起周浩然，她疯狂地吃药，到处寻找医生，寻找偏方，能试的办法都去尝试。她只是想生一个孩子，她真的很可怜，她是一个很可怜的女人，我怎么会杀了她呢？"

"正是因为她可怜，所以你才杀了她！你觉得这是在帮助她脱离苦海，你认为你的行为是在帮她解脱，对不对？"

吴教授说话的时候，"啪"的一声，打开了张丰田头顶的强光灯。刺眼的灯光瞬间让张丰田闭上了眼睛，脑袋死死地贴在小桌子上，额头上冷汗淋漓。

他的状态很不好，情绪也很不对劲儿，但是，他依旧否认是他投毒。

"不，我没有！我没有杀她！我爱她，我那么爱她，我怎么会杀了她呢……"张丰田喃喃自语，一个劲儿地否认。

"得不到就毁了她！这难道不是你的想法吗？"吴教授步步紧逼。

"我没有！"张丰田疯狂地拍着桌子，"我没有！我绝对没有！我是爱她，但是我不会去破坏她的家庭，我不会让她伤心！我不会！"

"你还不打算认？"吴教授追问。

"我根本就没有做过，我认什么认！"张丰田咬紧牙关，双目血红，在强光灯下愤怒地瞪着吴教授，"我没有做过！我从来都没有做过伤害小岚的事！"

这时候，吴教授终于不再逼问，点了点头，又关闭了灯光，冲着王剑飞摇了摇头，低声道："不是他。"

王剑飞搓了把脸，看向了我，问道："你的意思呢？"

我摊手道："已经很说明问题了。有罪的人是经不住这么问的，就算是硬骨头，微动作和面部表情都会出卖他，可是这个张丰田没有。"

离开审讯室之后，吴教授说："我们只能从其他方面查了。哦，对了，还有一件事。"

说着，吴教授拿出一份文件，说道："我除了对受害者的尸骨进行了毒检之外，也对腐烂的皮肉和腐肉液体进行了详细的物质检验，在林岚的内脏腐肉中，我发现了黄体酮的残留成分，而且量很大……"

"黄体酮？"我愣了一下。

"对！"吴教授说，"因为林岚有过不孕的病症，按理说发现人工黄体酮成分正常。不过现在既然案子没有头绪了，或许这也是一个方向也说不定。"

我迟疑了一下，认真地看着吴教授，道："黄体酮这种东西是不能大量使用的啊，人已经死两个多月了，到现在还有成分残留，这会不会太过量了啊？"

吴教授先是一愣，旋即瞪大了眼睛，喊着我道："走！去解剖室！"

"好！"

到了解剖室，我们迅速提取一部分内脏组织液，进行了黄体酮的成分含量检验。结果显示，死者体内有大量的黄体酮成分。

黄体酮，又叫孕激素、孕酮，专门用于治疗女性黄体酮不足病症。从某种程度上来讲，女性不孕的原因就是月经不稳，而月经不稳的主要原因，就是孕酮激素分泌不足。

一般来说，针对这种情况，临床医药都会选择人工注射黄体酮，用来维持患病女性内分泌平衡。在黄体激素与雌激素的共同作用下，女性维持月经稳定，乳房充分发育，使子宫颈口闭合，达到可以受孕的基础条件。

当然了，稍微有点常识的从业者都知道，大量使用黄体酮会导致女性的卵巢过早衰老，甚至是过于依赖外部注射黄体酮，进而引发内分泌严重失调，彻底不孕，甚至是器官的衰竭，甚至是生理机能丧失，严重者危及生命。

这时候，我和吴教授沉默了一阵子以后，忽然意识到，林岚处于生病状态，且是积极接受各种治疗的状态，甚至是病急乱投医的状态，这一点，从张丰田的审讯笔录中也得到了证实。

张丰田说，林岚这段时间一直在疯狂地接受治疗，医院治疗、民间偏方、中药、西药、中成药等等全都在用……

我的想法果然和吴教授不谋而合。随后，我们迅速对案情展开了二次研讨会。

我说："我想，我们在排查林岚的社会关系的过程中忽略了一个重要的角色——医生！她还接触过医生！而且不止一个！"

那一刻，所有人犹如醍醐灌顶。

不管是大医院的执业医生，还是民间的行脚医生、乡野郎中等等，只要是林岚接触过的对象，那么都应该在我们的调查范围内！

确定了方向之后，我们立即展开行动。

我们调查了林岚遇害之前将近三个月里各大医院的就诊记录，在院方的配合调查之下，我们还拿到了林岚的药方，找到了林岚的主治医师，看到了林岚的病例以及病情状态。但是最终我们发现，在大医院进行治疗过程中，并没有用药过量，或者是大量注射黄体酮的情况。

唐钰当即决定，下一步我们要针对各种小诊所下手，调查与之相关的信息。

然而，就在这时候，我们从张丰田这里得到了一个重要的信息。张丰田说，前段时间，林岚曾经跟她提起，说她认识了一个诊所医生，是一个江湖神医，什么病都能治，什么不孕不育、阳痿早泄等等，不管什么疑难杂症，统统可以治。也正是因为他听说这个神医还能治疗阳痿，所以张丰田特地了解了一下。

现在，这个所谓的神医倒成了我们的重点调查对象。

王剑飞问张丰田："你知不知道这个诊所的位置？"

张丰田点了点头，说："我知道，我还陪着小岚去过。"

王剑飞激动地问张丰田："你怎么不早说！"

"我……早点你们也没问啊！"张丰田缩了缩脑袋，怯生生地说道。

"马上带我们去！"王剑飞挥了挥手，即刻行动。

我们开着车穿梭在各个道路，离开了市区，一直开车将近一个小时，这才来到了一个偏远的镇上，找到了这个诊所。下车之后，我们立刻就觉得不对劲了，严格来说，这根本就不算是一个诊所。门口的招牌倒是写着"祖传神医"四个大字，大字下面也有招牌业务，譬如不孕不育、可生男生女、阳痿早泄等。但是，在这牌匾的背面，居然还有"看风水、定阴宅、起名字、算姻缘"等业务，这就让人匪夷所思了。

看到这个之后，王剑飞敲了敲这铁板，盯着张丰田，鄙夷地说："这就是你们说的神医？这位神医涉猎够广的啊？这到底是医生，还是神棍？"

张丰田茫然地摇了摇头，说道："我们也就是听说这里还不错，就抱着试试的心态来了。反正在大医院也没什么效果，试一试总没错，万一呢……"

唐钰没好气道："在大医院没什么效果，来这种各方面资质和条件都不够的小诊所就有效果了？你们是不是都疯了……"

张丰田张了张嘴，还想辩解什么呢，但是话到嘴边无话可说又咽下去了。最后他又看了看我，道："警……警察同志，该不会，这个医生害死了小岚吧？"

"是不是，我没办法告诉你，调查之后就知道了。"说完之后，我挥了挥手，"走吧，进去看看。"

这是一个民宅，阴暗潮湿，还有点儿发霉的味道。进门之后，一阵腥臊味扑鼻而来，卫生条件根本就不达标。

但是让我们诧异的是，就这一处小小的民宅，里面顾客竟然不少。既有青年男女在这输液，也有老大爷在里面抽签算命。墙壁上有中药柜、西药柜也就算了，另一扇墙上还挂着桃木剑、八卦镜、红纸条，五花八门，让人大开眼界。

房间的最里面摆着一张桌子，桌前坐着一个老头儿，看到我们进来，他只是眯起眼睛看了一眼，并未开口，便继续给病人把脉了。

张丰田指了指那老头，缩着脑袋道："就是他，张道济，张神医。"

"哼……"王剑飞摇了摇头，笑道，"这位张神医，架子还挺大的啊？"

"那是！不仅神通广大，还上知天文下知地理，三灾六病，药到病除！"张丰田一下子来了劲儿。

"是吗？这么厉害呢？那是不是还能飞天遁地斩妖除魔啊？"王剑飞质问道。

张丰田老脸一红，摇了摇头，说道："这我就不知道了，不过他是真的挺神的，你没看这么多病人都是等着张神医给诊治吗……"

"你们几个，有什么事吗？"就在这时候，张道济一边闭着眼睛把脉，一边慢悠悠地开口问道。

王剑飞笑了笑，饶有兴致地走过去，说道："你好张神医，我们也是慕名而来的……"

张神医果然架子大，依旧闭着眼，像是电视里的老学究一样，语气淡淡的，说道："来我这里的，哪一个不是慕名而来？呵呵……"

"是吗？"王剑飞装作一脸如获大赦的样子，"那我们算是找对人了！不过我今天并不是来看病的，我这有一个证件，想要让张神医验证一下真伪。听说张神医神通广大，什么活儿都能干，所以我就过来了。"

"证件验真伪？"张神医闻言睁开眼睛，看了看王剑飞，"什么证件，拿出来我看看便知真假了。"

"好啊！"王剑飞说着，把警官证拿出来，放在了张神医的桌子上，"就是这个证件，麻烦张神医看看，是真是假？"

第十九节 冤枉

只见那神医张道济先是眯起眼睛假模假式地看了一阵子，看清楚"警官证"三个字之后，整个人下意识地打了个寒战，眯起的小眼睛也立刻变大了起来，从凳子上跳了起来。

"呵呵，怎么了张神医？这证件，是真是假啊？"王剑飞笑着问道。

张神医有些紧张，额头上已经悄悄渗出了细密的汗珠，他张了张嘴，一连好几秒都没说话。半天，这才擦了擦脑门上的汗，道："呵呵，警察同志，您都亲自来了，这证书当然是真的。呵呵，来，里面坐里面坐……"

说着，张道济就要引着我们进内堂。

王剑飞冷笑一声，收起证件，上下打量着张道济，说道："怎么？有什么话不能在这儿说，还要去里面？"

"警察同志，我这里毕竟要开门做生意，你们要是来看病的，在外面当然可以。但你们显然不是啊，那不如到里面说话吧，不要影响了我的生意，你说是不是啊？"张道济低声低语，再也没有了刚来时候的高高在上。

"呵呵，行啊。"王剑飞饶有兴致地点点头，"看来你还挺聪明，知道我们来找你是为了其他事。那就麻烦你别兜圈子，老老实实地配合我们调查！"

"好好好，当然好，我张道济行得正、坐得端，你们可以随便查。"

"好！"

很快，里屋的条件要比外面好得多，真皮沙发、茶具一应俱全。我也喜欢喝茶，所以便留意了一下，桌子上的茶叶，竟然是好几千块钱一两的那种。

"呵呵，几位警察同志，坐吧，请随便坐……"

说着，张道济就要泡茶。

王剑飞拦住了他，说道："不用麻烦了，张道济，麻烦你把林岚在你这里诊治的药方和就诊记录拿出来看一下。"

王剑飞直入正题，没打算在张道济这里过多的浪费时间，所以开门见山了。

没想到，这个张道济却矢口否认道："什么？林岚？咳咳，警察同志，我不认识什么林岚啊，你们是不是找错人了？这其中有什么误会吧应该是？"

"不认识？"王剑飞盯着张道济问道。

"是的，我并不认识。"

"那他你认识吗？"

说着，唐钰带着张丰田走了进来。

就在这时候，我观察到，张道济看到张丰田的时候，浑身一震，抖动了一下，哪怕他努力地想要保持冷静，可是这些小细节却出卖了他。

"张神医，你不会不认识我吧？我带着小岚在你这里吃了两个多月的药，你忘了？"张丰田对张道济没有一点好语气，质问道。

"哦……哎呀呀！原来是你们啊！"张道济见自己装不下去了，便摆了摆手，装作恍然大悟的模样，"哎呀你们看看我这记性！我这里每天都这么多的客人，每天接触到的人实在是太多了，记不清你们的真名叫什么！不过你一来我就想起来了，你是张丰田张先生对吧？我对你还是有印象的，那方面有问题嘛你……"

"你！"张丰田听到张道济张口就来，激动地抄起板凳，想要砸在张道济的脑袋上。

"别别别……"张道济意识到情况不对，惊恐之余赶紧摇头，"不是不是，兄弟，我不是那个意思！话都说到那个分上了，我就随口说出来了，对不起对不起，误会了……"

"张丰田，别冲动！"小猛提醒了张丰田一句。

"哼！"张丰田冷哼一声，把板凳扔到一边，盯着张道济，"我尊重你，还称你一声'张神医'，但是，你说话要注意点！今天要不是警察同志在这儿，我就不客气了，你知道不？"

"呵呵，知道知道……"张道济赶紧摇头摆手，一个劲儿地道歉，这件事情才算作罢。

这时候，王剑飞"啪啪啪"敲了敲桌子。

"别卖关子了，张道济，既然想起来了，就把病例和就诊记录拿出来吧。少废话！"

"好好……好。"张道济眼神闪躲，似乎是担心什么一样，"那个……我是拿张丰田的治疗记录，还是林岚的不孕……"

"你还敢说？！"这句话如同火上浇油，张丰田的火气再次升了起来，小猛第一时间摁住了张丰田的肩膀。

张道济缩了缩脖子，满脸无奈地看着王剑飞，装出一脸无辜的样子。

王剑飞点了一根烟，狠狠地抽了一口，浓浓的烟雾吹在张道济的脸上。王剑飞盯着张道济说道："你知道我要的是什么，张道济，别跟我卖关子。否则，我让你吃不了兜着走。"

"是是……"张道济转身进了屋，翻找了一会儿，拿出来了一份就诊记录和单据。他的诊疗记录和单据跟医院通用的并不一样，全部都是手写的，好在各方面的信息还算清楚。

姓名：林岚；性别：女；年龄：二十二岁；就诊日期：8 到 10 月。

林岚的就诊记录一直到两个月之前就停止了，中间就诊的这两个月，她来得还算比较频繁，每一次都有记录。

王剑飞看了一眼，把记录连带药方递给了吴教授。吴教授毕竟是这方面的专家，看一眼就知道这药物会不会有什么问题。

所有人的眼神都放在了吴教授身上。吴教授接过药方以后，看了几分钟，严肃地问："林岚在你这里就诊，就吃这几种中草药？"

张道济点点头，说道："是、是的。"

"那黄体酮是怎么回事儿？人工注射黄体酮激素！张道济，别跟我说你不知道！药方上的这几味药只是民间偏方，没有任何作用，更加没有孕酮成分，你解释一下吧！"

吴教授毕竟是法医专家，寥寥几句话，张道济瞬间就慌了，一个劲儿地摇头，说道："不，我不知道！我不知道什么黄体酮！林岚在我这里就吃的这种药，她可能在其他地方也就诊过，你们去其他地方查查吧，我这里就是祖传秘方而已，其他的我可什么都不知道啊……"

"是吗？"吴教授点了点头，"那么，林岚在你这里治病，一副药你收多少钱啊？"

"一千五。"张道济一口咬定，"我这里的药一千五一副，能够吃三天，两周一个疗程，一个月只用一个疗程就可以了。"

"也就是说，你一个月从她手里拿一千五的诊金和药费？"吴教授逼问道。

"是、是的。"张道济点了点头，略显慌张。

"其他还有没有？"吴教授问道。

张道济犹豫了一下，一口咬定道："没有。"

就在这时候，唐钰呵呵一笑，拿出了一份文件。

"这是林岚被害之前个人银行卡的消费、转账记录，时间刚好和在你这里诊病的时间重合。她还有过多笔两万元的转账，收款账户和一千五诊费的收款账户完全相同。张道济，她另外给你两万块钱，还不止一次，都是干什么用的？"

"我……"张道济咬了咬牙，浑身都颤抖了起来，疯狂地摇头，"我错了，我错了！警察同志，我不该骗人，我不该啊！"

张道济一看事情兜不住了，膝盖一软，给跪了下来。

王剑飞盯着张道济，再次厉声道："到底怎么回事，说！"

"都怪我鬼迷心窍，都怪我财迷心窍……警察同志，我错了，我对不起她，我骗她的钱了……"

"怎么骗的？说清楚点儿！"王剑飞挥了挥手，夏兮兮立刻开始记录。

"我……我就是看到她的情况比较紧急，看病治病的愿望比较急切，而且每次都是开车过来，看起来是有钱人家的少妇，所以我就想多赚点钱……所以我就告诉她，我这里有祖传秘方，能够让她例假早点恢复正常，只要能正常一段时间，就可以正常受孕怀孕。她信了，所以付给我两万块。警察同志，我就收了她一笔两万块钱的诊金啊！其他的我也没干什么啊……"

"你用的什么祖传秘方，能让她给你两万的诊金？"吴教授冷哼一声，盯着张道济问道。

"我……让她来了例假，其实不是什么祖传秘方，就是……"张道济支支吾吾地说不出来。

"就是通过大量注射黄体酮，对不对？"吴教授的语气顿时变得严厉起来。

"是……是的。"张道济点了点头，慌忙解释道，"我错了，我错了警察同志，对不起……"

"对不起有什么用？通过人工注射黄体酮来制造例假正常的假象，这就是治表不治本，只能自欺欺人，对怀孕并没有实际效果，你不知道？"吴教授握紧拳头，"你知不知道，你为了钱，可能导致严重的并发症，甚至可能对人的身体造成不可逆的损伤！你犯法了你知不知道？"

"我……我对不起，是我财迷心窍了，警察同志，我可以退还这笔钱，我承认我骗了她，她根本就没办法怀孕，我注射黄体酮让她来例假就是为了这点钱而已，我可以退还回去的……"

"还回去？人都死了，你还钱？人命还得回去吗？"王剑飞气急败坏，抬起一脚踢在了边上的凳子上，吓得张道济一个趔趄，倒在地上。

不过，在听到林岚已经死了这个消息的时候，张道济的表情是震惊的。他整个人瞪大了眼睛，似乎完全不敢相信这个消息一样，盯着我们小半天，这才一字一顿地问道："你们……刚才说什么？林岚死了？怎么死的？"

王剑飞咬了咬牙道："怎么死的你不知道？张道济，你还打算装到什么时候？"

"我没有装！"张道济突然间意识到什么似的，情绪变得激动起来，"注射黄体酮使其来月经，这一点对生育的确没什么用，但是并不害人，不会出人命的！警察同志，你们不会认为是我害死了林岚小姐吧？那我可冤枉啊，冤枉啊我！我绝对没有害死人，我绝对没有！"

"呵呵，不是你，那又是谁呢？"

这时候，吴教授上前一步，死死地盯着张道济，问道。

与此同时，王剑飞朝着小猛挥了挥手，说道："抓起来！"

"是！"

第二十节 天衣迷局

"我不知道！"张道济疯狂地摇头，浑身颤抖得厉害，但是嘴巴硬得很，一个劲儿地摇头说自己不知道林岚是怎么死的，更不承认吴教授所说的任何话。

"拘起来！"

"是。"

吴教授不仅仅在法医领域小有成就，还是顶级的心理学专家，张道济哪怕不想承认，可是他的紧张情绪和慌张表现也完全出卖了他，在吴教授面前，张道济几乎破绽百出。

看来，这个张道济不仅有问题，而且问题很大。

王剑飞一挥手，后面的小猛和夏兮兮当即拿出手铐给铐上了。

"喂！"张道济顷刻间变得激动无比，"你们干什么！我没有杀人，你们抓错人了，你们不能抓我！警察同志，我冤枉啊，我是冤枉的啊……"

"你是不是冤枉的，你说了不算，证据说了才算！"王剑飞盯着张道济的眼睛说。

说完，王剑飞转身叫来了重案组的同事，对张道济的诊所进行了全方面封查。

不多时，重案组的同事在屋里找到了一套制药工具。同时我们还在诊所内发现了剩余的强心甙溶液以及后院花坛里面种植的夹竹桃……

一个小时之后，我们回到 S 市公安局。

经过鉴定和物质检验，那些镊子、托盘、烧杯容器等物品中的残留，正是强心甙成分。

这种行为不同于寻常的杀人行为，利用医术和掌握的科学知识杀人，相比暴力犯罪更加可怕与恐怖。拿到这个证据之后，各级领导高度重视，立刻要求对张道济进行突击审讯。

与此同时，此案也已经到了限期破案的最后时刻。

原本张道济咬死不承认他对林岚有过杀心，但是，当化验报告和作案工具摆在他面前的时候，张道济无话可说，只能乖乖认罪，交代了事情的来龙去脉。

我简单梳理了一下，案情应该是这样的。

林岚不能怀孕，她很爱自己的丈夫，觉得自己对不起丈夫，觉得自己不是一个好妻子，每每在深夜里号啕大哭，在医院里对医生苦苦哀求。但是，保守的治疗方法，或者说科学的治疗方法，对她来说收效甚微。她的老公周浩然对此心生不满，对家庭不满，对命运不满，酗酒成性，屡屡对她实施家暴。可是，哪怕遭受非人的待遇，林岚也没有觉得委屈，还是觉得自己对不起丈夫，试着去理解丈夫的委屈，积极地寻找治疗方法……

在一次偶然的机会，林岚打不到车去学校上班，只好叫了一辆三轮车。这时候，她在三轮车上发现了张道济张贴的"祖传神医，药到病除"的广告。

其实，S市领导也配合交警部门，在全市范围内严厉打击这种小广告。但是，这种小广告就如同牛皮癣一样，撕了贴，贴了撕，即使严打力度再大，也永远无法彻底消灭。

这种广告，在寻常人眼中或许没什么，可是，在当时的林岚的眼中，却像救命稻草一样。林岚小心翼翼地记录了小广告上的手机号，犹豫了几天之后，终于拨通了张道济诊室的电话号码。

林岚按照地址找到了张道济。张道济一直吹嘘自己的医术有多高明，过去有过多少男女治疗成功后喜得贵子的案例，绝望中的林岚动心了。可是，林岚不敢跟周浩然说，最终只能去找男闺蜜张丰田倾诉。原本张丰田也算是个知识分子，可是，他的隐疾却一直是他心头的痛。太渴望希望的人，往往会被希望蒙蔽双眼。所以，在一个不用上班的下午，张丰田带着林岚去了张道济的诊所。

张道济见他们两人求子心切，容易上钩，为了赚取更多的钱，他昧着良心，对林岚用了人工注射黄体酮，药物迫使林岚出现例假。完全蒙在鼓里的林岚还真的以为自己的身体正在逐渐恢复，喜不自胜，当即表示，只要能把自己的病治好，花多少钱都可以。于是，她当即向张道济的账户里转入了两万元酬金。

这两万元，彻底激化了张道济的贪婪和大胆。有了第一个两万之后，贪得无厌的张道济就想要第二笔钱，所以便有了第二次注射孕酮激素……

在随后的三个月之内，张道济一次又一次地给林岚注射了人工黄体酮。

三个月之后，林岚的身体机能发生了突发性的病变。林岚去医院检查，结果显示卵巢功能衰竭，并伴随着肾功能衰竭的并发症。林岚逐渐开始掉头发，头皮和皮肤表层出现银屑，皮下出现暗沉黑斑，甚至更可怕的是，她每个月下体总会排出污血，甚至伴随腹内胀痛，私处都出现了可怕的妊娠纹……

人体器官衰竭到出现并发症的时候，几乎是无药可医的，至少张道济的小诊所是没有这种医疗条件的。这时候，张道济才开始慌了。他努力想要挽救，可是，世间之事，并不是想挽救就能挽救得了的。

眼看着林岚越来越虚弱，张道济明白，再这么下去，真的要出人命了。等到真的出人命的话，自己无论如何都逃不了干系，他一定会被抓，甚至是入刑，牢底坐穿。

情急之下，张道济思量良久，他想到了一句话，无毒不丈夫。

与其林岚最终也活不成，倒不如让她换个死法，也好把自己的屁股擦干净，免得惹祸上身。

打定主意之后，张道济不敢犹豫，也没时间犹豫了。

随后，他利用自己的那点医学知识，从夹竹桃中提取了强心甙，又以治病为由，让林岚大量服用强心甙溶液。如果林岚因为心脏功能衰竭而死，到时候卵巢衰竭和肾脏衰竭就属于并发症，那就跟自己没关系了，谁也不会怀疑到自己头上来。

但是，这个计划最终还是出现了意外，强心甙并没有迅速要了林岚的命，倒是让林岚来他诊所的频率越来越高。

张道济彻底慌了。林岚来的次数越来越多，隐患就越来越多。张道济担心，万一她死在诊所里，他该怎么办？

看来，用强心甙制造心脏衰竭而死的假象，还是太慢了！

就在这时候，张道济无意间发现，经常跟着林岚来看病的男人，其实并不是林岚的丈夫，两个人看起来关系还很亲密。

想到这里，张道济决定了，要用情杀来掩盖林岚的真正死因。为了保全自己，他铤而走险，私下跟踪林岚和张丰田，将他们私下见面的照片拍下来作为证据，以匿名的方式寄给了林岚的丈夫周浩然……

这个计划简直天衣无缝，剧情也随着张道济的想法，层层推进。最终，林岚被周浩然愤怒之下打死，张道济的计划彻底成功。

林岚死后，周浩然将之抛弃在荒野。可是，张道济万万没想到，时隔两个多月，他觉得一切都已经尘埃落定，他打算把这件事一辈子烂在肚子里，永远也不说出去，这个时候，几个上山打猎的驴友发现了尸体，最终谜底一步步被揭开，时至今日，全部过程，已然昭然若揭。

案子破了，涉案人员罗冬瓜、周浩然、张道济全部被控制，所有人都松了口气。

这次案子结束之后，我们居然并没有开心，也没有打算庆祝，因为，我们好像根本就不开心。

一个事业有成的年轻人，凭着几张照片便断定自己的妻子与别人有染，对妻子大打出手，最后使得她不治而亡。

一个四处招摇撞骗的男人，为了钱，竟然利欲熏心，不惜下毒残害自己的病人。

一个年轻的女子，因为不能生育，四处求医问药，身心备受煎熬，回家还要被丈夫毒打，却坚持不肯离婚。最后尸横荒野，直到高度腐烂了才被人发现。

……

然而，故事的最开始，竟然只因为一点点钱。

林岚太可怜了，她生前屡次被毒打，家庭不幸，婚姻也不幸。甚至最后，她连自己怎么死的都不知道。

夏兮兮有点伤感，不由得感叹道："故事的起因因为钱是没错，但是钱本身不可怕，可怕的是贪婪和欲望……"

案子破了，我们也该回东阳市了。

这天，我们收拾好行李，整装待发，准备坐车离开。可是这时候，S市公安局的赵局长突然间拦住了我们。

"唐队，你们先别走，案子是破了，可是麻烦没解决啊……"赵局长搓着手说道。

唐钰放下背包，扭头看着他，说道："嗯？我不太明白赵局你的意思……"

赵局长皱着眉头说："我们局里开会讨论过了，但是最终没有结果，想让你们帮着裁决一下，这个案子最终的杀人凶手，到底是张道济呢，还是周浩然呢？"

第二十一节 表白

赵局问出这个问题之后，我们全体沉默了。

我跟王剑飞相互看了一眼，自觉走出市局大厅，去外面抽烟。

唐钰摇了摇头，最终又摇了摇头，说道："这个问题，我想还是留给检察院和法官去处理吧，我们只负责抓贼，不负责裁决。"

"可是……"赵局长也是欲言又止，点了点头，伸出右手，"好吧，无论如何，这次真的谢谢你们。要不你就别这么着急走了，我这边安排了饭菜，吃完之后回去也不迟。"

"您的好意，心领了。"唐钰爽朗一笑，"我们回去还有其他事情要处理，以后有机会再说吧。最近这几天谢谢赵局的款待，我们能有机会在这里工作，很开心。"

"真的不吃完饭再走？"赵局再三挽留。

"真的不了，万分感谢。"唐钰说完冲着我们会心一笑。

"好吧，小胡，开车……"赵局挥了挥手，让司机亲自送我们回东阳。

"是！"

"对了，赵局……"唐钰最后一个上车，回头请求道，"林岚家里没什么亲人，她的后事估计也没人料理。她也是个可怜人，我们组里每个人都捐了一点钱，放在临时办公室的办公桌上，回头就麻烦赵局帮忙处理了。"

赵局听了之后一个劲儿地摇头，道："哎，这不行啊，这怎么行，你们本来就是来这里帮忙的，案情告破就是对林岚的最好交代，殡葬方面的费用，我们会向民政方面申请的……"

"赵局，这是我们的一点心意，您就留步吧。"唐钰笑着点了点头，敲了敲车玻璃示意司机，"开车吧。"

车子徐徐离开，阳光照在前挡风玻璃上，一闪一闪的，我们几个人踏上了回乡的路。

车里面，气氛多多少少还是有些沉闷。说白了，其实就是情感压抑。

"每一个案子，只要有凶手，就一定会出现受害者。你们也没必要这么低落，把这份力量用在案件告破上，让无辜者沉冤，让凶手落网，就是对受害人的最大慰藉。"

"唉……"夏兮兮叹息道,"是的,唐姐说得没错。"

唐钰说:"这次回去,局长应该能给我们准假了,而且这几天咱们东阳也没发生什么特大的刑事案件,我们想忙也忙不起来。不如我们先讨论一下,这次回去,大家打算干什么?"

说到这里,大家反倒有点茫然。工作的时候,我们一直都跟上了发条一样,根本没有喘息的机会。现在工作完成了,也忘记了该怎么玩。

"兮兮呢?"见没有人说话,唐钰主动问了起来。

"我?"夏兮兮苦恼地甩了甩辫子,"即使放假,我也打算待在队里,不想回家。"

"为什么?"唐钰吃惊地看着夏兮兮,"怎么还不能回家了?回家盖上被子睡个三天三夜,不好吗?"

"不行!绝对不行!"夏兮兮一个劲儿地摇头,"我要是敢在家里蒙头睡上三天,我妈都能破门而入,你信吗?我今年都二十六了啊,我妈日盼夜盼,只盼着我赶紧结婚,一天到晚给我琢磨相亲对象!实话说,我不是不想回家,我是不敢回家!还不如有案子呢!但是,怎么说呢,有案子就代表有受害者,我也不情愿啊。"

唐钰点了点头,说道:"二十六岁,就老阿姨了……"

夏兮兮一乐:"呀?唐姐,难道你今年也二十六呢?"

"跟你一样,都是长辈眼里的大龄剩女。"唐钰自嘲一般笑了笑。

"我可不是大龄剩女,我这是单身贵族!"夏兮兮赶紧纠正。

唐钰笑了笑,旋即扭头问王剑飞:"你呢?这次放假打算干什么?"

"深入学习一下社会主义核心价值观。"王剑飞认认真真地说道。

"滚蛋!"唐钰轻踹了王剑飞一脚,惹得满车的人都捧腹大笑。

"你呢?"笑过之后,唐钰扭头看向了我。

"我?"

"对啊。"唐钰饶有兴致地看着我,似乎是有什么话想要对我说一样。

我双手交叉垫在脑袋后面，靠着靠背，看着车窗外的风景，道："写小说啊！这次来了S市局好几天，我没带电脑，手上也没有存稿，书都已经两天没更新了，读者估计快要把我给骂死了。"

"……哦。"唐钰似乎有一瞬间的失落，最后还是点了点头。

夏兮兮似乎是看出了氛围有些不对劲儿，给我使了个眼色之后，主动问道："哎对了唐姐，我听王剑飞说，这段时间你有一个海归同学回来了，正在对你疯狂地展开爱情攻势呢，有没有这回事儿啊？"

唐钰皱了皱眉，说道："有个海归回来了倒是真的，但是对我展开爱情攻势就是子虚乌有了，人家就是请我吃个饭什么的，不过我都没去，也觉得没趣。"

"得了，你还装！"夏兮兮换了个姿势，兴致勃勃地说，"大家都是成年人了，平时也都挺忙的，谁闲得没事天天请你吃饭？这还不是爱情攻势是什么？"

"你要这么想的话，可能算是吧。"唐钰摇了摇头，"不过我对他是真没什么感觉，主要是因为我家里……你们也知道，我爸爸是做生意的，海归的那位也是学经济学的，家里的生意还有一定的往来，双方父母在我们上大学的时候，就都有把我们俩往一块儿凑的意思。更何况，我爸从来都不同意我当警察，这次王硕回来，他们趁着这个机会就想让我们赶紧订婚，甚至想让我辞掉刑警这份工作呢。"

"那你的意思呢？"我熄灭了烟，从车窗外扔出去，问道。

在他们眼中，我可能向来是沉默的。所以我这次主动问唐钰的事儿，一车人都觉得有些惊讶。

唐钰都被我问得愣了一下，犹豫几秒之后，道："我当然对他没什么意思，反正就是没感觉呗！再说了，刑警是我的工作，它是一份职业，更是信仰！我虽然没那么高尚，但也不会为了哪个人或者是什么事儿，说放弃就放弃的。"

"那就拒绝呗！何必一次又一次让人家邀你吃饭，你又不去，这多尴尬？

面子上也得过不去不是？"我义正辞言地说。

"哪有那么容易！"唐钰疲惫地摇了摇头，苦笑道，"我们两个家庭双方都是做生意的，存在一定的特殊情况，何况现在连我爸妈都在使劲撮合这门婚事，王硕似乎对我也很满意，所以现在等于就我一个人孤军奋战。其实我也不知道我能撑多久，我已经拒绝很多次了，但是没什么用。"

夏兮兮猛地点了点头，说道："其实我有两个闺蜜也是这种情况，一开始也非常不同意，但是后来理想败给了现实，一来二去的，也就订婚、结婚了，挺可惜的。"

"你要是真想拒绝，其实我倒是有个办法。"我鼓足勇气看着唐钰说道。

"你？"唐钰瞪大了眼睛，"你什么办法？"

"他下次再邀请你吃饭，我跟你一块去。"

这句话，我都不知道自己是怎么说出来的。只知道，当我说出来了之后，一车人都惊讶地瞪大眼睛看着我，然后便开始起哄。

"小叶哥，你这表白套路深啊！你简直深藏不露啊……"

"没错！侧面攻势！滴水不漏！高明人的选择啊！"

"怪不得，人家是作家嘛，内外兼修！"

"这是表白吗？"

"嗯哼……"我点点头，"声东击西。"

吴教授也大笑起来，摘掉了眼镜，冲我竖了竖大拇指。

我也不知道我脸红了没。因为我真的发现我喜欢唐钰，如果我再不表达自己的心意，娇滴滴的可人儿或许真的就要被抢走了，那样，我可能真的会后悔一辈子。

有些事情，如果不去尝试，错过了就是错过了。就好像是在某个路口见到一个美丽的姑娘，她从你面前过去的时候你不打招呼，目送她离开，一旦她走远了，你们俩各奔东西，可能这辈子都不会再相见，抱憾终身。

有很多时候，很多事，缘分、机会真的就那么一次，仅有一次而已。

那个海归王硕，条件比我优秀太多太多了，人家是经济学博士，又是海归，家里还是做生意的，家境殷实。乍一看，我好像什么都比不过他。

但是仔细想想，我也不是一无是处。第一，我有先天优势，比如我能近距离地接触唐钰；第二，她并不讨厌我；第三，唐钰……在我怀里睡过觉。

我不知道我脸红没有，反正唐钰是脸红了。想了想，我还是第一次见到这个雷厉风行、说一不二的队长脸红呢！可是，这样好像更可爱了。

足足愣了小半天，唐钰这才扭头看着我，说道："你这是打算演一出冒充男朋友的好戏呢？我爸在商界混了这么多年，我妈也是堂堂大学教授，你这种伎俩能瞒得住他们几分钟？再说了，那王硕智商高着呢，我估计你也骗不了他。到时候，一场闹剧被当场拆穿，我无地自容，你自惭形秽，到时候该怎么收场？你想好了吗？"

唐钰的性格就是如此，想到什么就说什么，把我怼得满脸通红。

是啊！后路，我的确是没想好。

车厢里面旋即变得鸦雀无声，落针可闻，仿佛彼此的呼吸都能听到。

时间一分一秒地过去，也不知道过了多久，唐钰忽然开口，道："反正，冒充男女朋友肯定是不行的。但如果是真正的男女朋友，说不定能过关。要不，你考虑考虑？"

第四案 谁才是黑衣人

第一节 原地爆炸

"什么？"

"啊？"

"我的天啊……"

唐钰此话一出，车厢内的人先是一愣，旋即你看看我，我看看你，愕然一片。

在这种表现差不多持续了五秒之后，当即爆发出了一阵雷鸣一般的掌声。就连送我们回东阳的司机都觉得不可思议，瞪大了眼睛像核桃一样从后视镜里面看着我们，嘀咕道："这年头……表白就这么霸气的了吗？"

"霸气啊！怪不得是队长！我的天，反其道而行之，这已经不是小叶哥在表白了，这是双向表白嘛！买金子的碰上卖金子的了，妙！实在是妙啊……"

"玄之又玄，众妙之门！"

"我的天啊！"

夏兮兮也是觉得各种不可思议，看看我，又看看唐钰，说："唐姐，你耍我啊？刚刚还是二十六岁的老阿姨、大龄剩女啊，这前后可没几分钟，你这马上就要脱单啦？"

"那就要看某人答不答应了，"唐钰说完看着我，"怎么样？叶小川？我唐钰这个人吧，说话做事不喜欢藏着掖着，你要是喜欢我，你就说出来。我对你有好感，我也说出来。其实别看我做事雷厉风行，跟文艺什么的不搭边，但其实我对作家是真心崇拜。我挺喜欢你这个人的，要不我们就先处一下试试？你要是点头，咱们俩就在一起试试。你要是摇头，待会儿回到市局，下了车，我还是队长，你还是红S的编外顾问，今天车上的话题咱都烂肚子里，就当没说过，怎么样？"

"答应她！"

"答应她！"

"答应她！"

王剑飞戳了戳我胳膊，说道："哎，我说你小子，发什么愣呢？想什么呢？"

"懵逼了吧他可能是，"夏兮兮一脸坏笑，"给他点儿时间冷静冷静。"

"嗯？"半分钟之后，唐钰盯着我，"我的妈呀，就这么一件事你居然还没想好啊你？我可一个大姑娘家都跟你这么说开了呢，叶小川，我唐钰可还没跟哪个臭男人说过这个话呢。"

"我……我确实是有点懵。"我嘿嘿地笑了笑。

"你这是蠢！"王剑飞踹了我一脚，"这样吧，队长，我就先代替他答应了，等他缓过来，回头再给你补上，哈哈。"

"别！"我赶紧拦住王剑飞，"这是我们俩的事儿，哪里有你插手的份儿！"

说完，我深呼吸一口，看着唐钰，故意摆出一副一本正经的样子来，说道："既然你这么有诚意，小生这厢盛情难却，那……我便从了吧。"

"你要是不乐意，可以拒绝的。"唐钰一本正经跟我说，"我这个人很开明的。"

"不……"我摇了摇头，"我还是试试吧，关爱女性，人人有责嘛。"

车厢里面瞬间炸开了锅。

"我不管啊，唐领导，今天晚上请吃饭，你就说行不行……"

"你问他！"唐钰直接当了一回甩手掌柜，"以后我就不当家了，问他吧……"

"我的天啊……"王剑飞满脸坏笑，"你这眨眼间就从队长变成小媳妇儿了？"

"滚吧你。"

车内传来一阵哄笑。司机看到这一幕，更是大呼受不了，说什么也要停车抽根烟缓一缓，要不是见我们所有人都一本正经的模样，他可能还真以为我们这是演话剧呢，毕竟这剧情进展得也太快了点儿。

回到市局之后，王剑飞和夏兮兮去找局长做案情简述，吴教授则是去总结尸检工作，办公室里面只剩下我和唐钰。气氛一下子冷了下来，场面多多少少还是有些尴尬。

一静下来，唐钰便将她柔软温柔的一面展现出来，我的心都快被她给融化了。

"小川，刚才车上的事儿，我没跟你开玩笑，"唐钰说，"跟我爸妈逼婚无关，跟王硕什么爱情攻势也无关，我就是话赶话，说出了内心的真实想法而已。虽然我们接触的时间并不长，但是很不巧，我就是看上你了。我也不是要拿你当挡箭牌，咱们俩在一起，你情我愿就足够了……当然，你还要搞定我爸妈，毕竟那是我爸妈。其他的你都可以不用在意。"

"对，我也没跟你开玩笑。"我点了点头，"我是真喜欢你，只是没想到，刚刚好你也喜欢我。嘿，真巧。"

"你别得了便宜还卖乖！"唐钰说，"我也是警校毕业的，性子直，有什么说什么，但是有件事还是得说明白：第一，在工作上咱们俩是上下级关系，不要将工作和生活混为一谈；第二，下周三我妈妈过生日，我打算趁着这个机会带你回家见见他们，怎么样？"

"这么快？"我下意识瞪大了眼睛看着她，不可置信地问道。

"速战速决嘛！"唐钰一乐，"我的性格就是这样，你又不是不了解。"

"呵呵，有所耳闻。"我点点头，一把将唐钰抱在怀里，来了一个大大的拥抱。

唐钰本能地想推开我，就跟条件反射，可能多少还是有些不适应，适应了好一会儿，才算是安静下来。

"我这辈子还没谈过恋爱，今天这么大胆，可是头一次。"

"真巧，我也是。"

王剑飞他们汇报完了工作，市局领导非常高兴，再加上前段时间我们东阳市的普法教育工作做得不错，在红S组没在市局的这几天里，东阳市安乐和平，没有发生任何事情，上下领导高兴得合不拢嘴，让我们从明天开始休假三天，而且不算年假。

正好工资发了，稿费也发了，我也可以放任一回。最重要的是，我的心里实在是高兴。当天晚上，我请我们红S小组以及重案组的几个同事去吃一顿火锅，吃完了饭之后，又去了KTV尽情高歌了一番。小猛的一首《在人间》唱得那叫一个撕心裂肺，这个不喜欢说话的小哥第一次向我们展现出了除了"特能打"之外的其他天赋——唱歌真是贼好听。

这天晚上，我们喝了很多酒。其实我的酒量还算不错，虽然也有些微醺，但是并没有特别醉。但是唐钰已经不省人事，眼神迷离，说话之间吐气如兰，很勾人心魄。

每一个人都醉醺醺的，就连唐钰也喝了不少，还发了个朋友圈说"姐们脱单了"，配图是我的照片。我不知道那位海归朋友看到这条朋友圈会是什么感觉，反正我是觉得挺高兴的。

我和唐钰玩累了，坐在沙发一角，把话筒让出去让他们随便玩，我们俩自己聊天。

唐钰说："小川，我给你说个秘密。"

"嗯？"我饶有兴致，"什么秘密？"

"我除了叫唐钰之外，还有个小名。呵呵，这个小名除了我爸妈和我之外，没有人知道，是我爸妈的专属爱称……"

"那你打算告诉我？"我喝了口啤酒，轻轻撩起唐钰散落在两颊的长发。

"那不是废话嘛！"唐钰说，"你是我男朋友，我不告诉你告诉谁啊。"

"那你小名叫什么？"我问道。

"豆豆。"唐钰说完，还做了个噤声的手势，"嘘！不要让他们听到，这个名字是我亲人专属的，你以后私下里也可以这么叫我。"

"豆豆……"我重复了一下，"这名字谁给你起的？"

"我妈呀！"唐钰嘿嘿笑着，"怎么样？好听吗？"

"真是……与众不同啊！不过倒是挺接地气的。"我点点头，"怪不得你妈是大学教授，起的名字就是不一样，文化人嘛，跟我们有着本质的不同。"

"怎么了嘛？"唐钰趴在我身上盯着我，"你到底什么意思嘛？"

"你想听实话吗？"

唐钰揪着我耳朵，嗔怒道："你还打算跟我说假话？"

"没有没有，我哪里敢啊。"我赶紧摇头，"我的印象中，什么豆豆、大黄、小黑之类，一般都是叫狗来着……"

"是吗？哈哈哈！我也觉得我妈特有文化，我闺蜜养了一条哈士奇，也叫豆豆，哈哈哈……"唐钰也哈哈大笑了起来，"只是她不知道我小名也叫豆豆……"

我知道她喝醉了，但是我知道，她并不是在跟我瞎扯。因为之前我无意间在她的奥迪 Q7 上听到一段通话录音，是她爸给她打电话时无意间点了录音储存在车机上的，她爸就是叫她豆豆来着。我记得很清楚，当时我还纳闷呢，今天晚上，这个谜题算是彻底解开了。

这时候，大包厢里面还在尽情高歌，夏兮兮喝吐了不知道多少次，抱着话筒一个劲儿地大唱特唱。

就在这时候，有个服务员敲开了包厢的门，手里拿着一提啤酒放在了桌子上，一句话也没说，转身就要走。正常情况下，这种情况并没什么，客人也不会多问，多喝几瓶就当是赠送的。但是也不知道是不是我太过于敏感了，心里总是没什么安全感，尤其是大家都喝多了的时候，最容易出问题。于是我下意识地叫住了那个服务生，说道："你等一下！这酒哪里来的？我们的酒已经上齐了，这是你们赠送的？"

却没想到，我就随口这么一问，那服务生听到我这么喊了之后，居然撒腿就跑，就跟逃命一样。

不对啊！我一愣，下意识站起身来直接冲出去追他……

可是就在这时候，我来不及回头，一道爆炸声传来，声音震得仿佛整个地板都跟着晃动了起来……

包厢炸了！

我一个趔趄靠在走廊上，那一刻，我全身上下仿佛血液停止了流动，我瞪大了眼睛，惊恐地看着包厢，仿佛没有了知觉。

消防和保安迅速出动，我迈腿想要冲进去，可是身子仿佛已经不听使唤，眼前一黑，一头栽倒在地上……

"唐、唐钰……豆豆……你怎么样？你没事儿吧？"

我张了张嘴，努力地想要叫她，可是她好像根本听不见，我也好像根本发不出声……

紧接着，我就没有任何知觉了。

第二节 危险关系

等我再次醒过来的时候，我的脑袋昏昏沉沉的，像是重感冒后大睡了三天三夜的那种感觉，鼻塞、头疼、浑身酸疼，软绵绵的没有一点力气，抬起眼皮都好像要使劲浑身力气。我大口大口地喘着粗气，足足努力了好长一段时间才算睁开眼睛，入眼的是白色的墙壁和白色的床单，空气中充斥着刺鼻的消毒水味道。

我在医院吗？

清醒过来之后，之前的记忆立刻像是潮水一样，纷纷向我的脑海中涌过来。

唐钰……夏兮兮……还有王剑飞……爆炸……古怪的送酒服务员……

当这几个关键词不约而同地出现在我脑海中的时候，我整个人仿佛瞬间充满了力量，"腾"的一下直接坐了起来，扯掉了手上的吊瓶，直接就要冲出去。

就在这时候，可能是外面护士听到了病房里的动静，立刻冲了过来，见到我已经站起来，赶紧叫其他两个护士进来帮忙，三个人拽着我非要我坐下来。

"叶先生，你感觉怎么样？你现在需要休息，你不要冲动，好吗？这样会影响你的身体恢复的……"

我无力地想要挣脱，可是这三个护士妹子合力，居然把我死死地摁在床上，我根本就挣脱不了。我只能苦口婆心地解释："几位，我身体没有问题，我还需要恢复什么呢？还有，我的同事们呢？唐钰呢？王剑飞呢？他们人呢？"

"跟你一块送来的几个人都在你隔壁病房，而且都比你醒得早，你不用担心他们。"小护士慌忙解释道。

"真……真的？"听到这个解释，我悬在心口的一根绳顿时也算是落了下来。

"嗯，真的。"那护士长出口气，"其实你不用担心，警方已经联合医院对爆炸物进行了检验，检测报告也已经出来了，你醒了之后可以找你们同事去看的。"

"那我现在就去！"我直接晃了晃肩膀，"你们能先把我松开行吗？"

"你现在去肯定不行。"那小护士拿来一个小镜子给我看了看，"你没看到你脑袋被炸伤了吗？液还是要输完的，要不然领导也要追究我们的责任，况且你们现在还有刑事案件在身，我不能就这么放你走呀。"

"炸伤？"

我从小护士手上夺过镜子看了一眼。果不其然，我的右眼处缠绕着一圈纱布，但是现在已经感觉不到疼了。

这到底怎么回事儿？怎么会是炸伤呢？

想到这里，我心中刚刚放下的那块石头，立刻又被吊了起来。

回忆起当天晚上在 KTV 的时候，我就是很随意地问一下那个服务员模样的人这些饮料和酒水是哪儿来的，结果他扭头就跑，然后我就追了出来，紧接着，几乎是同一时间，包厢里面就发生了爆炸。这一系列的事情绝对不是偶发事件，更何况我现在已经被炸伤，这事儿绝对没有那么简单。

想及此处，我点了点头，道："好，我先输液，你们把我松开。"

"你别再跑了！身体是你自己的，你现在处于恢复阶段，幸运的是你没有伤及脑袋，否则你以后就成傻子了知道吗？身体养好了以后有的是机会给你跑的，现在你着急又有什么用呢？冲动是魔鬼，知道不？"

这小护士看起来也就二十来岁的年纪，这咄咄逼人的模样倒是挺让人心里温暖的。

我乖乖地表示配合，伸出胳膊让她重新把针头给我扎上。

她的动作很轻很温柔，也很认真，我几乎没什么感觉，针头就已经重新扎上了。

"别乱动，你这是最后一瓶了，最多也就半个小时就完了，完事了之后你再动弹。"小护士再三提醒道。

我换了个姿势，问她："好，我躺着不动。那我能抽根烟吗？"

小护士翻了个白眼，反问道："那你觉得呢？"

我晃了晃脖子，下意识摸了一下口袋，发现手机不在，我问她："那你能把我手机给我吗？我的确是被炸伤了，但是你也看到了，我脑子没问题对不对？我想玩会儿手机。"

"这个……行吧。"小护士迟疑了一下，"那你等着别乱动，好好输液，我去护士长那里给你拿。"

"好，谢谢。"

"别客气。小护士说完就出去了，看得出来，她很爱这份工作，也很享受当一个医护人员的感觉。

很快，她把我的手机拿过来就出去了，临走之前还再三叮嘱，身体是自己的，要自己注意起来。我点头说没问题，她这才放心地出去。

拿到手机之后，我第一件事便是打给唐钰。那个服务生摆放托盘放的位置，就是我和唐钰的面前。也就是说，爆炸中心距离唐钰最近。我发现服务生不对劲之后追了出去，但是唐钰就坐着没动，连我在门外都被炸伤……我是真的担心唐钰。

"嘟嘟嘟……"

"嘟嘟嘟……"

电话能打通，但是一连响了好几声都没人接。

我心里火烧火燎的，下意识地又想要拔掉针头去找她。

但是就在这时候，我的手机反而响了起来。

是局长。

"喂？"我赶紧接起电话，"乔局，我是叶小川，这到底是怎么回事？其他人怎么样了？"

"不要激动，小川。"乔局安抚我道，"你也才刚刚醒过来吧？我得到医院方面的通知之后就立刻给你打电话了，我打电话，就是怕你冲动不理智。"

"你放心乔局，我很理智。"我长出口气，"我现在就老老实实地在病床上躺着呢，但是我想知道他们其他人现在怎么样了。还有，我想知道这件事到底是怎么一回事，可以吗？"

"可以。"乔局道，"这次爆炸案，目前为止可以肯定的是这是一起人为的、有预谋的犯罪行为。我们对现场喷溅出的可乐以及啤酒汁液进行了取样检测，发现了甘油、硝酸铵以及亚硝酸盐的成分，这些成分，不用我说，你也应该知道是干什么的吧？"

"自制的……炸丸？"我瞪大了眼睛，反问乔局。

虽然说我们平日里抓捕罪犯可以说得罪了不少人，但是能让我们得罪的人，哪一个不是罪大恶极的凶犯？况且这些人大部分都被送进监狱，牢底坐穿了。怎么会有人这么记恨我们，还要炸死我们？

"没错。"就在我疑惑的时候，乔局给了我肯定的答案，"不过你不用太过担心，那枚炸丸的能量被控制得很精准，威力并不大，根据我们目前的猜测，背后作案的人，似乎是要给你们或者是你们其中的某个人一个信号，或者可以说是一个教训，或者在提醒你们什么……并不是真的要让你们受到多大的伤害。"

我赶紧问："那个送酒的服务员抓到了吗？他肯定知道什么的。"

"抓到了。"乔局道，"爆炸发生的时候，辖区民警刚要就在那一片巡逻，听到声音之后第一时间包围了整个 KTV 出入口，那个服务员还没跑出去就被抓了。我们也立刻安排人手对这个家伙进行了审讯，但是结果并不太理想。他只是一个代驾司机，在爆炸发生之前十分钟，有一个车子叫了代驾，找到了他，但是并没有让他代驾，而是让他把那些酒送到你们房间去，其他的那小子什么都不知道。我们也查了案底，根据各方面的信息来判断，他说的是实情。”

“叫代驾的车子查了吗？让他送酒的人身高、长相、外貌特征能不能具体描述出来？”我赶紧问道。

“你可以啊小川，有点当年你父亲的风范了嘛！”乔局赞赏道，“你考虑的这些，我已经安排人做了，而且已经有了一定的线索，据说是一个穿黑风衣的男人，车子是一辆黑色的城市 SUV，好像是凯迪拉克，不过也有可能是吉利，毕竟车标都差不多，那小子说他记不清了。因为是晚上，代驾车又在室外的停车场，灯光昏暗，目前只能查到这么多……”

“果然又是他！他又出现了……”我下意识咬了咬牙，“又是这个穿黑风衣的家伙！”

乔局似乎听出了我的不对劲，问道：“你说什么？”

“车牌号呢？”我问道，“代驾员接单有没有记录？能不能查到车牌号？”

我没有回答乔局的问题，而是把话题转向其他地方，因为乔局并不知道之前的包裹案等等详细信息，更不知道那个黑衣人根本就不是第一次出现在我的生活里。

乔局刚刚好也没有追问，便解释道：“车牌号倒是有，不过是个明显的套牌，没什么价值。小川，这个案子虽然没有造成太大的人员伤亡，但是性质非常恶劣，这个人敢对警方下手，这不仅仅是藐视警察这么简单，简直就是在挑战法律！上级领导非常重视，已经给我下了死命令了，现在重案组小张和小王那边已经成立了专案组立案侦查，你们几个好好养伤就是，不要有太大的心理压力……”

我喘了口气。

其实，我特别想问问唐钰他们怎么样了，可是，我张了好几次嘴，却始终问不出来，因为我担心我会听到一个不愿意听到的结果……毕竟，当时在门外的我都已经被炸伤，更何况唐钰……

第三节 牢底坐穿

就在这时候，我还没开口，乔局忽然问道："哦，对了小川，我还有一件事要问你一下。你现在跟红S组的唐钰，你们俩是处于什么关系呢？咳咳，这个你要老实回答我啊……"

"她现在怎么样了？乔局，你赶紧告诉我她怎么样了！你也要老实告诉我！我求求你了好吗？"我的情绪变得激动，变得好像我自己都控制不住我自己。

"别激动。"乔局再次提醒我道，"因为当时的爆炸中心距离唐钰太近了，所以她的伤势比你们都要重一些，到现在为止还没有醒过来……"

"什么？"

我的心里，仿佛炸雷一样瞬间轰开。耳畔，更像是掀起了滔天巨浪。

"她……她到现在都还没有醒过来吗？这不可能啊，刚才护士还告诉我说我们一块儿送过来的都已经醒过来了啊……"我简直不敢相信乔局说的话。

"小护士没骗你。"乔局道，"当天晚上发生了爆炸之后，唐钰的父亲第一时间得到了消息，拒绝了我们警方的所有帮助，直接把唐钰接走，送到私立医院去治疗了，所以现在她跟你们根本不在一个地方。在一个地方的都醒过来了，夏兮兮、王剑飞、小猛他们都没事儿了。"

听到这个消息，我倒是长出口气，心里倒是突然觉得好受了许多。

唐钰的父亲是个大企业家，有钱有人脉有资源，比起待在这种普通的医院里，私立医院环境更好，跟普通医院根本不是一个档次、一个概念，所以其实这样挺好的。

"那……唐钰那边有什么消息了吗？她没有醒过来吗？"我问道。

乔局说："据说已经治疗得差不多了，虽然暂时还没有醒过来，但是并没有太多的损伤，毕竟这次爆炸并不是特别严重。不过还有一个不好的消息，由于这次意外，唐钰受伤，唐钰的父亲唐万年先生代替唐钰向我们市局刑侦队递交了辞职申请。某种程度上说，这是合情合理的，我们必须要批准……"

"可以理解，"我说，"唐钰的父亲原本就不希望她做一个警察，尤其是做一个出生入死随时都有可能出事的刑警。这些，唐钰跟我们都说过的。"

"嗯。"乔局说，"组织也是考虑到这个问题，鉴于特殊情况，她的辞职申请已经进入审批程序了。同时，唐万年唐先生还问了我们一个问题……就是关于你和唐钰的，这也是我为什么刚才会问及你们的关系。"

"什、什么？"我愣在当场。

乔局解释说："在爆炸发生之后，唐钰昏迷的这段时间，这个家伙好像一直在叫你的名字，她的父亲听到了，就打电话过来问了一下，确认一下有没有这个人，再确认一下你们的关系……"

"对，我们就是男女朋友关系。"

我点了点头，我也不打算再藏着掖着，哪怕爆炸发生了之后我住在普通的医院，她直接被当企业家的父亲送到了条件更好的私立医院，可是唐钰一定不希望我否认我们的关系。至少，做人要堂堂正正，这是我的信仰。

"我猜到了。"乔局那边松了口气，"不过你小子动作倒是够快的啊，不管怎么说在红S组人家也是你队长，你居然连女上司的注意都敢打，还真行啊你……"

我清了清嗓子，道："乔局，红S组不是不反对办公室恋情的吗？"

"原则上是不反对的，"乔局说，"我本人也不反对。但是我不反对没用啊，我又不是她爹。"

说到这儿，乔局停了一下，又道："叶小川，你最近这段时间好好养伤，早点把身体养好。唐钰的父亲说最近想找个机会见见你，你要做好准备。"

"啊?"我瞪大了眼睛,"什么意思?"

"啊什么啊!"乔局反怼了我一句,"你有胆量泡人家姑娘,没胆量见姑娘的爹?我给你总结一下,今天我给你打电话主要是三个目的:第一,询问情况;第二,代表上下级领导对你表示关心;第三,就是你跟唐钰的事儿。这次爆炸案,因为你们是当事人,所以你们几个就不用插手了,案子已经交给重案组了。你们可以配合,但是不能参与办案。这次你女朋友的父亲要见你,这是你的私事。你可以趁这个时候好好表现一下,工作的事儿可以先放一放了,个人问题也是大问题。就这样,挂了。"

"哎,可是我……"我张了张嘴,一句话还没说出来呢,乔局就已经挂断电话了。

我挠了挠头发,心烦意乱得很。不过,好歹我心里稍稍松了一些。只要所有人都没事儿,真的是不幸中的万幸了。

但是,那个穿黑风衣的男人,真的是太可恶了!

"我不管你是谁,你敢对我下手,从今天起,你完蛋了!"

我握紧拳头,狠狠地一拳砸在墙上。我看不到我自己此刻的容貌,但是我知道一定双眼血红。

半个小时之后,点滴输完了。小护士很是尽心尽力,还没输完就过来专门等着了,帮我拔完了针头,又给我量了下血压和温度,确定我可以出去活动以后,这才放心地放行。她还再三交代我,如果有什么不舒服,一定要马上回来。

我一一答应下来之后,立刻来到了王剑飞的病房。

结果,我一推开门,便看到小张和小王还有夏兮兮、小猛等几个人,正聚在一块在病房里面商讨案情呢。见到我过来,几个人都惊喜无比。

"你什么时候醒的?"

"太好了!"

王剑飞跟我来了个拥抱,说道:"人没事儿就好!你小子都睡了一天两夜了你知道不?"

我点点头，道："你们这是在研究什么呢？"

"警察，当然是抓贼咯！"夏兮兮挪动了一下电脑，把电脑屏幕对准我，"我们已经联合了路政和交管部门，对当天晚上爆炸之前之后，KTV 门口、停车场的所有监控进行了全面抽调盘查，现在已经整理出来了，都在这台电脑上。这家伙居然敢对我们几个下手，呵呵，真的是抓不到他他以为自己是个天才，真是活腻歪了！我们这次必须抓到他，让他把牢底坐穿！"

夏兮兮说完了之后，王剑飞补充道："不过我们暂时还没有太大的发现，这家伙的确是很狡猾……"

"我看看。"我从王剑飞放在桌子上的烟盒里抽出了一根烟点上，看着电脑。

这时候，小张看了看我头上的纱布，为难道："小叶哥，你现在还伤着呢，现在就参与案情，你身体吃得消吗？"

"放心吧，"我说，"我身体好着呢。"

随后，我一刻也不敢耽误，立刻开始看监控。

当天晚上制造的爆炸案，背后一定有穿黑风衣的家伙的参与。

这种一般都比较自恋，喜欢标榜自己为高智商犯罪天才。同时他们又看不起他人，喜欢贬低、侮辱他人，甚至是发自内心觉得别人都是蠢猪。所以，我们只需要对当天晚上在停车场的所有车辆挨个排查，一定能找到蛛丝马迹。

我打开视频监控录像，查看了 KTV 爆炸之前之后一个小时的监控视频。

第一个筛选条件是黑色的车子，我们可以排除黑色之外的其他所有颜色；第二个筛选条件是 SUV，所以我们可以排除所有小轿车和七座车；第三，车的品牌是凯迪拉克或者是吉利，因为车标看起来都像是龟壳。

我的大脑在飞速地旋转，仿佛全身上下都在疯狂地发热一样……我迅速地快进，最终，一个小时的监控视频，我只用了十五分钟就全部筛查完毕。

这两个品牌的黑色城市 SUV，在爆炸前后一个小时之内一共出现了 17 辆，以 KTV 的位置为中心坐标，这 17 辆车分别去向了东西南北四条路四个方向，车牌号也确定了。

"好！"夏兮兮见到我效率这么高，惊讶之余直接打了个响指，"太棒了！我现在就联系交管部门的同事核查这 17 辆车的车牌号，还有这些车当天晚上在东阳市中心范围内所有路段的行踪。这一次，不管对方是什么牛鬼蛇神，都必须老老实实地接受制裁！"

"走吧，我跟你一起去。"王剑飞要亲自参与。

这时候，我摇了摇头，说道："不用那么麻烦。其实，这 17 辆车中，只有三辆是可疑的……"

"啊？"听我这么一说，所有人都瞪大眼睛看着我，"为什么？你确定吗？"

我点点头，说道："我确定，因为，我见过那辆车。"

"你见过？"王剑飞大惊失色，"你什么时候见过？这么说，你跟凶手打过照面？"

第四节 茗墅公寓

我摇摇头，说道："我没见过凶手长什么样，但是我见过他的车。根据车辆尺寸来判断，车子应该是在四米五到四米八之间，这两个品牌符合这个条件的车并不多，很容易找。"

说完，我敲了敲屏幕上的照片，将不符合条件的全部排除掉。

夏兮兮惊讶地看了我一眼，道："没想到你对车还这么有研究，尺寸都一眼能看出来？"

我扶了扶脑袋上的纱布，说道："谈不上有研究，只是对那辆车印象深刻罢了。"

我回想起我之前见过那个穿黑风衣的男子给我送包裹的情景，哪怕已经几个月过去，现在也还是记忆犹新。

黑色的 SUV，黑色的风衣，似乎他全身上下都代表着黑暗和恐怖。

"好。"这时候，王剑飞点了点头，"那就暂时排除其他十四辆，我们先核查这三辆车。"

三辆车，其中两辆属于凯迪拉克，另一辆是吉利博越，车牌号分别是东AMS766，东 A9A888，以及东 AQQ007。最后，根据交管部门的监控追踪，我们确定了这三辆车昨天晚上的行驶轨迹以及车辆停靠的所在地。

车牌尾号为 766 的凯迪拉克停在了东阳市第一中学校门外停车场，尾号为 888 的凯迪拉克驶入了一座叫茗墅公寓的高端豪华小区，最后一辆尾号为 007 的吉利博越，则是进了一家家具厂。交管部门的同事已经帮助我们协查了这三辆车的车主，一个叫王波，一个叫邱书雨，一个叫刘王立。

夏兮兮立刻进入市公安局资料库，查证这三个人的户籍以及案底。

奇怪的是，这三个人全都底子干净，从来没有任何记录，甚至连报警都行为都没有过，两个凯迪拉克的车主是本地人，开吉利的车主刘王立则是外地人。

"我们分成三组同步进行，现在就去查。"

唐钰不在，王剑飞主动揽下了指挥官的工作。重案组的小张和小王有些担心，皱着眉头迟疑道："王哥，你们几个现在都还住院呢，现在案子已经交给我们两个来侦办了，如今让你们参与案情方向，我们已经是违反规定了，要是现在再让你们参与工作，回头乔局还不得骂死我们啊？"

"是啊，王哥，小叶哥，兮兮姐，要不这事儿就交给我们吧，请你们相信我们的能力，我们一定会把这个事情办好的。"

但是，王剑飞拒绝了。

"这可牵扯着人命呢！幸亏那天是小型炸丸，要真是炸弹，我们整个包厢里面的人全都要上西天！唐钰还在病床上躺着，你再看看这位……"说着，王剑飞指了指我，"他脑袋上还缠着绷带呢，这下手的凶手简直是穷凶极恶、狗胆包天！你们是了解我的，让你们去查，我现在躺在医院里养病，还不得把我憋死？不去是不可能的。"

小张小王双双面露难色。

夏兮兮说："我们不是不相信你们的能力，既然能做重案组的队长和副队长，谁会小瞧你们，只是我们不可能躺在这里等消息，你明白吗？况且我们身体问题不大了……"

小张和小王无奈之下挠了挠头发，看向了我，说道："那小叶哥呢？他还缠着纱布呢……"

"放心吧。"我拍了拍小张的肩膀，戴上了提前准备好的棒球帽，隐藏了脑袋上的纱布，"我身子骨硬着呢，你们忘记之前办梁宽案的时候了？那小子带着剔骨刀夜里去杀我，我还不是直接完好无损地走出来了，放心吧，这点小伤，不碍事。"

见小张和小王不再反驳，王剑飞直接站起身来开始部署，说道："咱们兵分三路，我和小猛去那家家具厂，查那辆吉利车车主刘王立；小川，你和兮兮两个去查茗墅公寓的 888 车牌号凯迪拉克，车主叫邱书雨；小张小王，你们来就去查停在学校的那辆车，车主是王波。"

"是！"

确定了侦查方向之后，我们所有人立刻行动。

小张小王开队里的车直奔第一中学，王剑飞开着他的那辆车走了，我和夏兮兮则上了唐钰的车。

上车之后，车子一阵飞驰。夏兮兮坐在副驾驶，突然间恍然大悟道："哦哦哦，我明白了，怪不得你和唐姐能这么快走到一块儿呢！你们俩早就有奸情吧？要不然她这百万豪车怎么就直接留给你开了？"

"什么叫奸情？"我不屑地说道，"你怎么说也是公职人员，注意用词好不好？你就这么聊天，活该你单身！"

夏兮兮吐了吐舌头，问我："我就是跟你开个玩笑而已啦！对了，唐姐的情况怎么样了？你有最新消息吗？"

"说是要辞职了，"我一边开车一边说道，"她父亲要求的，辞职申请直接递交到乔局那里去了。"

"啊？"夏兮兮瞪大了眼睛，"唉……也难怪。像我这种穷人家的孩子，能考上大学，吃上公家饭，我爸妈不知道有多高兴，逢人就说，各种夸我。但是唐姐这种家庭出来的孩子就不一样了，衣食无忧，家境富裕，干刑警原本就是自讨苦吃，风险太大，她爸爸一开始就不同意，现在好了，抓住这件事情，肯定是非要让她辞职不可了。"

"还要看她醒过来之后自己的决定。"我长出口气道，"我们现在能做的，就是在唐钰醒过来之前给她一个大好消息，把凶手绳之以法！这样的话，我们给她报仇的同时，也能给我们自己一个说法……"

"是，这凶手太可恶了！胆子简直是越来越大！"夏兮兮憎恶地挥了挥拳头，下意识拿起了资料继续看起来，似乎想要从档案里面再发现点儿什么蛛丝马迹。

我按照导航路线一直深踩油门，车速开得很快。

过了一会儿，夏兮兮忽然一拍脑袋，说道："咦？茗墅公寓？这名字我怎么越看越觉得眼熟呢？"

"眼熟？"我斜眼看了她一下，"什么意思？"

"咱们局里好像就有同事住茗墅公寓啊！"夏兮兮拍了拍脑袋，想了一会儿，看上去有点烦躁，"不过咱们局里人太多了，我想不起来是谁了……"

"回头问一下吧，兴许对案情也有帮助也说不定。"我没有放在心上。

"好。"

大概十几分钟之后，我们的车稳稳地停在了茗墅公寓小区口。

高端公寓就是不一样，车子刚停在这里，保安室立刻有人上前询问目的，还冲着我喊了一句："喂！车子不要堵在门口！"

夏兮兮二话不说直接拿出警官证道："你好，我们是警察，有些事情需要你们配合调查，二十分钟之内，里面的车不能外出！希望你们能配合，谢谢！车就堵在门口吧！"

再高端的公寓保安，见到警察也就怂了。果不其然，那人看了一眼夏兮兮的警官证，立刻就松动了不少，说道："呵呵，原来是警察同志，那车子就放在那吧，我们保证完成任务，那我现在就帮您联系物业经理……"

"不用。"夏兮兮摇头，"你们找个人带我们去一下地下车库就行。另外，把你们这里最近三天出入车辆的监控拷贝一份给我，谢谢。"

说着，夏兮兮递过去一个 U 盘。

"好的好的，夏警官，没问题。"说着，那保安立刻把 U 盘递给旁边一个同事，"你好夏警官，我叫张康，是这里的保安副队长。拷贝录像交给他们去做，今天我值班，你们要去地下车库，我带你们去，可以吧？"

夏兮兮打量了一下这个张康，点点头道："好，走吧。"

"呵呵，好，夏警官，还有这位警官，二位这边请……"

夏兮兮跟我对视一眼，立刻随着这个保安的指引下了地下车库。

地下车库有照明灯，但是因为终年不见阳光，再加上是地下两层，阴暗潮湿且光线微弱，给人一种很不舒服的感觉。下了车库之后，压抑的感觉更加严重。头顶天花板上，错综复杂的排水管道里更是突兀地传来一阵阵咕噜噜的声音，在这一眼看不到头的地下车库里，听起来十分刺耳，让人抓心挠肝地难受。

下来之后，张康提醒道："是这样，两位警官，我们茗墅公寓呢，一期和二期的房子都是在一块地皮上，所以地下停车场面积很大，几百户的车子都停在这里，你们要是有目的地查某一辆车的话，我可以通过我们的系统帮你们直接找到，但是如果这么漫无目的地找的话，可能就比较浪费时间了……"

夏兮兮原本打算不动声色地寻找，以免打草惊蛇。但是现在一看好几百辆车，想要准确地找到那一辆车的位置，费时费力不说，到时候更容易打草惊蛇，所以也就同意了他的提议。

"可以，车牌号是东 A9A888，一辆黑色的凯迪拉克。"夏兮兮说道。

"好的夏警官，您稍等……"说完，保安队长立刻拿起手中的对讲机，"二队二队，查一下东 A9A888，一辆黑色的凯迪拉克在什么位置，动作快点儿！"

十秒钟之后，对讲机先是传来一阵噪音，然后里面传来一个声音："找到了张哥，位置在地下二楼 B 区第 147 号车位。"

"收到。"保安队长说了一句，把对讲机别在腰上，做了个请的手势，"找到了，在这边，两位随我来吧……"

"好。"夏兮兮点点头，保安队长走在前面，我们俩迅速跟上去。脚步声在地下车库变得清晰而又深远，显得格外神秘。

"就是这辆车……"

很快，我们站在了这辆黑色凯迪拉克面前……

第五节 抓捕行动

看到这辆车，我脑海中下意识"嗡"的一下，就仿佛那个曾经给我送红色字迹包裹的人和车就摆在我面前一样。

"怎么了？"夏兮兮看我有点不对劲，赶紧问道，"是这辆车？"

"不一定，但是那个人的确开的是这种车。"我说道。

话音未落，我不等夏兮兮再说什么，在保安队长诧异的眼光下，我观察起这辆车的外观来。走到右后轮的时候，我看到了车轮胎上附着一个东西。

我下意识地打开手机手电筒，蹲下来。一靠近，一股淡淡的酒味和烂肉味儿便扑鼻而来。

"是隔夜的呕吐物。"我皱了皱眉头站起来，又将夏兮兮叫了过来，"就是这辆车！车轮压过醉酒之后的呕吐物，应该是出入过 KTV、酒吧、餐馆之类的场所，符合我们现在掌握的基本情况。"

夏兮兮紧张了一下，问保安："这辆车什么时候回来的？"

"稍等，我查一下。"

保安队长继续呼叫对讲机。半分钟之后，保安道："是前天晚上夜里23点30分左右回来的，一直停到现在都没开出去过。"

果然，又符合我们所了解的情况。

"车主现在在不在家？"夏兮兮问。

保安道："车子在，那车主肯定在了，除非没开车出去。至于是不是真的在家，我们就真的不知道了，毕竟这是业主隐私，不过我们可以现在就联系一下车主的。"

"不着急……"夏兮兮为了防止打草惊蛇，赶紧制止了保安。

同一时间，她打电话给王剑飞和小猛。

"兮兮，你们那边什么情况了？"接通电话以后，王剑飞的声音传来。

"我们这边找到了前天晚上去KTV的车子了，车主暂时没有被惊动，你们马上带人过来。"

"好，我们这边没什么收获，看来是被你们赶上了。你们要注意安全，我们马上就带人过去。"

"好。"夏兮兮挂断了电话。

保安队长看得一愣一愣的，小心翼翼地问道："咳咳，两位警察同志，能不能透露一下，到底出什么事儿了？我看你们这……一会儿是要有大阵仗啊？"

夏兮兮扭头瞪了他一眼，说道："了解案情内幕可是要被带回去协助调查的，你想去警局喝杯茶走一遭？"

"不不不……"保安队长一听夏兮兮这话，直接缩了缩脑袋，一个劲儿地摇头，"我可不想去！那你们现在需不需要我配合做什么？"

"你先回去吧，暂时严格限制整个小区内的车辆出入和人员出入。"夏兮兮说，"回头我会给你们补开证明。"

"好，保证完成任务。"保安点了点头，立刻转身跑了出去。

随着保安的脚步声逐渐远去，地下车库里面一下子万籁俱寂，一点声音也没有，不知道是不是哪里的排水管道漏水了，偶尔还传来间歇式的滴水声音，听起来让人非常不舒服，像是耳膜被猫挠一样。

我搓了把脸，下意识点了一根烟，狠狠地抽了一口，问夏兮兮："我总觉得哪里还是有些不对。"

"怎么了？"夏兮兮抬手看看时间，"王剑飞他们十分钟之内肯定能够赶过来。"

我说："你不觉得有点太容易了吗？"

夏兮兮听到我的话显然并不意外。诚然，我们之前所有接触到的案子不是连环凶杀案就是变态杀人犯，一个个残暴得令人发指，而一直以来这个背后推手都是那么小心谨慎，那么诡谲可怕，甚至可能自以为是一个能把警方耍得团团转的高智商犯罪天才。如果仅凭一辆车的线索就抓到了……实话说，的确是简单了儿。

不过，这个人居然敢用甘油以及硝酸铵这些炸丸成分自制炸丸，还放在红S组队长面前的桌子上引爆，这人何等嚣张！如果这么简单就抓到了，用写小说的专业术语来说，这叫"和人设不符"。

夏兮兮说："说不定正是因为这人太自信了，所以把别人都当成傻子了。聪明反被聪明误这种情况其实挺常见的。退一万步说，就算是我们的方向是错的，也不能放过任何一个侦查线索。"

"嗯。"我点点头，表示同意。

在警校的时候，师父曾经说过，越是可怕的杀人犯，其实越是喜欢把自己暴露在凶杀现场或者是警方眼皮子底下。就比如，百分之九十五的连环杀人犯都会在作案之后重返两次现场，一次是刚刚作案成功，享受那种心理层面的优越感和满足感；另一次，则是在警方拉起警戒线包围现场之后，观察变化。他们大多数都会乔装打扮，像一个围观群众一样站在一边观看，甚至还会一边看一边摇头冷笑，似乎是在嘲讽警方的行为多么愚蠢……

"所以说，对方留下这么显眼的线索，要么是我们的侦查方向错误，要么就是对方故意留下的。要真是前者，最多我们也不过是白费工夫；可要是后者的话，很可能……我们俩此时此刻的动作和对话……都在对方的监视或者控制之下。"

夏兮兮说着，自己都把自己给吓着了，打了个寒战。

地下车库好像更黑了，这里装的都是声控灯，这个时间也没什么车进出，也没有噪音，灯在安静了之后，悄悄地全都熄了，气氛变得更加诡异可怕。

我和夏兮兮相对而立，甚至能够听到对方的呼吸声和心跳声。

时间一分一秒地过去，大概是过了十分钟左右，外面警笛声隐隐约约地传进来……

夏兮兮的手机突然间响起，是王剑飞打来的。

"你们到门口来吧！我们已经联合了辖区民警拦在了小区出入口，现在我正在去找物业确定邱书雨所在的楼层和房间，我们治安岗亭碰头。"

"好。"

"走吧。"

我们俩迅速离开了地下公寓，此刻，王剑飞已经在门口等着我们了。

保安室的这些人都看懵了。原本就两个人过来问话，结果眨眼间来了十几辆警车，场面颇为壮观。但是只有我们知道，这个人既然敢对警方下手，必定是胆大包天，社会危害性极大，我们一定要竭尽所能，确保自身和周边群众的安全。而且乔局已经亲自下了指示，不能放过任何一条线索，一定要尽快把嫌疑人抓捕归案。

这时候，保安队长怯生生地把U盘递给夏兮兮，道："你好，夏、夏警官……监控录像已经拷贝好了……"

"谢谢。"夏兮兮接过U盘，直奔物业管理处。

闹出这么大动静，物业管理处当然早就知道了。我们刚到，物业经理和负责人已经在等我们了。

"你好，警察同志，我们已经根据监控调出了东A9A888车主邱书雨的信息，他住在二期B栋21层东户，我们现在安排人立刻带你们过去。"

"好。"王剑飞长出口气，抓捕工作立刻进行。

很快，我们一行人到了B栋，上电梯，速度很快。

两分钟之后，我们就来到了21层东户的门口。

王剑飞不敢轻视，直接拿出了配枪，子弹上膛，对准门口，示意物业经理去敲门。物业经理见到这个场面，胖乎乎的脑袋上渗出了一层层细密的汗珠，点点头，敲门，支支吾吾道："你、你好，我是物业的，麻烦开下门……"

里面没人应。

物业经理作势还要继续敲门，被夏兮兮拦住了。

"你站过去吧。"

"哎，好好好好，谢谢，谢谢……"得到指令之后，物业经理赶紧走到一边，连汗珠都来不及擦。

夏兮兮没工夫鄙视他，敲响了门，干脆利落，简单粗暴。果不其然，很快里面传来了皮鞋踩着地砖的声音。

有人正在靠近门板……

小猛、小张小王和重案组的特警一个个神情紧张，盯着门口，毫不松懈。

"谁啊？"这时候，房门里面传来了一个男子的声音，声音很大，有些烦躁的感觉。

夏兮兮清了清嗓子，说道："你好，我是物业管理处的，楼下说你们家漏水了，我们过来看看你们的卫生间管道是不是破裂……"

"真麻烦！"里面传来骂骂咧咧的声音，随后，门把手晃动了一下……所有人都屏住呼吸，眯起了眼睛。

门刚刚开了一个小缝，就在这千钧一发之际，夏兮兮侧身撞开了门。与此同时，王剑飞一脚踹了上去，只见一个胖子当场被踹翻在地。下一秒，黑乎乎的枪口直接顶在了他的脑袋上……整个过程根本不足两秒钟，风驰电掣一般，配合默契，潇洒利落，看得人胆战心惊，又大开眼界。

"我的妈啊……什么人啊你们……好汉饶命！好汉饶命啊！"

那胖子一声惊呼，被踹翻之后当即双手抱头浑身颤抖，一股尿骚味瞬间弥漫开来……

第六节　钓鱼人

看到这个画面，我下意识地皱了皱眉头。

这些日子以来，我也经手侦办了不少案件，实践能力又增强了不少。只是，看到这一幕，我不禁暗暗地质疑我自己：是不是侦破方向错了？如果真的错了的话，那么凶手一定是在故意耍我们，他用一根鱼钩，像是勾住河里的鱼儿一样勾住我们，耍得我们所有人跟着他团团转，他自己在河岸上享受这份成就。

"可恶！"

想及此处，我胸中的愤怒越发强烈，但是这是在办案，不是发脾气的时候，我长出口气，转了个身直接出去了，到走廊那边，摸出了一根烟，点上，靠在墙上狠狠地抽了起来，远远地看着房间内。

王剑飞、小猛以及张队长、王副队长几个人丝毫都没有松懈，将胖子摁在沙发上之后，直接拿出手铐铐在了茶几的一脚。

看到这大阵仗，胖子直接就懵了，大口大口地喘着粗气，浑身颤抖着，小腿抖动得像是筛糠一样，半天才缓过劲儿来，瞪大了眼睛，惊恐地看着王剑飞等人，怯生生道："你们……你们是……警察？"

"邱书雨？"王剑飞眯起眼睛盯着这小子，"我们现在怀疑你与一起重大爆炸案有关，请你配合我们的调查。"

那人先是一愣，听到"爆炸案"几个词的时候，完全就是一头雾水的状态。

"不是……警察同志……"胖子依然一脸错愕，激动道，"警察同志，你们一定是搞错了！必须是搞错了！我的确是叫邱书雨，但是什么爆炸案我不知道啊，我绝对没做过！警察同志，你们冷静听我说，如果你们找我就是因为这件事的话，大家都别着急，我肯定会毫无保留地配合你们的，你们一定要相信我啊。"

夏兮兮似乎也察觉到了不对劲儿，但是那车子是昨天晚上从 KTV 回来的，监控显示就是这辆车上的司机让一个服务生把酒水放在我们包厢的桌子上的，这一点，他无法否认。

夏兮兮说："你前天晚上开车去欢唱 KTV 了，对不对？"

"不对。"邱书雨想都没想，直接摇头。

"你以送酒的名义，让一个服务生把几瓶混合有炸丸的啤酒饮料送进了 302 包厢，有没有这回事？"

"没有。"邱书雨矢口否认，眼神坚定，态度坚决。

我一直在外面看着。这邱书雨看起来说的不像是谎言，以我之见，现在只有两种可能。一种是邱书雨真的没做过什么，另一种是邱书雨是一个十足的演员、戏精。但就目前的情况来看，我觉得前一种的可能性其实还更大一点。

"呵呵……"夏兮兮笑了笑，"你不承认没关系，这辆车是你的吧？车轮子上还有呕吐物，车子是前天晚上回来停在茗墅公寓地下 2 层地下车库的，你认不认？"

邱书雨逐渐冷静下来，听了夏兮兮的问话，摇头道："不认。我前天晚上刚刚从广州出差回来，回来之后累趴下了，没出过门。我去广州出差两周，截止到今天，我的车已经十七天没动过了，我怎么可能前天晚上去 KTV 呢？还有，警察同志，我这个人公鸭嗓，所以我从来不去 KTV 的……真的。"

"你还跟我睁眼说瞎话！"王剑飞一听有问题，怒道，"车牌号东 A9A888，黑色凯迪拉克 xt5，是不是你的？"

邱书雨点头道："车的确是我的，没错，但是我的车已经很多天没开过了。"

"没开过？呵呵……"王剑飞的眼睛盯着邱书雨，点了点头，"邱书雨，你撒谎也要撒得像一点，好歹你也是茗墅公寓的业主，车什么时候出去的，什么时候回来的，这些都是有监控记录的，你不会不知道吧？我这儿可是有证据的！邱书雨，你如果拒不认罪，就等着被捕吧！"

话音未落，王剑飞直接朝门外大喊了一声："物业！"

物业经理早就被这场面吓得魂飞魄散了，还真的以为小区内住着一个恐怖分子。不过看到邱书雨已经被控制住，他情绪上倒是好了很多，缩了缩脑袋，赶紧进去。

"把前天晚上东 A9888 车牌号的进出记录给我拿过来！"

"好、好的，没问题，就在我手上呢！"

物业经理虽然怕事儿，但是工作还是很有效率的。半分钟之后，监控录像 U 盘插入了夏兮兮随身携带的警用笔记本电脑，前天晚上的监控录像很快被读取，视频显示，前天晚上 23 点半，这辆黑色的凯迪拉克曾经在 22 点半开车出去，23 点半回来的。

车牌号很清晰。品牌也没错。

绝对没错。

确定了这些之后，王剑飞已经不打算跟邱书雨废话了，准备直接带走。

"你还有什么好说的？"

邱书雨疯狂地摇头，矢口否认，坚决否定他前天晚上曾经开车出去过，哪怕证据摆在他面前。

实话说，如果邱书雨拿不出昨天晚上的不在场证明，而且他又拥有作案时间，加之有视频监控为证，不管他是不是真的做过这件事，我们都有足够的证据起诉他。毕竟，就算是真的嫌犯，也没有哪一个不喊冤的。

不过，我既然是编外人员，这个事情又事关重大，我觉得，事情不能这么办。我刚好抽完了一根烟，想及此处，我迅速把烟屁股扔在地上踩了一脚，之后走进了房间。

王剑飞看着我，等我说话。

我问邱书雨："你的车上有行车记录仪吗？"

"当然有。"邱书雨原本只顾着大呼小叫，却忘记了去找线索证明自己无罪，被我这么一提醒，邱书雨像是茅塞顿开一样，疯狂地点头，"对对对，我车上有行车记录仪！警察同志，我们现在就可以看行车记录仪。我的车子最近十几天都没有开出去过，我可以拿我的性命担保。"

王剑飞皱眉看了我一眼，点点头，说道："走，去调行车记录仪。"

"是。"

很快，一行人带着邱书雨来到地下车库2层。

邱书雨拿出车钥匙，打开车门，迅速把车打着火，一阵汽油味儿弥漫开来。我站在一旁，摸了一下车身，手指上沾满了一层浮灰。从车子的表面表现看，倒是符合邱书雨的说法。

我没说话，继续观察。

车子启动以后，行车记录很快被打开。王剑飞手动操作，戴上手套，迅速打开了最近几天的文件夹。

行车记录的视频文件夹都是按照日期自动命名的。我们可以看到，除了前天晚上之外，最近十几天都没有行车记录文件。巧的是，前天晚上这个时间段里，刚好有记录文件。这同时也说明行车记录仪的文档并没有被删除或是处理过。

这个案子，简直是疑点重重。我眉头紧蹙，一点思路也没有……

如果这个邱书雨是戏精的话，这么大费周章地来演戏，务必是要把行车记录处理干净的，否则就等于自相矛盾了。可如果不是邱书雨，小区内的出车监控和车上自带的行车记录仪该怎么解释？

王剑飞和我的想法显然一模一样，于是也不敢耽误时间，直接打开了行车记录仪的视频。

只见视频画面摇摇晃晃，车子离开了车库，离开时间是前天晚上22点25分……完全符合时间条件。换句话说，我们现在可以确定，前天晚上爆炸发生之前出现在KTV外面的车，就是这辆车。

不过，这辆车的车主是邱书雨，但车却未必是邱书雨本人开的。这个假设命题，其实也是成立的。

看到视频，邱书雨的眼睛瞪得老大，仿佛眼珠子都要从眼眶中吐出来一样，一个劲儿地摇头，说道："不不不，不是的，警察同志，我冤枉啊，一定是有人冤枉我！这的确是我的车子，我的车子被人开出去了，但是不是我开的啊！真的不是我开的！警察同志，你们一定要相信我啊……"

王剑飞也察觉到了不对劲儿，对邱书雨的态度缓和了一些，问道："你出差的往返机票还有没有？"

"有！有有有！警察同志，就在我家里呢，幸好我还没扔，公司还没给我报销呢……你们要，我现在就可以去拿！"

王剑飞又问："但是你前天下午刚好回到了东阳，对吧？"

"是的，可是这车真的不是我开……"

邱书雨还没说完，王剑飞打断了他的话，说道："我再问你最后一个问题。你前天下午下飞机回家之后，一直到晚上23点半之间，你都去了哪里，做了什么，有没有人能为你作证？邱书雨，你最好想清楚了再回答我！"

第七节 让凶手抓狂

被王剑飞这么一问，邱书雨老脸一黑，道："警察同志，出差的往返机票我都有，我也确定我回来之后睡了一整天根本就没出门过，但是你要让我找人来证明，我是真证明不来。我老家是外地的，一个人在东阳打拼事业，现在还单身，没有女朋友，我能找谁给我证明啊我……"

王剑飞也不是傻子。虽然他的工作侧重点不在于刑讯，但是随着办案越来越多，他的经验也越来越丰富。从邱书雨的表现上来看，他并没有在说谎。而且从以往的经历来看，这个黑衣人智商很高，谨小慎微，在和我们一次次博弈的过程中，黑衣人的表现以及手段都要比这个邱书雨厉害得多。

随后，我带着夏兮兮又调取了茗墅公寓最近两天上下楼电梯里面的监控，查看了邱书雨出差的往返机票以及某团外卖订单，基本上可以认定，邱书雨的确没说谎，车被别人开了。

王剑飞大骂了一句："这个家伙，简直狡猾！"

夏兮兮说："按照程序，我们是要把邱书雨带回去，暂时拘起来的。"

我摇摇头说："别了。既然他不是黑衣人，我们何必多此一举呢。"

王剑飞表示同意我的说法，抽了一口烟说道："我们是红S组，不能做那为了邀功随便抓人的混蛋事儿，但是车子还是要扣押的，一会儿让小王把车开回去做痕检。"

"好。"

随后，我们叮嘱邱书雨，最近这段时间有什么情况一定要第一时间报警，如果我们有什么其他发现，也会再次来找他。最后的最后，王剑飞为一开始破门而入表示歉意。

邱书雨哪里还顾得上抱怨什么，一个劲儿地点头道："警察同志，你们不把我抓起来我真的很感谢了，你们放心，以后有什么需要我配合的，我保证一定会全力配合你们。"

"行了，告辞了，但是你的车可能最近几天就不能开了，我们还要做痕检。"

"没问题没问题……"

回去的路上，我问了一下王剑飞和小张他们去另外两辆车那边查看时的具体情况。

王剑飞说："那辆吉利车的车主是个沙发家具厂的员工，最近几天一直都在通宵加班赶制订单，根本就没出去过。车子从酒吧的路段经过，是因为他带着老板去谈业务了，厂里面的人可以证明，监控也可以证明，所以排除了嫌疑。"

"另外一辆凯迪拉克呢？"

"那一辆车是一个中学校长的车，他倒是前天晚上去酒吧了，不过综合线索之后，没什么可疑之处，也排除了嫌疑。"

"我的天……"夏兮兮夸张地说，"一个中学校长都开凯迪拉克了？这辆车得多少钱啊？"

"顶配版得 50 万左右吧。"我说。

"是真有钱！"夏兮兮眼红道，"没想到当校长还可以发财啊，可惜了，我这辈子恐怕也没有开这种豪车了，人生悲剧呀……"

"得了吧你。"王剑飞道，"我一个叔叔还开玛莎拉蒂呢，结果呢？进去了一年半了还没出来！不该自己的，如果要享受，就要付出代价。正所谓'不义而富且贵，于我如浮云'，呵呵，这年头，还是脚踏实地地赚点干净钱比较好。"

我点了点头，坐在车子后排抽了根烟，回顾案情。

回到市局之后，我们直奔痕检组，那辆凯迪拉克已经开始进入痕迹检验阶段。

两个小时之后，结果出来，但是很遗憾，方向盘上除了车主邱书雨本人之外，没有提取到任何指纹。座椅的缝隙、脚踏板上，也没有提取到毛发和皮肤角质组织的残留。可以说，那背后的黑衣人的的确确是借用了这辆车，但是早有预谋，他是做过万全的准备的。

但痕检工作也不是没有任何收获，经过技术部门的全力侦破之后，结合了生产商提供的发动机启动序列码，确定车子被人强行侵入启动过，这就更加证明了那天晚上邱书雨的车子不是自己开的。

这倒是个收获，但是也等于线索断了。

办公室里面，我和王剑飞抽烟，夏兮兮在玩弄咖啡杯和调羹，一个个眉头紧皱，毫无思路。

这种感觉真的很不爽，就好像是背后有一个人把刀已经架在脑袋上了，可是我们却无能为力，苍白而又乏力的感觉使人几乎抓狂。

吴教授沉默不语，半天才开口道："现在汽车厂商已经把发动机序列码和无钥匙启动紧密结合，按理说安全系数已经很高了，这个人居然还能侵入代码启动发动机……这究竟是一个什么样的人啊……"

王剑飞说："啧啧啧，保不齐还是个尖端科技人才。"

"嗯，这种尖端科技人才来跟警察作对，这剧情真的很不接地气。"夏兮兮敲了敲桌子，"这人简直有病，要么就是反社会人格。"

我想了又想，这个黑衣人似乎并不是在针对整个重案组或是红 S，因为他没有出现在别人的视线内过，却唯独出现在了我面前。也就是说，他的目标，是我。

我说："未必是反社会人格，说不定他跟我们当中的谁有仇也说不定。"

"那就只能是跟你有仇了。"夏兮兮摊手道，"毕竟，只有你见过他很多次。"

"嗯。"我点头承认。

王剑飞说："要不你这段时间就住在市局吧，你回家不安全，我们现在在明处……况且，爆炸案都发生了，说明他心狠手辣……虽然这次爆炸没那么严重，可是如果有下次呢？"

"对。"夏兮兮也高度赞同王剑飞的意见，"我专门去检验科看了，那炸丸就是用硝酸铵和甘油自制的玩意儿，这凶手不但是个高科技人才，还是个化学人才呢！"

吴教授说："自制炸弹倒是不算是什么高科技人才，理论上来说，只要是大学念过化学的人都能制造出这种东西，只不过这些材料是被限制购买的……"

"那我们下一步可以核查一下全市范围内能买到硝酸铵的地方，然后再逐一调查买家！"王剑飞忽然间激动起来，一拍脑袋，说道。

"虽然也是个侦破方向，但是难度太大了……"吴教授摇头道，"本市范围内化学原料厂太多了，郊区还有一个化肥厂，硝酸铵虽然被限制购买，但是用量很大，根本做不到理想化的全面管制。像对方这么聪明的人，如果想要购买硝酸铵，只要动点歪脑子，他有无数种办法可以买得到。如果我们漫无目的地去查，就是浪费警力，无异于大海捞针。不过我觉得，倒是有一点值得怀疑……"

我看了看吴教授，问道："行车记录仪？"

"没错。"吴教授赞许地看着我。

我也的确一直在思考行车记录仪的问题。这么聪明又小心谨慎的一个人，既然开了邱书雨的车来误导我们，又制造爆炸案给我们教训，但是为什么不把行车记录仪的记录删除掉呢？他既然能小心到车内外不留下任何痕迹，那么对于他来说，彻底清除行车记录视频应该不是难事。

既然他不可能是没能力删除，也不可能是忘记了，那就只能是故意的，他是在故意给我们留下什么线索。

所以说，核查行车记录仪还是重中之重。

吴教授说："这也正是我一直在考虑的，这个人自制炸丸炸伤我们，而破坏力又并不大，我想是不是在给你们一个警告，换句话说，给咱们点儿颜色看看。通过既往的案例综合来看，这个黑衣人几乎是无处不在，每一桩凶杀案几乎都有他参与的痕迹。但是我们一来没有能力，二来没有重视他，所以这个人可能着急了，他甚至渴望被重案组重视、被抓捕、被缉拿，他渴望看到警方被他耍得晕头转向，这样他才有快感。但是很遗憾，之前的案件中，我们忽略了他。正是因为如此，他等不及了，所以这一次他选择亲自出手——炸伤我们。"

"对。"我点头，"这是典型的犯罪心理。"

"这样的话……那么我们是不是可以理解为，他故意放着行车记录仪没有删除，是在给我们留下线索？我们是不是也可以理解为，我们不需要刻意去寻找线索，而是静观其变就可以？他下一次的出现，可能根本不会太久……"夏兮兮说。

"这敢情好啊！"王剑飞恨恨地说，"我们可以将劣势化为优势，布下天罗地网，等着他自己送上门来！这可比我们像无头苍蝇一样被他耍得团团转舒服多了啊！"

"是的。"吴教授说，"其实犯罪嫌疑人就喜欢看我们被误导之后手足无措的样子，只要我们能稳住，不让他称心如意，他就一定还会出现的。"

吴教授的几句话，让原本无解的一道题有了光明的方向，所有人的心里顿时轻松不少。

第八节 冤假错案

但是这时候，夏兮兮突然间惊恐地说道："如果他下一次出现，安全问题该怎么保证？这一次他用炸丸，那么，下一次呢？说不定他还有什么其他变态恐怖的做法！既然他已经抓狂了，那就什么事情都做得出来，我们这样坐以待毙，实在太危险了！我不希望我们中间的任何一个人再像唐姐一样，受伤躺在医院里了……"

夏兮兮说的的确是实情，如果黑衣人再次出现，他一定不会像这次一样，简简单单地出现就算完事儿了。甚至我们可以确定，从这一次开始，以后他的每一次"出现"，都会"给我们点儿颜色看看。"

唐钰的事让我心里很别扭，也很难受，一想起她现在还在医院里躺着，我的心就像是针扎一样疼。想及此处，我坚定地说："吴教授，麻烦你一会儿跟我一起再去一趟痕检科，去看一下行车记录仪。我倒要看看，这个家伙到底留下了什么线索！"

"没问题！"吴教授点了点头，"事不宜迟，我们现在就过去。"

"好。"我站起身来。

夏兮兮喊道："我回来的时候收到了唐姐发来的微信，她醒了，你要不要下午去看看她……"

我想了想，道："明天上午吧。"

"也行，到时候一起吧。"

"好。"

随后，我们去了痕检科，再次拿到了邱书雨车上的行车记录仪。

我和吴教授坐在屏幕前面，瞪大了眼睛，几乎是一帧一帧地检查。

我们花了两个小时，看了十几遍，但是很可惜，我们什么线索都没发现。从行车记录仪里，我们只能确定车子的行车路线——从茗墅公寓开出去，到酒吧，然后再开回来，停到茗墅公寓。期间，开车的人上下车的时候都刻意避开了车上的摄像头，也就是说，自始至终，开车的人都不曾出现过。

看到第八遍的时候，我烦躁不堪，直接关掉了视频，坐在转椅上，点了一根烟，闭上眼抽了起来……

吴教授叹了口气，说："或许我们可以换个角度去想问题……"

我没说话。

吴教授继续道："比如说，这个人就是想嫁祸给邱书雨呢？"

我摇摇头道："不可能！他这种自认为绝顶聪明的人，怎么会玩栽赃嫁祸呢，这不符合他的行为特征。"

"凡事你都要考虑双面性。"吴教授提醒道，"他要嫁祸给邱书雨，并不是针对邱书雨，而是针对我们呢？"

"针对我们什么？"我觉得有点儿蹊跷，坐直身子，正视吴教授。

"针对我们的办案程序，想要我们制造冤假错案……"不等我说话，吴教授便继续道，"你想一想，邱书雨的车子、邱书雨的指纹，保留行车记录仪视频，他又拿不出不在场证明……如果不是我们侧面佐证，邱书雨现在已经被捕了。如果嫌疑人不是和邱书雨有仇，那就是说，邱书雨只是被他随即选中的一个钓饵罢了，他想要让我们制造冤假错案，这样他就可以获得一种'完美戏耍了警方'的快感。"

我心头一震，顿时觉得，吴教授所说的话，不无道理。

美国曾经有过这种案例。真正的凶手制造了密室杀人案，却留下和案情无关人员的线索，譬如指纹、凶器、脚印等，在受害人无法自证清白的情况下，误导警方，制造冤假错案。而背后真凶却逍遥法外，嘲笑警方的无知。

试想一下，警方多方排查、拼尽全力，最后抓到的人却是凶手故意"制造"出来的替死鬼……这剧情，对那些具有反社会型人格的犯罪分子来说，多么具有冲击力！

"是啊！"我一拍大腿，"他好像的确是想让我们制造冤假错案，如果我们按照他的想法进行，的确是可以用行车记录仪来给邱书雨定罪的。"

"所以啊……"吴教授笑道，"这次我们还真是遇到对手了。我从业这么多年，见过的强奸案、凶杀案、连环杀人案和激情犯罪案等数不胜数，但是，像这种猖狂到到插手警方办案，甚至直接对警察下手的，还真是第一次……"

我点点头道："我们不能坐以待毙了！他下一次出现未必是对我们下手，也可能是针对他人。"

吴教授搓了把脸，使劲抓了抓头上银白色的头发，思考几秒钟之后，提醒我道："明天上午去看看唐钰吧，这丫头是个好姑娘，你们俩刚确定关系，你却一门心思扑在办案上，这说不过去……这边有我们呢。"

我没说话。

吴教授又提醒道："而且，既然黑衣人一直在针对你，如果你不出现，他出现的概率就小了很多。你越是不着急，他就越是等不及，一旦他抓狂，就会露出破绽。"

想及此处，吴教授又道："我建议你去找乔局申请配枪，尽可能保证自己的安全。我们，就先等着看看他下一步怎么做吧。"

"我明天就去看唐钰，"我说，"不过配枪就不用了，别说我现在不是编内人员了，就算是，这个案子乔局也没打算让我们插手。现在我去找他，他哪里会给我什么好脸色。"

说完之后，我离开痕检科的办公室，吴教授也随之出来。

晚上，我回到家中。好几天都没有更新小说了，我打开消息一看，我都快要被读者们给骂惨了。但是我此时连一点写书的心情都没有，只能发一个道歉帖子，表示最近有点忙，更新不及时，给读者们道个歉。

世间之事，理解万岁。

我合上电脑，去卫生间洗了个热水澡之后就睡下了。这一觉睡得其实很没效果，早上 4 点我就醒了。我推开窗子，万籁俱寂，全世界都还在沉睡之中，往远处看，一片漆黑。风吹过，树枝摇曳，绿化带里面发出窸窸窣窣的响声……

好在我的头脑还算清醒，便打开电脑，把自己最近两天的案情写出来，一来做案情分析报告，二来以故事的形式更新出去，以供读者阅览。

进入状态虽然不易，但是一旦进入状态，写起来也算是顺手。就这样，我一直写到上午 8 点，赶紧更新出去，心里对读者的愧疚也算是减缓了许多。

更新完，我准备去找唐钰。我本来想给唐钰发个微信，却没想到，我自己的微信却"爆"了——一个陌生人加了我之后，从昨天中午到晚上连续给我发了好多条微信。

"叶小川，你怎么还不回来？自己的身体是自己的，你不要开玩笑啊！"

"我真是服了你了，你不吃药可以，你不能不来换药吧？"

"赶紧回医院，见字回复，我谢谢你！"

……

"噗……"我无语地摇头苦笑。

这说话，这语气，不是那个漂亮的小护士又是谁……不过，想来这年头如此认真负责的姑娘倒是不多了。想及此处，我迅速给她回复消息："谢谢你，不用太担心我，我身体已经没什么大碍了，但是还是很感谢你，回头请你吃饭。"

她没有回复我，看昨天晚上发消息的时间，应该是值夜班，现在这个时间点，她肯定还没上班。

我赶紧给唐钰打电话。电话响了两声，很快接通。

"豆豆，是我啊。"我努力让自己保持平静。

"哼，谁让你叫得这么亲热的？"我一听唐钰说这话就知道没什么大事儿，心里别提多舒服了，胸中那一块石头也好像瞬间落了地。

我赶紧说："我今天上午去看看你，你给我发个具体位置吧。"

"好呀，来吧，我想吃红豆冰。"

"没问题！"我说，"除了红豆冰呢，还有什么？"

"酸辣粉吧。"唐钰又想了想，"再来点儿鸭脖子或鸭架，再来个肉夹馍也行，要小吃街南边那一家的，正宗西安肉夹馍，他家的我最喜欢。"

"好咧！"我一字不落地记了下来，迅速开车出发，直奔目的地而去。

买好了这些东西，唐钰已经给我发来了地址，是一个私人医院，在郊区，大概得二十多分钟的车程。

我提着大包小包，开上车，风驰电掣。二十分钟之后，一座豪华富丽堂皇的私人医院映入眼帘。

根据她给我说的房间号和楼层号，我迅速提着肉夹馍、周黑鸭等东西上楼。

然而我万万没想到，刚到房间门口的时候，我就看到一个穿着西装、腰上挂着奔驰钥匙扣的年轻人推门走了进去……

我一想就知道，这人应该就是那个一直追求唐钰的青年才俊，那个号称"高学历人才"的海归少爷，王硕。

第九节 游戏才刚刚开始

王硕穿了一身灰白色格子小西装，脸上充满着自信。我站在门口，听到唐钰说的第一句话是："王硕？你怎么来了？"

从唐钰的语气中可以听得出来，这家伙显然是不请自来的。

"呵呵，小钰，听说你受伤了，我这不是担心你的身体嘛，就过来看看……"说着，王硕把手上提着的东西放在桌子上，"这是我托国外同学买来的补品，都是对身体特别好的，回头我告诉他们冲泡的方法，你喝一点。"

我站在门口看着，摇头苦笑，下意识地点了一根烟。

不过，以唐钰的性格，不经过旁人同意就不请自来的行为，是她最为厌烦的。

"王硕，你还没回答我的问题呢，谁让你来的？你怎么知道我在这儿？"

王硕沉默了几秒，拉了一个凳子坐下来，说道："小钰，听你的语气，好像并不怎么欢迎我啊？"

"是的。"唐钰这个人说话不习惯拐弯抹角，就喜欢直来直去，开门见山，"王硕，我记得我跟你说过，希望你不要在我的身上白费心思，你怎么就是冥顽不灵呢？咱们两家的生意是有合作的，所以我觉得，至少我们以后还能成为朋友，所以希望你真的不要把关系搞得太僵，要不然以后就没法见面打招呼了。况且我已经有男朋友了，只能说，我真的很抱歉。"

说完，还不等王硕有所反应，她便挥了挥手，说道："你的礼物，如果你想拿走就拿走，不拿走的话我也收下了，谢谢你的好意。如果没什么事儿你还是请回吧，我男朋友一会儿还要来，我担心他会误会，再次谢谢你。"

"什么？"

我注意到，唐钰说前面的一些话的时候，王硕的表情并没有特别的变化，反而是一脸云淡风轻的样子，仿佛唐钰所说的一切在他看来都不是事儿一样。但是后面唐钰说"已经有了男朋友"这几个字眼的时候，王硕的眼睛之中，闪过了一抹不易察觉的狠厉……

这种狠毒，可怕、狠辣、悲凉，又带着三分不公和怨毒……让我下意识地心头一颤。

这个眼神，我似乎见过！杀人犯被执行死刑之前，就是这种眼神。

"呵呵，小钰，你什么时候有男朋友的？我怎么不知道？"王硕依然云淡风轻地问道。

"我什么时候有男朋友的，还需要向你汇报？"唐钰摆了摆手，不再说话。

房间里面安静起来。

过了一会儿，王硕道："实话说吧，你出事的消息我也是从唐叔叔那里得知的，我来看看你，也是唐叔叔的意思。呵呵，至于你说的男朋友的事儿……我认为，以咱们两家的交情来说，不管是从生意合作，还是咱们俩的自身条件来说，都是最合适不过的。至于你什么时候出现了一个男朋友，我并没有什么兴趣。"

说完，王硕从公文包中拿出了一张 A4 纸，道："对了，还有一个好消息要告诉你，我家公司的上市审批马上就要通过了，到时候唐叔叔也会坐上这辆顺风车，扶摇直上。我相信，你的那个男朋友，唐叔叔是不会满意的。能让唐叔叔认可的女婿，只有我王硕一个。"

说完，王硕还想帮唐钰掖一下被角，却被唐钰拦住了。王硕的手尴尬地停在了半空，最后他点了点头，左右手搓了一下，道："好吧，你可以不接受我。但是，我会让你知道，你的固执并没有什么意义。"说着，王硕转身准备离开，"我就先走了，你好好照顾自己，养好身体。"

王硕一转身，就看到了我。

是的，我站出来了。此时此刻，唐钰最需要的人就是我。

王硕上下打量我一番，然后目光落在了我手上的肉夹馍、红豆冰还有鸭脖子、鸭架等东西上面。

旋即，他皱了皱眉头，道："你谁啊？"

"小川，你来啦！"唐钰见到我之后脸上挂了淡淡的笑容，犹如一朵微微绽放的水仙花。

"嗯。"我点了点头，"呐，你喜欢吃的，都买来了。"

说着，我没搭理王硕，越过他，把买来的零食都放在桌子上。

"太好了！"唐钰馋得流口水，直接从病床上坐起来，"我想这口都想了好几天了，那天晚上要不是出事儿，唱完歌我都打算买点回家吃去呢！"

说着，唐钰直接拿出肉夹馍，狠狠地咬了一口。

"哇，爽呀……"唐钰一边用手在嘴边扇风用来缓解辣味，一边大口大口地吃着正宗的西安肉夹馍。

这时候，王硕站在一边看着这一幕幕，摇了摇头，上下打量着我，又看向了唐钰。

唐钰故意装作没看见，不经意间抬头一看，奚落道："哎？你怎么还没走啊？"

"呵呵，这位是？"王硕指了指我。

"哦，忘记给你介绍了，这就是我男朋友，叶小川。他是重案组成员，也是一名作家。"

"哦？作家？"王硕笑了笑，并没有要跟我握手的打算，只是摇头笑了笑，"雇一名作家给伟大的企业家写一本自传要多少钱？我付双倍，怎么样？叶先生不如跟着我干吧，我这些年一路打拼，还真想给自己留下一本自传做个纪念呢。"

我摇了摇头，没说话。

王硕对我嗤之以鼻，指了指桌子上我带来的小吃，道："小钰，这些垃圾食品你不能吃，更何况你现在还在调养阶段，这种东西吃了绝对是百害而无一利。护士，麻烦你帮我把这些东西扔出去……"

护士站在一边傻傻的，一时间，动也不是，不动也不是。

"王硕！你想干什么？"唐钰有些发怒，"我吃什么你管得着吗？你以为自己是谁？你好歹也是成年人了，大家都挺忙的，你做点体面事儿行吗？"

"呵呵，好。"王硕点了点头，盯着我看了一眼，"叶小川，作家……我记得我还认识几家出版集团的老总呢，回头我打个电话关照你一下！就这样，告辞。"

"你！"唐钰咬了咬牙，气得直咬牙。

这时候，王硕摔门离开。

"真是个烂人！"唐钰气呼呼地盯着王硕离开，然后看了看我，"小川你别介意，这个家伙平时蛮横惯了，我一定会教训他的！"

"没关系。"我摇头道，"只要这些东西你喜欢吃就好。"

"我当然喜欢吃啦！"唐钰一笑，"护士小姐，麻烦你帮我把那边的几个盒子扔掉吧，谢谢……"

"好吧。"

王硕已经走了，护士自然不担心得罪一个不存在的人，随即拿着王硕带过来的东西，出去了。

护士出去之后，唐钰一直在吃鸭脖子，而就在这时候，我的手机响了起来，是一个陌生的号码。

"喂？"我接听了电话。

"你一定很恨那个叫王硕的人吧？"电话里传来一个非常有磁性的男人声音，声音似乎经过处理，或者说话的人喉咙处有什么问题，这声音听起来十分的难受，就好像是耳膜被猫挠一般。

"你是谁？"我紧张地问道。

"你站在窗边往下看，就能看到我是谁了……"那个声音再次传来。

是那个黑衣人！一定是他！

这个想法出现之后，我瞬间打了个寒战，不顾唐钰的询问，赶紧跑向窗边……

就在这时候，楼下，马路牙旁边，一辆黑色的凯迪拉克停在那里，车窗摇了下来，里面一个戴着 V 字仇杀队面具的男人冲我摆了摆手……

那面具上的笑容，既可怕又阴森。

我握着电话，下意识地就想跑下去抓他。这时候，电话里传来他的声音："你千万别离开窗子，否则你就错过精彩的一幕了。叶小川，我这是在帮你。"

说完，我下意识看向那辆车，可是那辆车却启动了，直接撞向了不远处正在开车门的一辆奔驰，开车门的正是一个二十来岁的，穿着灰色格子西装的年轻人……

一道刺耳的刹车声响起，我眼睁睁看到那西装青年被撞飞出去，身子腾空，一口鲜血在半空中划出一道血花。

我已经惊愕到说不出话，可是电话中的声音却无比平静，还站在远处草丛中，冲我摆了摆手，道："叶小川，游戏越来越好玩儿了，希望你有本事能陪我继续玩下去……"

那一刻，我已经完全明白了。这个黑衣人，一直在跟踪我！

而真正的游戏，才刚刚开始……